DREAMBOOKS★

DREAMBOOKS

두 번 사는 랭커

사도연 판타지 장편소설

ORIGINAL FANTASY STORY & ADVENTURE

dream
books
드림북스

두 번 사는 랭커 16 기간토마키아

초판 1쇄 인쇄 2020년 3월 6일
초판 2쇄 발행 2020년 12월 21일

지은이 사도연
발행인 오영배
편집 편집부
일러스트 우문
표지 · 본문 디자인 오정인
제작 조하늬

펴낸 곳 (주)삼양출판사 · 드림북스
주소 서울시 강북구 도봉로 173
대표 전화 02-980-2112 팩스 02-983-0660
편집부 전화 02-987-9393 팩스 02-980-2115
블로그 blog.naver.com/dreambookss
출판등록 1999년 3월 11일 제9-00046호

ISBN 979-11-283-9774-5 (04810) / 979-11-283-9659-5 (세트)

드림북스는 (주)삼양출판사의 판타지 · 무협 문학 브랜드입니다.

사도연 판타지 장편소설
ORIGINAL FANTASY STORY & ADVENTURE
16
두 번 사는 랭커
| 기간토마키아 |
dream
books
드림북스

목차

Stage 49.
기간토마키아

콰직—

죽기 직전까지도 어떻게든 살아남고자 발버둥 치던 아이 테르의 머리통이 잘게 부서졌다.

피와 육편들이 덕지덕지 발에 달라붙었지만.

정우는 눈썹 한번 꿈틀거리지 않았다. 싸늘하게 가라앉은 시선 그대로였다.

그리고.

"하아."

정우는 고개를 들어 허공을 응시했다. 가볍게 내쉰 한숨 속에는 갖가지 감정이 섞여 있었다. 어떻게 말로 표현하기 힘든 감정의 소용돌이가 가슴 속에 휘몰아치는 중이었다.

복수를 하고 나면 속이 시원해질 줄로만 알았는데.

아니, 시원하긴 했다.

하지만 그만큼이나 복잡한 감정이 들었다.

이것도 아닌가.

오히려 덤덤하다고 해야 하나.

정우는 자신이 지금 겪는 감정을 무엇이라고 표현하기가 힘들었다.

소설이나 영화에서처럼 복수가 허망하다거나 하는 생각이 든 건 아니었다. 그렇게 대인배도 아니었고.

다만, 분명 간절히 바랐던 순간이었는데도 소회가 조금 다르다는 표현이 옳았다.

그저 당연히 해야 할 일을 했을 뿐이라는 생각. 그리고 이제 시작이라는 생각도 같이 들었다.

아마도 이 길의 끝은 저곳이 아닐까.

시선이 닿는 허공.

그 너머에 있을 하늘. 천계.

"비에라. 너도 거기서 보고 있으면 좋을 텐데."

그래서 정우는 언젠가 마주쳐야 할 옛 연인의 이름을 불렀다. 천계 어딘가에 있다는 그녀는 자신이 깨어난 걸 알고 있을까? 아니면. 위로 올라가고자 하는 열망이 가득했던 옛날처럼 이쪽은 쳐다보지도 않고 있을까?

한참 동안을 그렇게 계속 우두커니 서 있었다.

…….

하지만 아무리 응시해도 돌아오는 대답이나 메시지는 아무것도 없었다.

큭.

정우는 자기도 모르게 피식 헛웃음을 흘렸다.

지금 자신이 하고 있는 꼴이, 꼭 옛 연인이 봐 주길 바라며 SNS에 잘살고 있는 척 허세 가득한 사진을 올린 사람처럼 느껴졌다.

정작 그 옛 연인은 이쪽에는 관심도 두지 않는데 말이다.

그렇다면.

'정말 올라가야겠지.'

그렇게 다짐했다. 보지 않는다면 강제로 보게 만들면 될 일이었다. 그리고 그 뒤에는…….

정우는 거기서 생각을 그만두었다. 괜히 곱씹어 봤자 자신만 청승맞아질 뿐이었다.

그래서 뒤로 돌아서서 가려는데.

['감염된 대지모신'이 당신을 응시합니다.]

"……!"

정우는 눈을 크게 뜨며 황급히 다른 쪽으로 고개를 돌렸다. 아주 잠깐 이쪽을 보는 시선이 있었다. 비록 금방 사라졌지만, 예민한 용의 감각은 확실하게 포착할 수 있었다.

피식.

다시 깨어난 게 헛된 것만은 아니었구나. 정우는 그렇게 생각하면서 걸음을 옮겼다.

그 순간, 그의 신체를 이루고 있던 색이 옅어지면서 안쪽을 가득 메우고 있던 활자 조각들이 언뜻 드러났다가 사라졌지만.

정우는 아무렇지 않다는 듯 자신의 손으로 팔을 가렸다. 두 눈은 깊게 가라앉아 있었다.

*　　　*　　　*

'어떻게…… 된 거지?'

람은 아주 잠깐 나갔던 정신을 겨우 되찾으면서 인상을 찡그렸다. 여전히 이명이 머릿속을 가득 메우고 있어 사고가 제대로 이어지지 못하고 있었다.

그러다 겨우겨우 하나둘씩 떠오르기 시작했다.

연우와 권속들, 그리고 파티원들의 맹공. 여기에 용기를 엉고 달려들던 디스 플루토들. 궁지에 몰리자 신격을 대거 방출했던 이아페토스. 산자락이 깎여 나갈 정도로 강렬한 폭풍과 고열. 휩쓸리던 군단. 깨져 버린 대열. 불타는 병사들과 비명, 절규…….

거기까지 생각이 미치자, 람은 고개를 번쩍 들고 말았다. 불타는 지옥 속에 쓰러지던 병사들과 그들을 애타게 바라보면서 어떻게든 도우러 가다가 쓰러져 버린 자신의 모습이 떠올랐던 것이다.

제발.

부디 살아만 있어 줘.

람은 그렇게 몇 번이고 중얼거리면서 주변을 두리번거렸다. 여전히 뜨거운 고열로 인해 대기가 이지러져 시야를 확보하기 어려웠다. 눈에 마력을 억지로 싣고 나서야 주변 광경이 눈에 들어왔다.

"아……."

주변은 처참했다.

병사들이 '였'던 것으로 보이는 검게 탄 덩어리들이 여기저기에 아무렇게나 널브러져 있었다.

겨우 숨이 붙어 있는 이들은 조금이라도 신격을 소지하고 있는 높은 직급의 간부들뿐.

채채챙!

그리고 그들은 이아페토스가 끌고 온 권속들과 힘겨운 사투를 벌이는 중이었다.

13군단의 플레이어들 중에 생존자는 더 찾기가 힘들었다.

람은 이를 악물었다.

왜 미처 이것을 생각지 못한 걸까.

신격 방출.

정확하게는 거신력의 방출이었다. 티탄들도 되도록 하지 않으려 하는 최후의 보루.

거신력은 죽은 크로노스가 남긴 기운의 잔재였다. 티탄들은 이것을 흡수함으로써 오래전에 잃어버린 신격 중 상당수를 되찾을 수 있었고, 거신의 형체를 갖추면서 하데스를 밀어붙이는 데 성공했다.

즉, 거신력은 티탄의 생명이자 힘이었다.

문제는 이것을 크게 소모하고 나면 보충할 수가 없다는 점이었다.

그래서 티탄들은 거신력을 소모하는 데 각별히 주의를 기울이는 편이었는데.

이아페토스는 조금 위기에 빠진다 싶자, 신격을 방출하고 말았다. 거신력을 대거 남발하고 만 것이다. 그것도 한 번으로 끝내지 않고, 두세 번씩 연달아서.

그러니. 디스 플루토가 아무리 단단한 전열을 갖추고 있다고 해도 흐트러질 수밖에 없었고.

피해는 눈덩이처럼 불어나 이 지경이 되고 말았다.

람은 식음창을 지팡이 삼아 억지로 자리에서 일어났다. 피해가 더 커지기 전에 어떻게든 현장을 수습해야만 했다.

아니, 그보다 이아페토스는 어떻게 된 걸까?

그때.

『**죽인다……! 죽인다, 인간……!**』

수 킬로미터에서 끽해야 백여 미터로 줄어든─그래도 큰 크기인 건 사실이지만─ 이아페토스가 포효를 내지르고 있었다.

작아진 크기만큼이나 풍기는 기세도 훨씬 줄어든 상태.

그리고 녀석의 머리 위에는.

"후우. 후우."

연우가 서서 거칠게 숨을 몰아쉬고 있었다.

대체 어느새? 분명히 같이 강풍에 휩쓸리지 않았었니? 연우를 발견한 람의 눈이 경악으로 크게 떠졌지만.

연우는 오로지 모든 의념을 발밑에 있는 이아페토스에 고정시키고 있었다.

'위험할 뻔했어.'

사실 갑작스러운 신격 방출은 연우도 전혀 예상치 못한 부분이었다.

연우가 관심을 두고 있었던 것은 그저 이아페토스에게 당하는 '척'을 하는 동안, 언제 파네스 일행이 움직일까 타이밍을 재는 것뿐이었다.

이미 칸에게는 따로 계획을 말해 둔 상태. 선술을 자유자재로 구사할 줄 아는 그라면 얼마든지 파네스 일행의 기습을 역으로 받아칠 수 있을 거라 여겼기 때문이었다.

그리고 정우를 위한 무대도 따로 마련해 두었다. 아이테르를 그의 손으로 잡을 수 있게 약속을 해 놓았으니 어떻게든 들어주어야 하지 않겠는가. 다행히 네메시스에게 좋은 스킬이 있어 일을 꾸미기가 쉬웠다.

이로써 파네스 일행은 함정에 제대로 걸리고 말았다.

저들 중 상당수가 죽어 나갈 것이다. 어떻게 운이 좋아 살아남는다고 해도 그들에게 주어진 미래는 그리 밝지 않을 것이고.

사실 따지고 보면 타르타로스는 티탄과 기가스로부터 올림포스를 안전하게 보호해 주는 최전선 역할을 하고 있다.

그런 곳에서 배신이 생겼다?

그것이 포세이돈 등의 사주를 받아서 일어난 일이다?

성공해서 증거가 없어졌다면 모를까, 연우가 보란 듯이 살아남은 이상 당연히 포세이돈 등도 하데스의 눈치를 볼 수밖에 없는 것이다.

당연히 포세이돈 등은 파네스 일행의 일과 자신들은 전혀 연관이 없다면서 발을 뺄 가능성이 농후했다. 바로 버림받는 것이다.

그리고 그 뒤에 벌어질 결과는……. 불 보듯 뻔한 일이었다.

하데스가 가만히 있지도 않을 것일뿐더러, 어떻게 도망친다고 해도 아무런 보호도 받지 못하는 상태로 타르타로스를 떠돌아 봤자 허기와 갈증만이 기다릴 뿐이었다.

직접 제거를 하나, 떠돌이 신세로 다니다가 아사를 하게 두나. 연우로서는 아무래도 상관없었다.

필요한 건 포세이돈 등의 가호를 직접적으로 받는 파네스뿐.

그런데.

정작 이아페토스가 이런 한 수를 숨겨 두고 있었음을 파악하지 못한 방심이, 한순간 연우를 위험으로 내몬 패착이 되고 말았다.

'고마워, 니케.'

『다행이야, 정말. 그래도 너무 위험하게 하지 마.』

연우는 강풍 속에서 자신을 구해 준 니케에게 감사 인사를 했다. 불길이 살짝 일어나면서 니케가 언뜻 나타나 연우를 걱정스러운 눈빛으로 바라보다가 다시 사라졌다.

[시차 괴리]

연우는 사고를 한껏 가속하면서 이아페토스를 어떻게 상대해야 할지 고민하기 시작했다.

'크로노스의 시정은…… 너무 위험해. 또 비슷한 일이 벌어지면 그때는 이런 요행을 바랄 수 없어.'

디스 플루토가 받은 피해가 생각보다 너무 심각했다. 여기에 열풍이 한 번 더 더해진다면 그때는 모든 게 끝장이었다.

그렇다면 남은 방법은 하나.

'생각보다 이르지만.'

가면 아래, 연우의 두 눈이 불타올랐다.

'남은 날개도 꺼낼 수밖에.'

그 순간, 느려졌던 시간이 되돌아왔다.

『죽여 주마……! 인간……!』

이아페토스는 시건방지게도 연우가 자신의 머리 위에 있다는 것을 깨닫고, 한껏 으르렁거리면서 손을 위로 뻗었다.

연우는 손길이 닿기 전에 하늘 높이 뛰어올랐다.

"할 수 있는 말이 그것밖에 없냐고 묻고 싶지만. 그보다 먼저 감사 인사를 해야겠어."

『무슨…… 헛소리를…… 하려는 것이냐……?』

이아페토스는 모깃소리처럼 작기만 한 연우의 목소리를 똑똑히 들으면서 모든 감각을 그에게로 집중시켰다.

티탄 12주신으로서의 힘을 되찾으려 했으나, 이제 영영 찾을 길을 잃어버린 만큼. 연우를 어떻게든 짖어 죽여야 분이 풀릴 것 같아서였다.

휘휘휘—

신격을 아무리 많이 방출했다고 해도 여전히 거신은 거신. 그의 의지에 따라 돌풍이 소용돌이를 그리면서 나타났다. 고열이 더 뜨겁게 달아오르면서 이제는 연우를 아예 살라 버릴 기세였다.

하지만 그런 어마어마한 태풍 앞에서도.

연우는 여전히 여유롭기만 했다.

아니.

그로서는 적의 기세가 강렬하면 강렬할수록 좋았다. 도저히 거스를 수 없을 것 같은 운명처럼 여겨질수록, 오른쪽 날개도 그만큼 빠르고 완성도 있게 만들어질 테니!

[하늘 날개(오른쪽)의 구성을 시작합니다.]
[키워드: 전쟁]

[키워드에 어울리는 권능들을 검색합니다.]
[탐색이 어렵습니다.]
[탐색이 어렵습니다.]
[검색된 권능들의 원주인들이 검색을 거부합니다.]

사실.

왼쪽, 죽음의 날개는 만들기가 쉬웠다. 칠흑왕의 권능을 중심으로 두는 만큼, 칠흑왕의 신하를 자처하는 죽음의 신과 악마들도 그만큼 협조적이었기 때문이었다.

하지만 문제는 바로 여기서 발생하고 말았다.

하늘 날개가 완성되기 위해서는 오른쪽, 전쟁의 날개가 죽음의 날개와 균형이 맞아야 할 텐데. 도무지 그러기가 힘들었던 것이다.

우선 날개의 핵이 되어 줄 후보가 없었다.

서열 관계가 확실한 죽음의 신, 악마들과 다르게, 전쟁의 신과 악마들은 서로가 잘났다는 듯이 떠들어 대기 바빴기 때문이었다. 혹은 은원 관계가 심각하게 얽혀 있는 경우도 있었다.

여의봉의 조각을 요소로 삼아 볼까 하는 생각도 잠깐 하긴 했었지만.

그런 판단은 곧 기각되고 말았다. 미후왕이 워낙에 적이 많아 꺼려 하는 이들이 많았다.

그래서 전전긍긍하던 차.

여기서 연우는 잠깐 사고를 전환했다.

굳이 날개의 '개념'을 구성하는 틀이 '완성된 물건'일 필요가 있을까?

오히려 자격은 부족하지만, 그래도 그들이 모두 납득할 만한 것이라면? 괜찮지 않을까?

그리고 연우가 생각한 오른쪽 날개의 핵은 바로 '나'였다.

연우의 인생은.

언제나 투쟁이었다.

유년기에는 가난과 싸워야 했고, 청년기에는 어머니의 병마와, 성년기에는 아프리카에서, 그리고 지금은 탑과 싸우며 위로 한 층 한 층 천천히 올라가고 있었다.

[키워드가 변경되었습니다.]

하나하나가 힘겹고 포기하고 싶을 정도로 어려웠던 것들.

그 결과는 대부분이 실패였다.

하지만.

연우는 단 한 번도 도망친 적이 없었다. 그때마다 소소하지만 얻는 것들이 있었다.

그리고. 그건 지금 연우에게 권능을 부여했던 신과 악마들도 마찬가지였다.

그들 태생이 아무리 대부분 초월종이라지만. 그렇다고 해도 진정한 신과 악마가 되기 위해서는 그만큼 스스로 격을 갖춰야 한다. 그리고 그 과정은 하나같이 힘든 것들뿐이었다. 운명에 대한 투쟁이었고, 자신에 대한 투쟁이었다. 그리고 그런 투쟁은 흔히 전쟁이라는 단어로 표현되기도 하였다.

[새로운 키워드: 투쟁]

그래서 연우는 오른쪽 날개를 만드는 데 있어 자신을 보이고자 했다.

정확하게는 자신이 이룬 '업'을.

그에게는 탑에서 어느 누구도 이루지 못한 업적이 대량으로 있었다. 5천여 명의 신과 악마들이 욕심을 낼 만큼 대단한 것들. 그리고 연우는 앞으로도 그것을 더 크게 쌓아나갈 자신이 있었다.

그것 또한 투쟁일 테니.

여태껏 걸어온 것처럼. 앞으로도 그렇게 걸으면 그만이었다.

그래서 연우는 자신을 보고 있는 모든 신과 악마들에게 외치고 있었다.

이왕에 자신에게 힘을 주겠다고 다짐했다면, 더 통 크게 나서라고. 그것을 어떻게든 모아서 완성해 보이겠노라고.

결국.

오른쪽 날개는 연우가 앞으로 계속 만들어 나가야 하는 업의 총화였고.

결론적으로 '신'이 되고자 하는 그에게 반드시 필요한 신화(神話)의 기반이었다.

아마도 두 날개의 균형이 맞춰지는 순간이, 그토록 바라던 신격을 쟁취하는 순간일 테지.

즉.

투쟁은. 그가 쟁취하고자 하는 신위이기도 했다.

파앗―

연우의 오른쪽 등을 따라 어렴풋하게나마 날개 뼈대가 돋아나 빛을 내기 시작했다.

죽음의 날개가 온통 검은색이었다면, 이것은 화려한 붉은색으로 타오르고 있었다.

원래대로라면 절대 범접하지 못할 이아페토스라는 거대한 신적인 존재를 적으로 맞았으니, 키워드도 이에 상응해서 크게 작동한 것이다.

그리고.

[새롭게 바뀐 키워드에 어울리는 권능들을 검색합니다.]
　[권능을 탐색합니다.]
　[권능을 탐색합니다.]

이번에는 검색이 어렵다는 메시지가 떠오르지 않았다. 키워드를 교체하고, 자신을 정면으로 내세우면서 신과 악마들도 깊은 갈등에 빠진 것이다.

하지만 그렇다고 해서 이대로 권능을 내어 주게 된다면 가계약은 깨지게 되고, 그들의 권능은 오른쪽 날개를 이루는 톱니바퀴로 전락할 위험이 컸다. 왼쪽 날개에 권능을 빼앗긴 죽음의 신과 악마들처럼.

그래서 어느 누구도 섣불리 나서지 못하던 그때.

[첫 번째 탐색이 성공했습니다.]

[신의 사회, <올림포스>의 아테나가 하사한 권능 '여신의 성흔'이 첫 번째 구성 요소가 되었습니다.]

[아테나에게서 메시지가 도착했습니다.]

[메시지: 오해다.]

[아테나에게서 메시지가 도착했습니다.]

[메시지: '그'와는 관계가 없는 일이다. 시작은 그랬을지 모르지만, 지금 내가 응원하는 건 바로 너다. 난. 언제나 너를 수호할 것이다.]

그것을 필두로.

[헤르메스가 하사한 권능 '천지교통'이 두 번째 구성 요소가 되었습니다.]

[혼돈이 하사한 권능 '무면목 법서'가 세 번째 구성 요소가 되었습니다.]

……

메시지가 잇달아 올라오기 시작했다.

[아가레스에게서 메시지가 도착했습니다.]
[메시지: 젠장! 잠시 화장실을 다녀온 사이에!]
[아가레스에게서 메시지가 도착했습니다.]
[메시지: 나도! 나도!]

[아가레스가 하사한 권능 '흉신악살'이 여섯 번째 구성 요소가 되었습니다.]

＊　　　＊　　　＊

[비마질다라가 만족에 찬 웃음을 보입니다. 당신이 내린 결정에 깊은 흥미를 보입니다.]
[비마질다라가 자신의 권능이 더 유용하게 쓰였으면 한다는 희망을 내비칩니다.]
[비마질다라가 하사한 권능 '검은 구비타라'가 서른네 번째 구성 요소가 되었습니다.]

그 메시지가 마지막이었다.

당장 오른쪽 날개의 구성 요소, 즉, 투쟁이라는 키워드의 톱니바퀴가 되기를 자처한 권능은 모두 34개였다.

5천여 개나 되던 권능의 수에 비하면 너무 턱없이 부족한 숫자였지만.

무게는 절대 적지 않았다.

아테나와 헤르메스, 혼돈처럼 처음부터 연우에게 호의를 보였던 존재들은. 각각의 사회에서도 큰 비중을 차지하는 대신격이었다.

그러다 보니 그들이 내린 권능의 무게도 남다를 수밖에 없었다. 웬만한 중급 및 하급 신격들의 권능 수십 개를 가져다 대더라도 비교할 수준이 아니었으니.

특히 흔쾌히 자신의 가장 중요한 권능을 내어 준 비마질다라의 무게는 수백 수천 명분을 충분히 해낼 수 있을 만큼 컸다.

그러다 보니 투쟁의 날개가 가지는 무게도 엄청날 수밖에 없었고.

그 속에 담긴 권능들도 톱니바퀴처럼 맞물려 돌아가기 시작했다.

처음에는 서로 이질적이어서 잘 맞지도 않았지만, 오만의 돌에서 흘러나온 보라색 기운은 이런 차이마저도 모두 수용하면서 톱니바퀴의 회전률을 극도로 높였다.

특히 지금 연우가 처한 상황은 상대를 절대 이길 수 없는 위급한 처지였으니.

'투쟁'이라는 키워드가 가장 빛을 발하는 순간이기도 했다.

화아악—

연우는 자신의 몸으로 흘러들어 오는 엄청난 양의 신력과 마기를 느낄 수 있었다. 신의 인자와 마의 인자가 반갑다면서 환호를 질러 댔다.

우드득, 우득—

반면에 열세에 놓인 용의 인자는 균형을 흐트러뜨리지 않기 위해서 새로운 변모를 시도했으니. 마신룡체가 가진 가능성이 다시 한번 더 깊어졌다.

[시차 괴리]

연우는 다시 한번 더 사고 속도를 최대로 높이면서 빠른 판단을 내리기 시작했다.

지금 이 터질 것 같은 힘을 유지할 수 있는 시간은 불과 30여 초.

이 안에 어떻게든 승부를 봐야만 했다.

'아니. 미완성인 투쟁의 날개로만은 힘들어. 그렇다면.'

파앗―

연우는 왼쪽 날개도 똑같이 뽑아 올렸다. 엉성하기만 한 투쟁의 날개와 다르게 화려하게 불타오르는 죽음의 날개가 하늘에 닿을 것처럼 치솟았다.

두 날개가 동시에 펼쳐졌다. 사용 시간은 그만큼 줄어들 수밖에 없었다.

그 결과, 버틸 수 있는 한계는 11초로 확 줄어들고 말았다.

연우는 아공간을 열어 비그리드를 빠르게 뽑았다. 10초.

그리고 블링크를 전개해서 이아페토스의 오른쪽 어깨 위에 착지했다. 9초.

연우를 잡기 위해 뭉쳤던 열풍이 도중에 방향을 꺾었다. 단단히 압축되면서 생성된 칼날 바람이 연우의 머리 위로 쏟아졌다. 죽음의 날개가 크게 홰를 쳤다. 공간이 일그러지면서 칼날 바람이 모조리 부서졌다.

퍼퍼펑. 시끄러운 폭죽 소리가 잇달아 울렸다. 그사이, 연우는 비그리드를 역수로 쥐면서 그대로 이아페토스의 어깨에다 박았다. 8초.

양쪽 날개를 동시에 펼치면서 최대로 부풀린 에너지가 고스란히 비그리드 쪽으로 실렸다.

'니케……!'

『응응! 맡겨만 줘!』

연우의 다급한 외침에 니케가 성화로 변하면서 비그리드
로 스며들었다. 그리고 에너지를 전달하는 매개체가 되어
화려하게 불타올랐다.

화르르륵—

삽시간에 불길이 걷잡을 수 없이 커지면서 이아페토스를
집어삼켰다.

쿠어어어!

이아페토스가 고통에 찬 비명을 질렀다. 7초.

어떻게든 연우를 떨쳐 내기 위해서 발버둥 치기 시작했
지만, 연우는 꿈쩍도 하지 않았다.

아니, 오히려 비그리드가 더 깊숙하게 박히면서 불길이
더 화려하게 타올랐다.

얼마 전에 획득한 비그리드의 특성 때문이었다.

아스트라이오스를 잡았을 무렵, 연우는 비그리드의 숨
겨진 조건 중 일부를 달성했다는 메시지를 본 적이 있었다.
가려진 이름을 밝힐 수 있는 힌트였다.

이때 받았던 내용은 퀘스트였다.

[히든 퀘스트 / 숨겨진 이름]

내용: 위대한 성검은 은의 시대에 탄생한 이후, 수많은 영웅들의 손을 전전하면서 그만큼 많은 이름을 얻었다가 잃기를 반복했습니다.

그러다 저주를 받아 마검으로 변질된 이후, 영광스러웠던 이름들을 모두 잃어버리고 아무도 찾지 않는 허름한 동굴 속에 버려져 새로운 주인이 찾아올 때까지 수백 년을 꼬박 기다려야 했습니다.

그리고 당신을 만나 새로운 업을 추가하면서 성검으로서의 기능을 되찾기 시작했고, 용혈과 신력으로 저주를 씻으면서 이제 옛날의 모습을 되찾기 직전까지 다다를 수 있었습니다.

하지만 오래전에 잃어버린 이름들은 전설과 신화 속에 묻혀 도저히 되찾을 길이 없습니다. '비그리드'라는 이름도 후대에 붙여진 가명일 뿐입니다.

'비그리드'도 그동안 자신의 옛 이름을 되찾을 생각을 하지 않았습니다.

하지만 초월성이 부여되면서 영성(靈性)이 깨어나 이제 옛 모습을 되찾고자 하는 의지를 갖기 시작했습니다.

이름은 사물의 특성을 규정하는 중요한 작용을 합

니다. 옛 이름을 되찾아야만 '비그리드'도 온전한 모습을 드러낼 수 있습니다.

지금부터 새로운 업을 추가할 때마다 힌트가 제공될 것입니다.

이 힌트들을 바탕으로 옛 이름'들'을 찾으세요.

이름을 되찾을 때마다 비그리드는 새로운 특성과 신비로운 모습을 드러낼 것입니다.

제한 조건: '비그리드—???'의 소유자. 초월성 보유.

제한 시간: —

달성 조건:

1. 업적 추가 → 힌트 제공

2. 힌트 추론 → 진명 발견

3. 진명 개방 → 특성 재개

*현재 제공된 힌트(2/?)

1. 이 검을 쥔 영웅은 모두가 위대하였다. 그들의 이름은 전설로 남아 있다.

2. 어느 소유자는 이름 모를 거인의 오른팔을 잘라 그가 가지고 있던 검을 갖게 되었다. 이때, 거인의 저

주가 검에 남아 이후의 소유자들은 모두 저주를 피할 수가 없었다.

처음 주어진 힌트는 두 가지.

어떻게 보면 아주 흔하디흔한 전승으로만 보일 수도 있어, 이것으로 어떻게 이름을 유추할 것이냐고 물을 수도 있을 테지만.

오랫동안 비그리드를 다뤄 왔던 연우는 언제부턴가 검 속에 담긴 영성의 의지를 어느 정도 짐작할 수 있었다.

아니, 그런 게 아니더라도. 이리저리 사용하다 보면 과거의 전승과 대조해서 특징을 유추할 수 있는 법이었다.

그래서 이미 추론했었던 이름이 몇 가지 있었고.

퀘스트와 함께 주어진 힌트를 통해 확신을 얻을 수 있었다.

비그리드가 가졌던 수많은 이름 중 하나는 바로.

'듀렌달(Durendal).'

위대한 서사시, 〈일리아스〉의 주인공인 영웅 헥터가 거인 유트문더스가 사용하던 것을 죽여 빼앗았다는 전승을 지닌 검이었다.

전력의 열세와 끝내 패배하리라는 신탁을 받았는데도 불구하고, 자신의 고국을 지키고자 투쟁을 거듭하다가 결국 유트문더스의 저주처럼 눈을 감고 말았던 영웅의 전승이 어린 만큼.

듀렌달이라는 이름을 되찾은 비그리드는 다른 어느 때보다도 화려한 빛을 터뜨리고 있었다. 6초.

그리고.

초월성을 획득한 존재들은 대개 자신의 업적을 기반으로 힘을 발휘한다. 이때의 업적이란 흔히 말하는 신화였으니. 상성 차이도 여기서 비롯되는 경우가 많았다.

듀렌달은 영웅 헥터가 '거인을 쓰러뜨렸다'는 전승을 지니고 있었다.

즉, 거인을 상대함에 있어서만큼은 뛰어난 성질을 자랑한다는 뜻이었으니!

지금 연우가 맞닥뜨리고 있는 존재는 '거인처럼 커진' 신이었다. 상성적으로 비그리드가 앞서기 시작한 것이다.

　['비그리드—???'가 새로운 진명, '듀렌달'을 획득했습니다.]

　['듀렌달'의 진명을 개방합니다.]

　[전승: 거인 살해]

콰콰콰—

비록 연우가 획득한 초월성이 아직 너무 적은 나머지 듀렌달의 완전한 진명 개방은 불가능했지만, 그래도 성화를 품은 이상 이것만 해도 엄청난 힘이었다.

크아아악!

이아페토스는 전신을 휘감은 불길에 고통에 찬 비명을 질렀다.

거무튀튀하던 몸이 고열로 빨갛게 달아오르고, 살가죽이 부르트면서 균열이 조금씩 퍼져 나가기 시작했다. 균열 사이사이로 불길이 용암처럼 줄줄 흘러내렸다.

이아페토스는 다시 한번 더 신격을 해방하고자 했다. 지금 거신력을 풀어 버리면 다시는 거신이 될 길이 없었지만, 당장 그러지 않으면 정말 위험했다.

하지만.

이상하게 몸이 말을 듣질 않았다. 마치 무언가에 꽁꽁 묶여 있는 것 같은 그런 기분이 들었다.

이아페토스는 그제야 자신의 신격 개방을 방해하는 게 무엇인지 뒤늦게 깨달을 수 있었다. 얼굴이 잔뜩 일그러졌다. 저 허공 너머에, 자신을 노려보는 눈길이 있었다.

『아테나……! 네년이로구나…… 네년이……!』

인과율에 그만한 대가라도 지불한 것일까. 그렇다면 무엇을 내놓았기에 신격을 막을 수 있는 것일까. 아무리 빛의 기둥이 놓여 올림포스와 타르타로스의 교류가 원활해졌다지만, 그래도 상당한 희생을 필요로 할 텐데……!

문제는 거기서 그치지 않았다.

비스듬히 열린 공간 사이로 날파리 같은 것들이 나타나고 있었다.

부의 눈이 드러나 그를 공격하고, 아킬레스건을 잘랐던 샤논과 한령 등이 나타나 이아페토스를 쉴 새 없이 휘몰아쳤다.

거기다 여태 볼 수 없었던 다른 녀석들도 추가되어 있었다.

땅거죽을 따라 짙은 그림자가 드리워진다 싶더니, 촉수 같은 게 넘실넘실 올라와 이아페토스를 칭칭 감았다. 그 속에는 크고 작은 의념들이 덕지덕지 발려 있었다.

　[영괴(靈怪)]
　괴이가 몇 단계 이상으로 진화한 형태. 평상시에
　그림자 속에 존재하는 영차원에 숨어 있다가, 필요
　할 때마다 물리적인 실체를 구현한다.

어느새 변태를 끝내고 새로운 형태로 거듭난 괴이들이었다. 연우의 그림자, 그 자체라고도 할 수 있는 존재들. 오로지 그의 의지로만 움직이는 괴물들이었다.

5초.

4초.

3초.

그렇게 시간은 착실하게 깎여 가고 있었고, 이아페토스의 거체도 같이 무너졌다.

2초.

1초.

그리고 마지막 한계점에 다다랐을 때.

쾅!

연우는 더 이상 버티지 못하고 가속 시간에서 튕겨 나고 말았다. 두 날개가 해제되면서 몸뚱이도 같이 튕겨 나 바다으로 추락했다.

아직 완성되지도 않은 두 날개를 억지로 시전해서일까. 반발력으로 몸이 온통 진탕이 되고 말았다.

마신룡체라는 육체가 드디어 한계에 부딪친 느낌이었다. 비그리드도 어느새 듀렌달의 형태를 잃고 평범한 검으로 되돌아가 있었지만.

추락하는 동안, 연우의 입가에는 어렴풋한 미소가 번져

있었다.

자신의 한계를 드디어 체감했다는 사실이, 그리고 자신의 힘이 신적인 존재에게도 어느 정도 통할 정도로 강해졌다는 사실이 뿌듯했던 것이다.

『죽인다……! 죽인다!』

드디어 고통에서 해방된 이아페토스는 두 눈을 부리부리하게 뜨고 있었지만, 상태가 말이 아니었다. 여전히 몸 여기저기에 산재한 불길이 그를 먹어 치우는 중이었다. 균열로 갈라진 몸의 조각들이 아래로 우수수 쏟아졌다.

그리고. 균열 사이사이로 검은 기운들이 마구 밖으로 쏟아졌다. 마치 장독대가 깨져 물이 줄줄 새듯이, 거신이라는 틀이 깨지면서 크로노스의 시정이 흘러나가기 시작한 것이다.

그 때문에. 이아페토스는 연우를 죽이겠다는 의지와 다르게 꼼짝도 할 수가 없었다.

『안 된다……! 안 된다……!』

어떻게든 새어 나가는 크로노스의 시정을 붙잡아 보려

발버둥 쳐 봤지만, 거신력은 손가락 사이사이로 빠져나가면서 흩어졌다.

그러다 거신력은 돌개바람을 그리면서 연우에게로 쏟아졌다. 아니, 정확하게는 연우가 착용하고 있는 팔찌와 족쇄 쪽이었다.

우웅, 웅—

칠흑왕의 형틀은 크로노스의 시정을 한껏 먹어 치우면서 기분 좋게 울음을 토해 냈다. 연우도 어떻게 손을 쓸 새도 없이 벌어진 기현상이었다.

『크아아……!』

결국 연우에게 당하다 못해 이제는 모든 것을 잃어버리기까지 한 이아페토스는 분노를 참지 못하고 광분을 터뜨렸다.

그사이에도 그의 몸집은 계속 줄어들면서 끝내는 원래대로 되돌아갔다. 시뻘게진 두 눈이 겨우겨우 바닥에 착지한 연우에게 고정되었다.

"네놈만큼은……!"

이아페토스는 더 이상 진언을 내뱉을 힘도 없어 육성을 내뱉으면서 천천히 연우에게 다가갔다. 그는 어느새 모든 거신력을 잃고 원상태로 되돌아와 있었다.

하지만 그렇다고 해도 티탄은 티탄. 모든 힘을 소진한 플레이어 한 명쯤 손쉽게 죽일 힘은 있었다.

"카인을 구해라!"

"카인을 지켜!"

뒤늦게 람과 남은 디스 플루토들이 연우를 지키기 위해 다급하게 움직이는데.

『거기까지.』

갑자기 하늘이 갈라지면서 거대한 동공이 드러났다.

재미있다는 듯 웃고 있는 엷은 눈동자.

티폰이었다.

"티폰!"

이아페토스가 잔뜩 굳어진 얼굴로 하늘을 올려다봤다. 티폰의 눈동자가 나타났다는 건 자신이 하려는 일에 훼방을 놓겠다는 뜻이나 다름없었다.

『이번 싸움은…… 너의 패배다…… 이아페토스…….』

"무슨 소리를 하는 거냐! 이제 놈을 죽이면 되는……!"

『보이지…… 않는 것이냐…… 아니면…… 못 본 척하는 것이냐……?』

티폰의 눈동자가 소름 끼칠 정도로 차갑게 웃었다.

『저 아이를…… 지켜보라고 하지 않았던가……. 저 뒤에 있는…… 치들이 보이지 않는가……?』

이아페토스는 티폰의 동공이 가는 방향으로 고개를 홱 돌렸다. 연우가 숨을 거칠게 몰아쉬면서 갑자기 나타난 티폰을 상대하기 위해 다시 억지로 기력을 짜내고 있었다.

그의 주변은 어느새 람을 비롯한 디스 플루토가 에워싸고 있었다. 어떤 위협에서든 그를 지켜 내겠다는 듯 결연한 기색으로.

하지만 이아페토스의 눈에는 전혀 다른 것이 보였다.

꽤 많은 숫자의 신과 악마들이 연우의 뒤편에 서 있었다. 물론 천계에 있는 저들이 내려오는 건 사실상 불가능할 것이다.

하지만 몇몇은 노여운 시선으로 이아페토스를 노려보는 중이었다. 예를 들어, 아테나나 헤르메스는 대가만 주어진다면 곧바로 내려올 태세였다. 케르눈노스나 비마질다라의 시선도 만만치 않았다.

아테나와 헤르메스는 자신들과 적대 관계인 올림포스의 종자들이니 그렇다고 치자. 하지만 최고신의 자격을 가지고도 얽매이는 게 싫어 사회를 꾸리지 않고 홀로 다닌다는 케르눈노스나, 같은 악마들조차도 눈 아래로 본다는 투귀(鬪鬼)인 비마질다라는 왜 녀석과 함께하고 있단 말인가.

어디 그뿐이랴.

[아가레스에게서 메시지가 도착했습니다.]
[메시지: 저것은 내 것이다.]
[아가레스에게서 메시지가 도착했습니다.]
[메시지: 내 것에 함부로 손을 댄다면…… 죽여 주마.]

고고하기로는 둘째가라면 서러워한다는 동부의 대공, 아가레스는 아예 그를 찢어 죽일 듯이 노려보고 있었다.

대체 이 말도 안 되는 광경을 어떻게 해석해야 한단 말인가.

하나하나가 모두 대신격 혹은 대악마에 준한다는 자들이, 저토록 필멸자를 감싸고 돈다는 사실을 그의 상식으로는 도저히 이해할 수 없었다.

하지만 한 가지만큼은 확실했다.

여기 있는 플레이어를 죽일 경우, 저 많은 신과 악마들을 적으로 돌리게 될 거라는 사실이었다.

물론, 크게 두렵거나 하지는 않았다.

빛의 기둥이 내려온 이상, 그들도 이제 올림포스로 올라 갈 수 있는 기회가 생겼다.

그리고 그러기 위한 준비는 착착 이뤄지고 있었다. 천계 에만 도착한다면, 오래전에 잃어버린 신격도 되찾을 수 있 는 길이 열린다.

그리고.

천계를 제패하는 것이 그들의 최종 목표인 이상, 언젠가 저들과도 충돌하게 될 것이다.

하지만, 최소한 지금은 아니었다. 올림포스를 복속시킨 뒤에야 정복 전쟁을 시작할 수 있는 기반을 갖출 수 있을 테 니, 지금은 쓸데없이 다른 적들을 만들 필요가 전혀 없었다.

티폰도 바로 이 점을 지적하는 것이다.

하지만.

하지만……!

'이렇게 물러서야 한단 말이냐!'

녀석이 바로 눈앞에 있었다. 손만 뻗으면 닿을 거리에. 조금만 힘주면 쉽게 부러뜨릴 수 있을 목을 훤히 드러내고.

문제는. 녀석이 웃고 있다는 점이었다.

비록 가면을 쓰고 있어서 표정을 제대로 읽을 수 있는 건 아니었지만. 그 너머에 있는 눈꼬리가 살짝 비틀려 있었다.

할 수 있겠냐는 듯.

해볼 테면 해보라는 듯이.

힘도 전부 소진해서 거칠게 숨을 내뱉는 녀석이 배짱을 부리는 것이다.

결국. 그런 냉소가 이아페토스의 심기를 박박 긁어 놓았고.

"죽인다아!"

『그만두라는 말…… 들리지 않는 것이냐…… 이아페토스……!』

이아페토스는 티폰의 말을 흘려들으며 연우에게로 손길을 내뻗었다.

그 순간, 가면에 가려진 연우의 입술도 크게 비틀렸다.

그때.

콰르르, 콰르르릉!

갑자기 하늘에서부터 새하얀 벼락이 쏟아졌다. 그것은 마치 잘 벼린 칼처럼 아주 날카로웠다. 연우에게 막 닿으려던 오른팔이 잘리면서 허공으로 튀었다.

푸우우—

"크아악!"

가뜩이나 이아페토스는 크로노스의 시정을 대거 상실하
면서 육체가 망가질 대로 망가진 상태. 여기에 용종의 기운
이 가득한 공격이 가해지니 영혼에 치명적인 타격을 입을
수밖에 없었다.

이아페토스는 잘린 오른팔을 붙잡으면서 뒤로 주춤 물러
섰다. 피가 뚝뚝 떨어지면서 바닥을 흥건하게 적셨다.

그 위로.

정우가 새하얀 날개를 화려하게 펼치면서 조용히 착지하
고 있었다. 은색으로 빛나는 갑주와 칼날이 위용을 잔뜩 드
러내며 시퍼런 예기를 뿌려 댔다.

"늦었어."

『뭐라는 거야. 이것도 최대한 서둘러 온 거구만.』

정우는 연우의 핀잔을 콧방귀 뀌며 무시하고선 드래곤
슬레이어를 이아페토스 쪽으로 돌렸다.

『2차전은 저 못생긴 아저씨랑 마저 하면 되는 건가?』

이아페토스를 따라 검은 먹구름 같은 게 조금씩 일렁이
고 있었다. 그를 둘러싼 공간이 꿈의 경계선으로 들어서고
있다는 뜻이었다.

원래는 이아페토스가 가진 영압 때문에 절대 있을 수 없

는 일이었지만. 지금은 그만큼 힘을 상실하면서 네메시스의 결계 속으로 말린 것이다.

연우가 여태껏 여유로웠던 것도 전부 이 때문이었다.

정우의 영혼 상태는 분명 불안정하다. 위험한 구석도 많다. 하지만 특정 조건만 주어진다면, 영령(英靈)에 준할 정도로 강한 힘을 발휘한다.

생전에 터득한 격이 있기 때문이었다. 레드 드래곤의 포위망을 뚫고, 여름여왕의 드래곤 하트를 망가뜨릴 정도로 뛰어나던 격. 이때의 힘을 조금만 드러내더라도, 연우는 녀석과의 승패를 장담할 수 없으리라 여겼다.

물론, 현실에 온전한 격을 드러낼 수 있는 시간에는 한계가 있을 테지만.

그 시간이 끝날 때 즈음에는 자신도 다시 비그리드를 쥘수 있을 것 같았다.

지금 이 순간에도, 현자의 돌은 영혼석의 에너지를 고루뿌려 대고 있었으니까. 마신룡체도 어느새 수복을 거의 마쳐 가고 있는 중이었다.

이아페토스는 이를 악물었다. 너무 허망하게 오른팔이 잘려 나갔다. 머릿속이 짜증과 분노로 가득 찼지만, 신의눈은 연우 형제의 변화를 정확하게 읽어 내고 있었다. 연우의 계획도 쉽게 알 것 같았다.

게다가.

『더 이상의 불복종은…… 용서치 않겠다…… 이아페토스…….』

티폰의 마지막 경고가 그의 발을 단단히 묶었다.

그가 처한 상황은 그리 좋지 못했다.

다수의 디스 플루토가 어느새 그를 둘러싸고 있었다. 특히 하데스의 사도, 람은 강신(降神)을 준비하고 있는지 그녀를 따라 감도는 기운이 심상치 않았다.

이런 상황에서 계속 싸움을 이어 나간다면?

자신의 패배였다.

티탄의 12주신 중 하나였던 자신이, 한낱 필멸자들에게 패배를 하고 만 것이다!

하지만 분통을 터뜨린다고 한들, 달라질 것은 없었다.

결국 이아페토스는 아랫입술을 질끈 깨물면서 천천히 뒷걸음질을 쳐야만 했다. 하지만 물러나는 동안에도 그의 시선은 연우에게 단단히 고정되어 있었다.

"다음에. 다음에 만났을 때 네놈의 목은 어떻게든 내가 뜯어 주마."

그 말과 함께 이아페토스는 공간에 묻혀 완전히 사라졌

다. 티폰이 내린 장막 속으로 자취를 감춘 것이다.

하지만 티폰은 바로 사라지지 않았다. 뭔가 못마땅한 듯 살짝 눈살을 찌푸리다가, 곧 동공을 돌려서 연우에게로 고정시켰다. 순간, 눈꼬리가 호선을 그렸다. 너무 즐거워 죽겠다는 듯이.

『아무리…… 이아페토스가 머저리라고 해도…… 대단하군…… 왜 아테나와 헤르메스가…… 끼고 도는지 알겠어…… 왜 포세이돈이 경계를 하고 있는지도…….』

[특성 '냉혈'이 근원을 알 수 없는 압박감을 물리칩니다.]
[특성 '냉혈'이 근원을 알 수 없는 압박감을 물리칩니다.]

연우는 냉혈 특성을 빌려 티폰이 주는 압박을 물리치면서, 그를 똑같이 노려보았다. 하지만 한편으로는 위화감도 들었다. 분명 오랫동안 타르타로스에만 갇혀 있었을 녀석의 말투가, 꼭 올림포스의 상황을 다 알고 있는 것처럼 느껴졌다.

『과연 칠흑의 후예…… 죽음을 가질 만해……. 하지만…… 한 가지만은 말해 두마……. 칠흑의 힘은…… 그리 쓰는 것이 아니다……. 그것은…… 우리와 함께할 힘……. 반역자 올림포스와…… 할 힘이 아니지…….』

'반역자?'

연우는 눈을 크게 뜨며 티폰을 바라봤다. 순간, 그의 머릿속으로 다시 한번 더 예전에 올림포스의 보고에서 봤던 성화가 스쳐 지나갔다.

제우스를 비롯한 여러 신들의 공격에 나락으로 떨어지던 어느 이름 모를 신.

『크로노스는 그의 사도였고…… 우리는 크로노스의 유산을…… 이었으니…… 너 역시……!』

그 순간.

콰르릉!

티폰의 말을 자르듯이 하늘에서부터 어마어마한 압박감이 몰려왔다.

연우는 그쪽으로 고개를 돌렸다. 헤르메스와 아테나의 채널링이 유독 짙어져 있었다. 더 이상 말하지 말라는 듯,

티폰을 노려보는 것 같았다.

티폰의 눈꼬리가 더 깊이 휘었다.

『아무래도…… 그대의 수호신들은 내가 더 말을 섞는 것을…… 싫어하는 듯하군. 못다 한 이야기는…… 나중에 자세히 나눌…… 기회가 있겠지…….』

눈꼬리가 점점 옅어졌다.

『그리…… 멀지 않았을 테니…… 그때가 오기를…… 기다리고 있으마…….』

티폰은 그 말을 남기고 조용히 자취를 감추었다.

그러자 좌중을 둘러싸고 있던 압박감도 거짓말처럼 완전히 가셨다.

깊은 적막이 내려앉았다.

털썩—

적막을 깨뜨린 것은 다리의 힘을 잃고 제자리에 주저앉는 디스 플루토들이었다.

밤새 이어졌던 성역 탈환에서부터 이아페토스의 신격 해방, 권속들과의 싸움, 티폰의 등장까지. 여태 겪었던 수많은 전투들 중에서 이번이 가장 치열하고 힘들었던 것 같았다.

그 속에는 람도 섞여 있었다. 억지로 하데스의 강신을 시도하면서 마지막 남아 있던 기력도 전부 소진하고 만 것이다.

정우도 어느새 회중시계 속으로 스며들어 휴식을 취하고 있었다.

하지만.

연우는 한참 동안 가만히 앉아 티폰이 던진 말을 계속 곱씹어야만 했다.

'크로노스가 칠흑왕의 사도였다고?'

그러고 보니 처음 타르타로스에 도착했을 무렵. 연우가 처음 떨어진 곳은 거대한 산맥처럼 누워 있던 크로노스의 사체 주변이었고, 칠흑왕의 형틀은 미친 듯이 떨렸었다.

지금도 마찬가지. 이아페토스가 흘린 크로노스의 시정은 모조리 칠흑왕의 형틀 쪽으로 빨려 들어갔다. 마치 그곳이 제자리라는 것처럼. 아주 당연하다는 듯이.

그런데 만약 이곳에서 운용되는 거신력이니 크로노스의 시정이니 하는 것들이 사실은 칠흑왕에게서 비롯된 것이라면, 말이 되었다.

포세이돈을 비롯해 데메테르, 헤스티아, 헤라 등이 왜 그렇게 이 힘을 경계하고 있는지도.

'제우스와 포세이돈 세대는 크로노스를 비롯한 티탄을 거꾸러뜨리고 올림포스를 차지했다. 그럼 당연히 티탄의 배후나 다름없던 칠흑왕을 그토록 두려워하는 것도…… 당연해.'

그것이 바로 티타노마키아.

하지만 헤르메스와 아테나의 세대는 다르다. 그들은 티타노마키아를 겪지 못했고, 크로노스의 악명을 들어도 두려워하기보다는 선망의 시선으로 그를 바라볼 수 있었다. 그리고 스틱스의 맹세로 금제가 걸린 칠흑왕에 대한 것을 알고, 추종하기 시작한 것이라면.

그렇다면 헤르메스와 아테나가 칠흑왕의 후계가 된 연우를 호의적으로 돌보는 것도 이해가 되었다.

"그런 겁니까?"

연우는 자신의 속내를 한껏 드러내면서 고개를 위로 들었다.

하지만.

[헤르메스가 쓰게 웃습니다.]
[아테나가 침묵합니다.]

그들에게서는 이렇다 할 대답이 들려오지 않았다.

그것을.

연우는 무언의 긍정으로 받아들였다.

그렇다면 여전히 의문이 남았다.

신이 신을 사도로 둔다는 것도 도무지 상상하지 못한 개념이었는데. 당대 최고신이었던 크로노스를 사도로 둘 정도였다면. 대체 어떤 존재였을지, 이제는 도무지 짐작도 가질 않았다.

'넌, 뭔가 알고 있지?'

연우는 현자의 돌 속에서 잠자코 있을 마성에게 질문을 던졌지만.

돌아온 것은.

키키킥!

뜻 모를 이상한 웃음소리가 전부였다.

*   *   *

"……역시 여기도 정신없네."

칸이 되돌아온 것은 약 한 시간이 지났을 무렵이었다. 그 역시 꽤 거친 격전을 벌이고 왔던지, 전신이 온통 상처투성이였다. 두 눈도 여전히 흉흉하게 번들거리고 있었다.

그는 연우 앞에다가 등에 짊어지고 있던 것을 아무렇게나 던졌다.

디스 플루토의 시선도 자연스레 그쪽으로 쏠렸다. 이아페토스와 전투를 치르는 동안, 칸과 파네스 일행이 사라진 것을 그들도 뒤늦게 깨달아 대체 무슨 일이 벌어졌던 것인지 궁금해진 차였다.

만약 그사이에 충돌이 벌어진 것이라면, 그건 그것대로 문제가 될 여지가 다분했다.

그런데, 도무지 칸이 던진 게 무엇인지 알 수가 없었다.

피를 흠뻑 뒤집어쓴 채로 이리저리 조금씩 꿈틀거리는 걸 봐서는 살아 있는 게 분명한데. 기괴하게 일그러진 모습이 도무지 사람으로 보이지 않았던 것이다.

팔다리가 모조리 잘리고, 얼굴이나 몸뚱이도 화상이나 동상 따위로 잔뜩 뭉개져 있었다.

그러다 람은 뒤늦게 그것이 풍기는 기질이 비교적 익숙하다는 사실을 깨달을 수 있었다.

"설마…… 파네스?"

꿈틀!

그것이 람의 말에 반응하듯이 움찔거렸다.

람의 두 눈이 커지고 말았다.

연우 일행과 어떤 충돌이 있었다는 건 눈치채고 있었지

만, 설마 파네스가 이런 몰골로 돌아올 거라고는 생각도 못했던 것이다.

지난 몇 개월 동안 파네스는 혁혁한 공을 세우던 영웅이었다. 엘로힘을 대표한다는 신혈 가문의 주인이었고, 배후로 포세이돈을 비롯한 올림포스의 여러 대신격들을 두기도 했던 자였다.

비록 그녀에 미칠 정도는 아니었지만, 그래도 그녀가 인정하는 몇 안 되는 플레이어들 중 하나였는데.

그런 이가 이렇게 되어 버렸다고?

람을 비롯해 경악 섞인 시선이 여기저기서 쏟아졌지만.

칸은 당연하다는 듯이 팔짱을 끼며 콧방귀만 뀔 뿐이었다.

＊　　　＊　　　＊

'어때. 이제 속은 좀 시원해?'

연우는 휴식을 취하는 동안, 정우에게 질문을 던졌다. 아이테르와의 만남이 어땠을지 궁금했던 것이다.

『모르겠어. 그냥.』

정우는 회중시계 안에서 한참 뒤에나 대답을 했다.

『속은 시원한데…… 좀 엿 같아.』

연우는 이해한다는 듯이 고개를 끄덕였다. 정우로서는 복수에 대한 통쾌함보다도 아이테르를 만난 것으로 인해 잊고 싶었던 과거를 다시 조우한 스트레스가 더 컸을 테니까. 하물며 정우가 특전으로 겪었던 수많은 기억들도 한몫 단단히 했다.

『그보다 형은. 이놈 어쩔 거야?』

'무엇을?'

『이 새끼 말이야. 그냥 계속 질질 끌고 다니려고?』

정우는 컬렉션 속에서 우울한 소리를 내며 돌아다니는 아이테르의 망령을 가리켰다. 이제는 생전의 기억도 남지 않아, 오로지 죽을 당시의 공포만을 기억하는 녀석. 상대할 가치도 없었다.

'권속들의 양분으로 주려고. 필요하면 그냥 네게 줄 수도 있고.'

『필요 없어. 이딴 거.』

정우는 심드렁하게 대답하면서 피식 웃었다.

『내가 원하는 게 뭔지는. 형이 더 잘 알잖아?』

연우도 따라서 가볍게 웃었다. 그러다 깊어진 눈으로 작게 중얼거렸다.

'조금만 기다려. 조금만.'

＊　　　＊　　　＊

큰 피해를 입은 디스 플루토의 발걸음은 처음과 달리 많이 무거웠지만.

와아아!

그들을 맞은 명왕의 신전은 온통 축제 분위기였다.

밤새 네 개나 되는 빛의 기둥이 내려오면서 하데스의 신력이 그만큼 강화된 것을 느낄 수 있었고, 티탄 이아페토스까지 무찌르면서 사기가 하늘을 찌른 것이다.

비록 피해가 조금 크긴 했지만, 그래도 큰 전공을 세웠다는 사실이 사라지는 건 아니었다.

무엇보다.

빛의 기둥이 다시 일어서면서 올림포스의 지원군을 기대해 볼 만하게 된 덕분에. 기쁨은 더 클 수밖에 없었다.

드디어 이 지긋지긋한 전쟁을 끝마칠 수 있겠다는 희망이 보이기 시작했다.

물론, 좋은 소식만 전해진 건 아니었다.

나쁜 소식도 있었다.

파네스 일행의 배반은 디스 플루토에게 큰 충격을 가져다주었다.

그동안 같은 동료이자 영웅이라고 생각했던 이들이 비열

한 짓을 저지르고 말았으니.

파네스 일행이 연우 일행과 사이가 좋지 않다는 건 모두가 다 알고 있는 사실이긴 했다. 하지만 그렇다고 해도, 허용 범위란 게 있는 법이었다.

디스 플루토에 있어 동료를 배반하는 행위는 절대 용납할 수 없는 중죄였고, 사안에 따라서는 반역죄를 물어 목을 칠 수도 있었다.

하물며 그것이 시각이 촉박하게 흘러가는 전쟁터라면, 더더욱.

다행이라면 일을 저질렀던 자들은 대부분 그 자리에서 사살되었지만, 주동자인 파네스는 아직 숨이 붙어 있다는 점이었다.

비록 금방이라도 숨이 끊어질 것처럼 기식이 엄엄하긴 했지만. 그 정도야 치유 마법을 적절하게 부여해 주면 충분히 유지하게 둘 수 있었다.

게다가 평소에는 축복이나 다름없었을 신혈이라는 체질도, 그녀의 숨을 꾸역꾸역 붙여 놓고 있었다.

물론 당장 죽고 싶은 마음이 간절한 파네스로서는 저주나 다름없는 셈이었다.

"꼴이 참 기괴하군."

하데스도 그런 파네스의 꼬락서니를 보고 어이가 없어

헛웃음을 흘리고 말았다.

그는 이런저런 정황을 듣고, 단번에 연우 일행과 파네스 일행 사이에 있었던 일을 꿰뚫어 봤다.

디스 플루토에 있는 내내 제 딴에는 영리한 척 구는 모습을 보며, 언젠가는 그 꾀가 스스로를 잡아먹을 것이라고 예상하긴 했다지만.

그래도 이렇게 어이없을 정도로 허무하게 역으로 당해 버릴 거라고는 생각도 못 했던 것이다.

하지만 하데스가 더 어이없었던 점은 녀석들의 배후가 되어 주었던 포세이돈 등이 전혀 모른 척 시치미를 딱 떼고 있다는 점이었다.

하데스는 이쪽을 빤히 굽어보고 있는 형제들의 시선을 느끼면서 혀를 쯧 하고 찼다.

뻔뻔한 놈들 같으니. 못 본 사이에 더 오만해졌어.

아무리 형제 사이라고 해도, 그 안에는 위계질서가 있기 마련이었다.

우두머리는 제우스일지 몰라도, 그들 6남매의 맏이는 하데스였다. 제우스도 하데스가 하는 말이면 의견을 굽힐 때가 한두 번이 아니었다.

무엇보다, 하데스가 명계의 왕이라는 점은 무시무시한 신력을 가지고 있다는 것을 말해 주었다. 명계에서 발생하는 모든 신앙이 곧 그의 것이었으니까.

그래서 불과 천 년 전만 하더라도, 올림포스는 절대 타르타로스의 일에 간섭을 하지 못했다. 어떤 충돌이 있으면, 올림포스가 먼저 굽히고 들어갈 때도 여러 번 있을 정도였다.

하지만 너무 긴 세월이 흘러 버린 것일까.

아니면 자신들이 아니면 타르타로스를 도와줄 구원군이 없으니 따지지 못할 것이라고 여긴 걸까.

포세이돈 등은 자신에게 이런 모욕을 주고도 일절 사과 한마디 없었다. 오히려 따질 테면 따져 보라는 듯 빳빳하게 눈을 치뜰 정도였다.

파네스에게 모든 죄를 뒤집어씌우는 것으로 일을 덮자는 것이겠지. 그리고 그 대가로 지원군을 보내 주겠다, 이런 의미로 보였다.

이래서야 누가 잘못을 한 건지, 인과 관계가 헷갈릴 정도였다.

"……죄송합니다. 벌을 주신다면 달게 받겠습니다."

람은 잠깐 고민에 잠긴 하데스를 보면서 면목이 없다는 듯 고개를 푹 숙였다.

하데스가 피식 웃음을 흘렸다.

"네가 미안할 게 뭐가 있다고 그러는 것이냐."

"이런 일이 벌어질 줄 알았더라면……!"

"되었다. 너는 공을 세웠다. 신상을 내려도 모자랄 판국에 어찌 벌을 내리란 것이냐? 그리고 이 일을 꾸민 놈들이 죄가 있는 것이지, 네가 예지를 부릴 수 있는 것도 아니고 어찌."

"……."

람의 머리가 더 깊게 가라앉았다. 이번 출정은 자신이 강하게 고집해서 벌어진 일이었으니까.

애당초 하데스는 이번 출정을 크게 내켜 하지 않았다. 이런 일이 벌어질 것임을 예측하고 있었던 것이다.

하지만 하데스의 사도라는 자신은 그런 신의 의도를 전혀 눈치채지도 못하고, 전세에만 목을 매달고 있었으니.

바라던 대로 성역의 탈환을 이끌어 낼 수는 있었지만.

반대로 올림포스에 모욕을 당하고, 그것으로도 모자라 기세 싸움에서 주도권까지 빼앗기고 말았으니.

억울해서 미칠 일이었다.

어떻게 된 것이 잘못은 저들이 했는데, 눈치는 이쪽이 봐야 하는 건지.

이래서는 지원군을 불러 타르타로스를 평정한다고 하더라도, 그 뒤의 주도권이 어디로 갈지는…… 불에 보듯 뻔한 일이었다. 그리고 그만큼 하데스가 가진 신격도 떨어지게 되겠지. 그 사실이, 람을 못내 미치게 만들었다.

그렇다고 지원군을 부르지 않을 수도 없으니. 속이 썩어 문드러질 것 같았다.

그런데.

"너는 나를 백 년 넘게 모셨다고 하면서도, 아직도 그리 나를 모르는 것이냐?"

하데스가 다시 한번 더 피식 웃음을 흘렸다.

람은 순간 말뜻을 깨닫지 못하고 눈을 크게 떴다. 하데스의 미소가 더 짙어졌다.

여전히 한쪽 입꼬리가 비틀린 미소. 겉보기엔 냉소로 보이지만, 람은 하데스가 지금 진심으로 즐거워하고 있다는 것을 깨달을 수 있었다.

"나는 오히려 한낱 플레이어 따위가 나를 시험하고 있다는 사실이 더 괘씸하건만."

"그게 무슨 뜻이신지……?"

"이만 이리 오는 게 어떨까 싶은데."

그때, 하데스가 있던 신전의 문이 발칵 열리면서 연우가 천천히 걸어 들어왔다.

연우는 체력이 전부 돌아온 것처럼 보였다.

명왕의 신전으로 돌아오고 난 뒤, 줄곧 몸을 회복하는 데에만 주력한 덕분에 금세 컨디션을 되찾은 것이다.

그 와중에 깨달은 것들이 있다면. 마신룡체는 그가 생각했던 것보다 훨씬 자가 회복력이 뛰어나다는 점이었고, 한계를 한번 시험하고 나니 육체를 더 세밀하게 다룰 수 있게 되었다는 점이었다.

옆에서 연우를 관찰하던 정우도 혀를 찰 정도로, 마신룡체는 가능성이 무궁무진한 육체였다.

만약 이대로 이어서 4차, 5차 각성을 이뤄 내고. 최종적으로 거인의 인자까지 획득할 수 있다면. 그때는 어떤 모습을 하고 있을까?

연우에게는 이제 칠흑왕의 권능만큼이나 중요한 것이 육체의 완성이었다. 오른쪽 날개를 완성시키는 데 가장 중요한 기반이 되기도 할 테니.

"그자에 대한 처분은 너에게 맡기도록 하지. 가져가라."

"감사합니다."

연우는 고개를 숙였다. 그러자 그의 그림자가 엿가락처럼 길게 쭉 늘어나면서 파네스의 몸뚱이를 칭칭 감아 그대로 집어삼키며 사라졌다.

하데스가 파네스를 그에게 맡긴다 말한 것은 이후의 처분을 어떻게 하든지 신경 쓰지 않겠다는 의미와 똑같았다. 포세이돈 등은 하데스가 굽혔다고 생각하겠지만…… 글쎄. 연우의 생각은 달랐다.

'능구렁이가 따로 없군.'

하데스는 연우가 파네스를 어떻게 할 것인지를 이미 눈치챈 것 같았다.

그의 성격상 아무리 타르타로스가 위험하다고 해도, 형제들의 건방진 행동을 그냥 지나칠 리 만무할 테니. 고스란히 돌려주려는 것이다. 그들이 했던 것처럼, 자신은 이 일과 전혀 관계없는 듯한 포지션을 취하면서.

연우는 그렇게 조용히 돌아서 신전에서 물러났다.

람은 그런 연우를 보면서 눈을 가늘게 좁혔다.

연우가 하데스를 시험했다는 말이 무슨 뜻일까. 둘 사이에 어떤 암묵적인 약속이 있는 것 같은데. 그게 무엇일지, 도무지 짐작이 가질 않았다.

*   *   *

파네스의 머릿속에 남아 있는 생각은 단 한 가지밖에 없었다.

죽고 싶다.

그러니 제발 편하게 해 줘……

하지만 그녀의 목소리는 머릿속에서만 마구 맴돌 뿐, 도무지 밖으로 꺼낼 방법이 없었다.

그러던 그때. 축 가라앉았던 몸에 생기가 돌더니 무너졌던 시각이 복구되었다. 흐트러졌던 정신도 조금씩 들면서 이성이 돌아왔다.

하지만.

"저, 저리 가!"

파네스가 가장 먼저 보게 된 것은 악마의 얼굴처럼 시커먼 가면이었다. 트라우마가 다시 발작했다. 어떻게든 도망치기 위해서 발버둥을 쳤지만, 그녀는 뒤늦게 자신의 팔다리가 없다는 사실을 깨닫고 말았다.

"아아악…… 컥! 컥!"

파네스는 자신의 비루한 몰골을 깨닫고 비명을 질렀다. 이럴 리가 없어. 이럴 리가! 자신은 위대한 프로토게노이 족의 영도자였다. 곧 신이 되어 천계로 올라가야만 하는 존재였다. 그런 자신이 이딴 꼴이 될 수는 없었다.

하지만 그녀의 비명은 길게 이어지지 못했다. 연우가 손으로 그녀의 주둥이를 틀어막으면서 짜증 섞인 목소리로 으르렁거렸다.

"시끄러."

"……!"

그 눈빛에 질린 나머지, 파네스는 더 이상 발버둥 칠 수가 없었다. 두렵기만 했다. 어떻게든 떨쳐 내고 싶은데 그럴 엄두가 나질 않았다.

연우는 자신을 내려다보고 있었다. 하찮은 벌레를 보듯이. 그건 자신만이 타인에게 보낼 수 있는 시선이었다. 자신이 받아야 하는 게 절대 아니었다.

"너희 프로토게노이들은 언제나 그렇지. 평소에는 잘난 듯이 으르렁거리지만, 결국 한 꺼풀 벗겨 놓고 나면 아무것도 아니야. 결국 똑같은 놈들일 뿐인데."

파네스는 아니라고 소리칠 엄두도 나지 않았다.

"진짜 신들은 어떨지 궁금하긴 하군."

연우는 그렇게 말하면서 영혼석의 마력을 끌어 올려 파네스에게 불어넣었다.

"읍! 으으읍!"

파네스는 뒤늦게 연우가 뭘 하려는지 깨닫고 발버둥 쳤다. 저걸 당하면 자신은 절대 살아남을 수 없다.

죽는 건 바라던 일이지만, 문제는 영혼도 같이 붕괴된다는 점이었다. 절대 이대로 소멸하고 싶지는 않았다.

하지만 파네스가 할 수 있는 건 아무것도 없었고.

이내 그녀의 몸뚱이가 나무토막처럼 빳빳하게 굳더니 그대로 눈동자가 뒤집혔다.

그리고 몸뚱이를 따라 영험한 기운이 스멀스멀 올라오기 시작했다. 새카맣게 탄 몸도 우윳빛으로 물들면서 영체가 서서히 드러났다.

연우에게도 익숙한 광경이었다.

벤티케가 죽기 직전, 포세이돈이 강신을 시도했을 때 나타나던 현상.

다만, 그때와 다른 점이 있다면. 당시에는 포세이돈이 강제로 강림을 시도했지만, 지금은 연우가 끄집어 내렸다는 점이었다.

파네스에게 가호와 축복으로 내려져 있던 채널링을 바탕으로, 망가진 것을 복구한 것이다.

플레이어가 신을 강제로 강신을 시킨다니.

원래대로라면 힘든 일일 테지만.

파네스가 품고 있는 신혈이 워낙에 뛰어난 데다가, 채널링의 흔적이 강하게 남아 있었기 때문에 시도할 수 있는 일이었다. 신을 전부 끌어오지는 못해도 '일부'를 당길 수는 있으니.

더구나 채널링을 다루는 데에 있어서는 연우를 따라올 사람이 없었고, 영혼석의 기운이 가진 특성도 큰 도움이 되었다.

파스스—

파네스가 사라진 자리에 나타난 영체는 총 4가지의 색을 띠고 있었다.

포세이돈, 데메테르, 헤스티아, 헤라. 네 개의 채널링을 모두 복구하는 데 성공한 것이다.

『감히 인간 따위가 내게 손을 댈······!』

어렴풋하게 나타난 포세이돈이 으르렁거렸다. 하지만 강신의 정도가 약해 그렇게 압박감 있게 다가오지 않았다. 다른 세 여신들도 마찬가지였다.

연우는 거기에 대답하지 않고 조용히 왼손을 활짝 펼쳤다.

"삼켜라."

찰칵, 찰칵―

검은 멍울을 따라 톱니 이빨이 훤히 드러났다.

『이딴 짓을 저지르고도 네놈이 무사할 것 같으냐!』

벤티케 때에 이어서 두 번째. 포세이돈의 음성에는 분노가 단단히 어려 있었다.

벌레 취급했던 플레이어에게 두 번이나 자신의 인자를 빼앗긴다는 사실이 그를 미치게 만들었다.

『이제 곧! 올림포스와 타르타로스 간의 계단이 열린다. 그때, 나를 마주하고도 살아날 자신이 있느냐 말이다!』

하지만 연우가 그런 포세이돈의 발악을 들을 리 만무했고.

['바토리의 흡혈검'의 스킬 숙련도가 대폭 상승합니다.]

톱니 이빨은 게걸스럽게 포세이돈의 인자를 모두 집어삼킨 뒤에는 헤스티아의 인자를, 그다음에는 헤라, 데메테르의 순서로 멈추지 않고 먹어 치웠다.

신의 인자를 차례대로 삼키면서 깨달은 점은 신력의 구성 요소도 각자 다르다는 점이었다.

포세이돈이 격랑 치는 파도라면 헤스티아는 열을 따뜻하게 내는 화로 같았다. 헤라는 앙칼졌고, 데메테르는 포근했다.

물론, 어느 정도 신의 인자를 보유한 연우이니 세세하게 구분할 수 있는 차이일 뿐.

인자가 품고 있는 영압은 너무 커서 평범한 플레이어라면 옆에 있는 것만으로도 주눅이 들 정도였다.

『이렇게 직접 겪어 보니, 포세이돈이 왜 그토록 당신을 경계하는지 알겠군요.』

그리고 마지막 차례에 이르렀을 때. 별다른 말 없이 흡수된 헤스티아나 헤라와 다르게, 데메테르는 그에게 짧은 의념을 남기고 있었다.

다만, 포세이돈과 다르게 그 속에서 분노는 느껴지지 않았다.

『헤르메스나 아테나, 그 아이들이 왜 그토록 당신을 감싸고 도는지도요. 천계 전체가 당신에 대한 소문으로 떠들썩한데, 그럴 만해요.』

오히려 착잡함에 가까운 목소리.

『하지만 조심하셔야만 할 거예요.』

데메테르가 속삭이듯이 말했다.

『격란은 이제부터 시작이니. 칠흑을 계승한 당신도 피할 수는 없……..』

데메테르의 목소리는 거기서 끊어졌다. 모든 인자가 빨려 들어온 것이다.

화아아—

연우는 체내에서 빠르게 자리를 잡는 신의 인자들을 한껏 느꼈다. 마신룡체가 가진 가능성이 한결 더 깊어지고 있었다.

다만, 그의 미간은 살짝 찌푸려져 있었다. 데메테르가 남긴 말 때문이었다.

격란? 그게 무슨 말일까.

데메테르는 하데스의 아내, 페르세포네의 어머니이기도 한 존재. 단순히 포세이돈의 편이라고 단정하기엔 어려운 존재다. 그러니 방금 던진 메시지는 어떤 의미가 있을 텐데.

연우는 그렇게 잠깐 고민에 잠기다, 갑자기 느껴지는 시선에 정신을 차리고 그쪽으로 고개를 돌렸다.

언제 다시 회중시계 밖으로 나온 건지, 정우가 질린다는 눈빛으로 자신을 바라보고 있었다.

"왜?"

『아니. 대단하다 싶어서.』

"……?"

『아마 세상에 신 등쳐 먹는 사람은 형밖에 없지 않을까?』

"……."

연우는 정우의 시선을 피해 슬쩍 고개를 옆으로 돌렸다.

『인성…….』

혼잣말도 들렸지만, 못 들은 척하면서 몸을 다른 쪽으로 돌렸다.

그때, 그림자 밖으로 샤논이 얼굴만 쏙 내밀면서 동의한다는 듯이 크게 고개를 끄덕였다.

정우와 샤논의 시선이 마주쳤다.

둘은 서로를 깊이 이해하고 있었다.

＊　　　＊　　　＊

그 뒤로도, 시간은 빠르게 흘렀다.

그리고 한번 시작된 디스 플루토의 반격은 메마른 갈대숲을 가로지르는 화마처럼 크게 일어나 타르타로스를 관통했다.

이아페토스 등과의 접전으로 몇 개의 군단이 궤멸에 가까운 상처를 입기도 했다지만, 그런 피해는 사실 디스 플루토에게 아주 익숙한 것이었다.

지난 수백 년간 패퇴만 거듭했던 그들로서는. 오히려 지금 주어진 승기가 즐겁기만 했다.

그리고 항상 그 중심에는.

콰아앙―

콰콰콰, 콰르르―

연우가 있었다.

[아레스가 당신의 활약상에 크게 소리를 지릅니다.]

[세크메트가 탐욕스럽게 입술을 매만집니다. 학살을 기꺼워합니다.]

[케르눈노스가 당신에게 도움이 될 수 있도록 신령(레베카)에게 축복을 내립니다. 새로운 사도직을 고려합니다.]

사실 따지고 보면, 연우에게 있어 타르타로스는 최고의 무대나 다름없었다.

하늘 날개는 여전히 미완성이고, 완성하기 위해서는 많은 전투를 겪어야 한다. 그것도 사활이 걸릴 만큼 위험한 전투들을.

하지만 일반 층계에서 지금 연우에게 그만한 위험을 줄 수 있는 곳은 한정될 수밖에 없었다. 끽해야 60층 이후의 곳들이나 연우에게 경각심을 줄 수 있을까.

하지만 그런 곳들도 대부분 시련이 힘들 뿐, 많은 전투 경험을 줄 수 있다고는 할 수 없었다.

하지만 타르타로스는 달랐다.

이곳은 신격과 신격들이 부딪치는 전장. 심지어 일반 병사들마저도 웬만한 고위 층계의 플레이어들을 발아래로 볼 정도로 강했다.

당연히 연우에게 이만큼 좋은 장소는 없었고.

체류하는 기간이 길어질수록 하늘 날개도 서서히 높은 완성도를 갖춰 나갔다.

['하늘 날개' 중 왼쪽 날개(키워드: 죽음)가 발동되었습니다.]

[넓은 전장에 걸쳐 죽음이 내려앉았습니다.]

[티탄의 권속6,712가 사망했습니다.]

[티탄의 권속591이 사망했습니다.]

......

['하늘 날개' 중 오른쪽 날개(키워드: 투쟁)에 새로운 권능이 추가되었습니다.]

[추가된 권능: 이랑진군의 교룡살, 아다드의 에—카르카라]

......

[비마질다라가 자신이 하사한 권능을 제대로 사용하는 것에 고개를 끄덕입니다.]

[아가레스가 자신의 것에 손을 대지 말라며 길길이 날뜁니다.]

[모든 신들이 무시합니다.]

[모든 악마들이 무시합니다.]

[아가레스가 뒷목을 불잡습니다. 이를 바득바득 갑니다.]

[아가레스에게서 메시지가 도착했습니다.]

[메시지: 저 꼴 보기 싫은 놈들 좀 치우란 말이다! 저놈들 앞에서 재롱 잔치를 부려서 뭐가 좋단 말이냐!]

[아가레스에게서 메시지가 도착했습니다.]

[메시지: 그러니 내 권능과 인자를 더 많이 갖고 갈……!]

[사용자의 권한으로 잠시간 아가레스의 메시지를 차단합니다.]

……

[다수의 신들이 당신을 주목합니다.]

[다수의 악마들이 당신을 보며 입맛을 다십니다.]

[소수의 신들이 당신을 질투합니다. 당신에 대한 악의적인 소문을 퍼뜨리기 시작합니다.]

[소수의 악마들이 자신들의 자리가 위태로워질까 불안해합니다.]

[당신의 격에 대한 논의가 아직도 활발히 논의 중입니다. 합의가 제대로 이뤄지질 않아, 결과가 계속 지연됩니다.]

[조금만 더 기다려 주세요.]

각 날개들의 발현 시간도 점점 길어져 40초대를 유지할
수 있게 되었다.

그리고 그만큼 질 좋은 영혼도 대거 습득하면서 영괴를
비롯한 권속들도 빠른 성장을 이뤘으니.

[수확한 망령의 수: 312,456]

컬렉션의 크기도 이전에 비해 3배나 늘어난 상태였다.
연우가 다니는 길에는 망령들이 쉴 새 없이 떠돌아다니면
서 어느 누구도 쉽게 접근할 수 없는 영역을 만들어 내기도
했다.

물론, 이런 연우의 활약상을 티탄과 기가스가 가만히 보
고만 있는 건 아니었다.

『놈을 죽여라…… 어떻게든……!』
『위대한 크로노스를…… 위하여……!』

옛 티탄 12주신을 비롯한 거신들이 일제히 방어 전선을
구축하면서 팽팽한 접전을 이뤘다.

그러나 하데스도 신력이 돌아온 만큼 맹활약을 벌였고.

결국 치열한 전투는 엎치락뒤치락하면서 계속 이어지다가.

[여섯 번째 성역, '부왕지'를 탈환하는 데 성공했
습니다.]

끝내 디스 플루토 쪽의 승세로 거의 돌아섰으니.

여섯 번째 빛기둥이 내려오면서.

드디어.

그토록 바라던 올림포스와의 계단을 생성할 수 있게 되
었다.

*   *   *

"그동안 잘해 주었다."

여섯 번째 성역을 탈환한 날. 하데스는 피로에 절은 연우
를 따로 불렀다.

연우는 오랜 격전으로 전신이 온통 피와 정체를 알 수 없
는 고기 조각들로 점철되어 있었다. 기세도 여전히 흉흉해
서 신을 배알하는 자리에 서 있는 모습이라고는 생각도 할
수 없었다.

하지만 하데스는 전혀 그런 것을 아랑곳하지 않는 눈치였다. 그도 그럴 것이, 연우의 그런 모습이 전부 디스 플루토를 도운 결과였기 때문이었다.

아니, 그런 것을 떠나서라도, 하데스는 사실 저런 모습을 아주 좋아했다.

젊은 시절에는 티탄과 기가스들을 무찌르고, 나이가 든 후에는 그들을 가두는 수문장 역할을 하는 등, 평생 흉흉한 전장에서만 살아왔던 그였기에. 편한 뒷방에 앉아 있는 모습보다는 저런 모습이 더 흡족했던 것이다.

이따금 젊은 시절의 자신을 보는 것 같은 느낌도 들긴 했다.

그리고.

연우는 자신을 치하하는 하데스를 보면서 본능적으로 깨달았다.

오늘이 그 날이라는 것을.

그토록 바라던 순간이었다.

[서든 퀘스트(페르세포네의 오랜 소망)을 성공적으로 완수하였습니다.]

[히든 퀘스트(성전 복원)을 성공적으로 완수하였습니다.]

[히든 퀘스트(옛 신에 맞선 영웅)을 성공적으로
완수하였습니다.]

……

여태껏 타르타로스에 있으면서 알게 모르게 받았던 퀘스트들이 줄줄이 성공하고.

[보상으로…….]

이제는 크게 눈에 차지 않을 보상 목록들을 지나.
마지막에 이르러서야 드디어 가장 바라던 보상을 발견할 수 있었다.

[보상으로 하데스의 대신물, '퀴네에'를 획득했습니다.]

"처음 약조하였던 대로. 이것을 선물로 주지."
하데스는 천천히 옥좌에서 걸어 내려와 연우의 손에 검은 투구를 쥐여 주었다.
겉보기에는 전장에서 흔하게 굴러다닐 것처럼 보이는 청동 투구였지만.

연우는 하데스가 이 투구를 쓸 때의 모습을 잘 알고 있었다.

이번 여섯 번째 성역, 부왕지를 탈환하기 위해 벌였던 전투는 정말이지 디스 플루토의 모든 사활을 건 맹전(猛戰)이었다.

옛 티탄 12주신 중 일곱이 나타나 거신의 위용을 한껏 드러냈고, 그만큼 많은 권속들이 대거 쏟아지면서 세상을 집어삼킬 것처럼 굴었다.

디스 플루토의 병사들도 하나같이 지난 수백 년간 이런 전투를 겪어 본 경험이 손에 꼽을 정도였다고 할 정도로 치열했던 전투였다.

그런 아수라장 속에서.

하데스는 처음으로 퀴네에를 머리에 쓰고 전장에 섰다.

그리고.

'모든 게 줄줄이 죽어 나갔지.'

여러 성지를 탈환하면서 신력을 회복하고, 대신물까지 되찾은 하데스는 그야말로 신(神)이었다.

칼을 휘두를 때마다 거신들이 줄줄이 죽어 나갔다.

타르타로스가 몇 번씩이나 부서질 것처럼 크게 떨렸으니. 그 속에서 자잘한 권속 따위가 살아날 수 있는 곳은 어디에도 없었다.

하데스는 그가 왜 올림포스의 맏형이고, 왜 홀로 타르타로스를 떠맡게 되었는지를 확실하게 보여 주었다. 퀴네에를 쓰고 있는 하데스는 그만큼이나 무서웠고, 강렬했다.

사실상 부왕지의 탈환은 8할 이상을 그가 해낸 것이나 다름없었다.

'티폰과 다른 기가스들이 나타나지 않은 게 걸리긴 하지만.'

그러니 어떻게 보면 하데스에게는 퀴네에가 절대적으로 필요할 것처럼 보였지만. 하데스는 아무런 미련 없이 연우에게 퀴네에를 쥐어 주었다.

다가온 그를 보며 연우는 문득 그런 생각도 들었다. 전장에서 보여 줬던 엄청난 위압감과 다르게, 막상 이렇게 눈앞에서 마주 보니 신적인 존재라도 키는 자신과 크게 차이가 나지 않는 것 같다는 생각.

"이게 없으면 안 되는 것 아니십니까?"

하데스가 피식 웃었다. 전황이 많이 나아졌는데도 불구하고, 그의 입가에서는 여전히 싸늘한 냉소가 지워지지 않고 있었다.

"한낱 플레이어가 신을 걱정하는 건가? 웃기는군."

"그것은……."

"내가 필요했던 것은 신물이 가지는 상징성이었다. 거기서 비롯되는 신화도 있고. 필요한 건 모두 가졌으니 이건 가져가도 괜찮다."

정확한 내막은 알 수 없었지만, 퀴네에서 뽑을 건 이미 다 뽑았다는 뜻인 것 같았다.

"감사합니다."

"인사는 내가 해야겠지. 덕분에 우리 군의 사기도 많이 올랐으니. 그대가 없었으면 타르타로스는 진즉에 무너졌을 것 아닌가."

여전히 냉기가 가득한 목소리였지만, 연우는 그 속에 담긴 고마움을 읽을 수 있었다.

연우는 퀴네에를 가만히 쓰다듬었다. 순간, 퀴네에와 칠흑왕의 절망이 똑같이 웅웅 하고 떨렸다.

하데스는 아주 잠깐 씁쓸한 눈빛으로 두 가지를 번갈아 보다가, 조용히 물러서서 다시 옥좌에 앉아 턱을 괬다.

"원하는 건 얻었으니 이제 다시 스테이지로 돌아갈 생각이겠지?"

"예."

올림포스와 성공적으로 연결된다면, 타르타로스는 이제 정말 신화 속 전장으로 탈바꿈한다. 어디론가 숨은 게 확실한 티폰과 기가스를 찾으러 움직이겠지.

그 속에서 연우와 일행이 더 이상 활약할 무대는 없었다.

신격들이 충돌하는 자리에 플레이어가 끼어서야 고래 싸움에 등 터지는 새우 꼴밖에 더 될까.

더구나 올림포스가 마냥 연우에게 아군인 것도 아니었다.

"하긴. 포세이돈, 그놈이 이를 갈면서 그대를 찾고 있겠지. 하여간 힘만 센 머저리가 따로 없어."

하데스는 옛날의 아집에서 아직도 벗어나지 못하는 친동생에 못마땅한 평가를 내리면서, 이만 나가 보라는 듯 손을 저었다.

연우는 인사를 하고 조용히 뒤로 물러섰다.

그러다 문득 그런 생각이 들었다.

왠지 모르게. 하데스의 오늘 인사는 꼭 작별 인사처럼 느껴진다고.

*　　*　　*

"카인, 그거……?"

"맞아. 퀴네에다."

연우는 일행들이 휴식을 취하고 있던 신전 광장으로 돌아왔다.

지난 탈환 전투에서 큰 승리를 거두면서 축배를 한창 즐기고 있어서 그런지 다들 얼굴이 시뻘겋게 달아올라 있었다. 주변도 온통 소란스러웠다.

칸은 연우가 손에 들고 있던 퀴네에를 발견하고 눈을 크게 떴다. 드디어 바라던 물건이 손에 들어왔으니 놀랄 수밖에. 그리고 그것은 이제 지긋지긋한 전쟁을 끝내고, 스테이지로 되돌아간다는 뜻이기도 했다.

"그렇게 보니 확실히 겉보기와는 다릅니다."

크로이츠는 호기심 가득한 얼굴로 퀴네에를 바라봤다. 그동안 일행들과 함께 사선을 넘나들면서 어느새 그도 이제 동료로 인식되고 있었다.

장인인 빅토리아와 브라함도 어느새 자리를 차지했고, 다른 병사들과 어울리며 놀던 도일과 갈리어드도 돌아와 연우를 바라보기 시작했다.

웅, 우웅—

품속의 회중시계도 잔뜩 기대된다는 것처럼 떨리고 있었다.

연우는 그들의 모든 시선을 한꺼번에 받는 게 조금 부담스러웠지만, 곧 크게 숨을 삼키면서 퀴네에를 바라보았다.

그 순간.

지이이잉—

칠흑왕의 절망과 비탄이 일제히 몸을 떨었다.

그리고.

파스스—

퀴네에가 잘게 부서지면서 작은 입자들이 소용돌이를 그렸다. 그러다 검은 입자들이 하나둘씩 연우의 목 쪽으로 모였다.

철컹, 철컹—

쇠사슬이 잇달아 이어지면서 목을 따라 검은 띠가 둘러졌다.

두께가 조금 두꺼워 어떻게 보면 죄수들이 차는 항쇄 같기도, 혹은 목걸이 같기도 한 띠.

['칠흑왕의 격노'를 획득하였습니다.]

연우는 손으로 묵직한 무게를 느끼면서 정보창을 확인했다.

[칠흑왕의 격노]
분류: 머리 방어구
등급: ???
설명: ???

**이 아티팩트는 '유니크'입니다. 탑에서도 오로지 단 한 개밖에 존재하지 않으며, 주인에게 완전히 귀속됩니다. 타인으로의 거래나 양도가 불가능합니다.

**현재 아무런 정보도 파악할 수 없습니다. 일정한 자격이나 조건을 갖춰야만 권한을 얻을 수 있습니다.

'역시 또 이렇군.'

칠흑왕의 비탄을 얻었을 때와 똑같았다. 아직 자격과 조건이 되질 않아 정보를 확인할 수 없다는 내용.

다만, 비탄이 해제될 때에는 잠에 잠깐 들었다가 그냥 눈을 뜨니 하루아침에 풀렸던 게 전부였었지만. 이번에도 그런 행운이 따를 거란 보장은 없었다.

"이것이 퀴네에라고?"

그때, 헤노바가 곰방대를 입에 물면서 다가와 짧은 팔로 연우의 항쇄를 가볍게 두들겼다.

텅, 텅—

묵직해 보이는 겉모습과 다르게 제법 맑은 소리가 났다.

헤노바의 눈이 가늘게 좁아졌다. 탑에서도 손꼽히는 명장인 그는 이것이 심상치 않은 재질이라는 것을 단번에 알아볼 수 있었다.

후우. 가볍게 날숨으로 연기를 내뱉으면서 고개를 옆으로 돌렸다.

"키클롭스들이여. 이건."

『신진철이로군.』

『죄수를, 그것도 격이 상당히 지고한 존재를 속박하기 위해 만들어진 물건이다. 한데, 이거…… 왜 이리 낯이 익는 거지?』

헤노바의 그림자가 쭉 길어지더니 키클롭스 브론테스와 스테로페스가 나타나 고심에 잠긴 눈빛으로 항쇄를 바라봤다.

그들은 최근에 헤노바를 그림자처럼 따라다니면서 디스 플루토의 병기들을 수리하고, 그와 기술을 공유하고 있는 중이었다.

연우가 설명을 덧붙였다.

"지금은 칠흑왕의 격노라는 이름을 가지고 있습니다."

"격노?"

헤노바는 눈을 동그랗게 뜨더니 가볍게 쯧 하고 혀를 찼다.

"절망, 비탄에 이어서 격노라고? 원주인이 애가 타긴 많이 탔었나 보군. 이거 보통 물건이 아닐……."

헤노바는 말을 잇다 말고 도중에 끊어야 했다. 브론테스와 스테로페스의 안색이 딱딱하게 굳은 걸 본 것이다.

『칠흑?』

『그렇군. 그래서……!』

브론테스와 스테로페스는 몸을 파르르 떨었다. 그건 어
떻게 보면 두려움에 젖어 있는 것처럼 보이기도, 혹은 풀리
지 않은 수수께끼를 푼 희열처럼 보이기도 했다.

하지만 그들이 다시 연우를 봤을 때, 하나밖에 없는 눈은
깊게 착 가라앉아 있었다.

『'그'의 후예라면. 그래. 그래도 한때 신격이었던 우리
를 이렇게 종속시켰던 것도 이해가 되는구나. 그래서 그런
것이었어…….』

『과거에 저지른 것들이, 이렇게 돌아와 죽은 우리에게
족쇄를 채우는 모양입니다.』

『그런 모양이야.』

깊은 탄식을 나누는 두 사람을 보면서, 연우가 물었다.

"그게 무슨 뜻입니까?"

『자네가 착용하고 있는 형틀…… 사실은 우리가 만든 걸
세. 정확하게는 보조 역할을 한 게 전부였지만.』

가면 속, 연우의 두 눈이 커졌다. 헤노바를 비롯한 다른
일행들은 도저히 이야기의 속도를 따라잡을 수가 없어 끼
어들 엄두를 내지 못했다.

하지만 한 가지는 확실하게 알 수 있었다. 신화 속에서,

전쟁에 나서는 올림포스의 3주신에게 무기를 제작해 바쳤다는 세 대장장이 신이 '보조 역할'을 한 형틀이라면. 이건 그저 평범한 신물이니 대신물이니 하는 범주에 담을 수 있는 물건이 아니었다.

『어째서 여태 바로 알아보지 못한 건지. 아주 오래전에 있었던 일이었다지만…… 세월이 지난 만큼 그 물건도 많이 닳아서 그런 것인가.』

브론테스의 목소리는 어딘지 모르게 씁쓸했다.

"자세히 설명해 주십시오."

『그 세 개의 형틀은 우리 형제들의 스승이셨던 #### 님이 제우스의…….』

브론테스는 말을 잇다 말고 눈살을 찌푸렸다.

『####……. 역시. 언급조차 안 되는군.』

연우가 자신의 이름을 시스템에 등록하지 않아 블라인드 처리되듯이. 브론테스가 언급한 스승이라는 존재의 이름도 블라인드가 되어 인식이 되질 않았다.

연우의 눈이 이질적으로 반짝였다.

"스틱스의 맹세입니까?"

『비슷하다네. 제우스께서 작정하시고 잠금장치를 걸어 놓으신 모양이야. 언급이 가능한 정도가 어디까지인지는 모르겠지만…… 여하튼 자네가 말하는 칠흑왕이라는 분을 구속하던 형틀은 제우스의 의뢰를 받아 직접 제작하셨다네. 당시에 타르타로스와 에레보스에 있던 모든 신진철을 뽑아다 사용했으니…… 어마어마했었지.』

브론테스의 하나밖에 없는 눈동자가 가늘게 좁혀졌다.

『그게 이런 작은 사이즈로 줄어들 거라고는 생각도 못 했지만.』

"당시의 상황이나 내막을 제가 알 수 있겠습니까?"

품속의 회중시계도 잘게 떨렸다. 칠흑왕의 비밀을 풀고 권능을 되찾을수록 정우를 부활시키는 길이 가까워질 수 있었다.

하지만.

『한번 맺어진 스틱스의 맹세는. 그렇게 쉽게 풀리지 않는다는 것, 잘 알지 않나.』

연우는 주먹을 꽉 쥐었다. 시스템의 어떤 기능보다도 앞서는 칠흑왕의 권능이라지만. 한계는 있기 마련이었다.

그렇다면 여기서 한발 물러서야만 하는 걸까.

『다만.』

"……?"

『이 정도는 말해 줄 수 있지. 칠흑이 나락 속에 구속되는 일로 인해 올림포스는 위계가 크게 변동하였다는 것. 프로토게노이가 왜 영락했고, 티탄과 기가스는 왜 지저에 처박

혔는지…… 그걸 알아보면 될 거야.』

파직, 파지직!

순간, 브론테스의 말이 끝나기 무섭게 영체를 따라 커다란 스파크가 튀었다.

『으음. 역시 이 정도도 시스템의 제재를 받을 수밖에 없나.』

브론테스는 인상을 팍 찡그렸다. 영체가 흐트러지고 있었다. 더 이상 언급을 하게 되면 스틱스의 맹세에 따라 영육이 부서질 것 같았다.

하지만 그것만으로도 연우에게는 큰 충격이었다.

그 말은 곧, 기가스가 언질을 주었던 대로 티타노마키아나 기간토마키아가 칠흑왕과 모종의 관련이 있다는 뜻이었으니까.

다만.

'프로토게노이도 관련이 있다고?'

아이테르나 파네스를 비롯한 옛 신족의 후예들이?

칠흑왕의 흔적이 엘로힘과도 연결될지 모른다는 사실이, 연우에게는 조금 당혹스러웠다.

'뭐, 아는 거 없어?'

연우는 회중시계를 손으로 매만졌다. 손끝을 따라 정우의 의념이 전해졌다.

『딱히 짐작 가는 건 없어. 최소한 내가 벌인 특전 속에서도 비슷한 건 없었고. 오히려 당황스러운 건 나라고.』

연우는 눈을 가늘게 좁혔다.

'결국 엘로힘을 터는 수밖에는 없나.'

다시 스테이지를 오를 필요가 생긴 셈이었다.

그때, 대화를 줄곧 가만히 듣고만 있던 크로이츠가 눈을 반짝거렸다.

"타르타로스를 나갈 생각이라면, 언제부터 오를 생각이시오?"

하루라도 빨리 연대장과 연우를 만나게 해 주고 싶었던 그로서는 몸이 달 수밖에 없었다.

그동안 그가 보았던 연우는 반드시 아군으로 삼아야 하는 사람이었다. 아니, 그런 것을 떠나 도와주고 싶고, 그가 걷는 길을 옆에서 따라다니고 싶게 만드는 사람이었다.

비록 연우가 걷는 길에 8대 클랜과의 충돌이 있을 건 불에 보듯 뻔한 일이었지만. 그래서 환상연대도 자칫 위험해질 수 있었지만, 그보다 먼저 크로이츠는 연우가 걷는 길의 끝이 무엇인지가 궁금했다.

칸과 도일 등도 궁금하다는 듯이 연우를 바라봤다. 이미 올림포스와의 계단은 연결만 하면 되는 상황. 퀴네에도 받았으니 자신들의 임무도 끝났다는 것을 잘 알고 있었다.

"봉선 의식이 끝나면 곧바로."

칸의 표정이 묘하게 변했다.

"그러다 위험해지지 않을까? 올림포스 신들이 다 내려오면, 포세이돈이 어떻게든 널 잡아 죽이려고 할 텐데."

포세이돈, 헤스티아, 헤라, 데메테르. 그들이 어떻게든 연우를 잡으려 들 테지만.

연우는 오히려 코웃음을 쳤다.

"또 인자나 갖다 주고 싶으면 그러라고 해."

이곳은 하데스의 영역. 아무리 놈들이 막장이라고 해도 제 성질을 내는 데는 한계가 있었다. 성질을 낸다고 해도, 다른 신들이 가만히 있을 리도 만무하고.

오히려 이참에 포세이돈의 얼굴이나 보고 갈까 하는 생각이 없는 것도 아니었다.

"게다가……."

연우는 말을 하려다가 도중에 말꼬리를 흐렸다.

저 멀리.

자신을 바라보는 시선이 있었다.

직접 만나서 묻고 싶은 게 많은 존재.

[아테나가 당신을 바라봅니다.]

정우가 처음 탑의 튜토리얼에 참여했을 때부터 지금에 이르기까지. 아테나는 그들 형제를 줄곧 관찰해 오고 있었다. 이것저것 확인하고 싶은 게 많았다.

"페르세포네 님께서도 뵙고 가기를 희망하고 계세요. 고 맙다는 인사를 직접 해 주고 싶으시다고. 하데스 님을 도와 준 대가로 저희들에게도 따로 보상을 주시겠다는데요?"

여기에 도일의 설명까지 더해지자, 다른 일행들도 알겠다면서 고개를 끄덕였다. 플레이어들 중에 보상을 싫어하는 사람은 아무도 없었다. 특히 신이 내린 보상이라면 아주 좋을 게 분명했다.

그때.

"두 시간 후부터, 봉선 의식을 시작하겠다."

람의 목소리가 신전을 따라 쩌렁쩌렁하게 울렸다.

올림포스와의 계단을 연결하겠다는 선언.

연우 일행은 전부 마시던 술을 내려놓고, 천천히 자리에서 일어났다.

* * *

"티폰! 티포오온!"

쿵, 쿵, 쿵—

화려한 복도의 회랑을 따라, 발소리가 요란하게 울렸다.

쾅!

모두가 반드시 엄숙해야 할 신성한 장소였지만. 이아페토스는 그딴 건 자신과 전혀 관련이 없다는 듯, 복도의 가장 끝에 있는 문을 신경질적으로 열어젖혔다.

"무슨 일이지, 이아페토스?"

실내에는 넓은 대리석 바닥을 따라 커다란 마방진이 그려져 있었다. 복잡한 구조식으로 이뤄진 마방진의 끄트머리에는 촛불들이 쭉 나열되어 어두운 방을 밝히는 중이었다.

티폰은 마방진의 중심에서 조용히 눈을 떴다. 천공을 가르며 나타나던 거대한 눈동자와 다르게, 본체는 정작 일반 사람보다 작고 왜소했다. 얼굴조차도 덥수룩한 머리를 해서 생김새를 알아보기 힘들었다.

과연 이 사람이 정말 한때 올림포스를 위협하고, 이제 타르타로스를 차지하다시피 한 기가스의 왕이 맞나 싶을 정도였다.

하지만.

그런 모습이 아이페토스를 더 분노케 했다.

"그걸 지금 말이라고 하는 것이냐!"

이아페토스는 당장이라도 티폰을 잡아먹을 태세였다.

"네가 나서지 않아 여섯이 죽었다! 여섯이! 나의 형제들이! 하데스, 그 잡것에게 줄줄이 죽어 나가는 와중에도 너와 기가스 놈들은 끝까지 나타나지 않았어! 대체 무슨 생각을 하는 것이냐!"

이아페토스를 비롯한 티탄은 줄곧 디스 플루토와의 전쟁에서 선봉에 서야만 했다. 말이 좋아 동맹일 뿐이지, 사실 그들은 기가스에 복속되어 있었으니.

그래도 꾹 참았다.

일족들이 죽어 나가고, 권속들을 계속 잃어도. 타르타로스를 탈환하고 올림포스를 침공한다면. 잃은 신격을 복구할 수 있다면 해볼 만한 판이라고 생각했기 때문이었다.

하지만 부왕지에서의 전투는 아니었다.

도와주기로 한 티폰과 기가스는 끝까지 나타나지 않았고, 티탄은 결국 소중한 전력의 7할가량을 잃어야만 했다.

그런데도 티폰은 미안한 기색 하나 없이, 고요한 눈동자로 이아페토스를 바라보고 있었다.

이아페토스의 머리 한쪽에서 뭔가 끊어지는 소리가 났다. 이성을 잃고 달려들고자 했지만.

"거기까지."

"이 이상의 접근은 불허한다."

어느샌가 좌우에서 두 남녀가 나타나 장창을 교차시키며

이아페토스의 접근을 차단했다. 그라티온와 미마스. 티폰의 오른팔과 왼팔로 불리는 수족들이었다.

이아페토스는 비키라는 듯 신력을 일으켜 그들을 뿌리치려 했지만.

"큭!"

그라티온과 미마스가 제지하기도 전에, 갑자기 이아페토스의 그림자가 지면 위로 쭉 올라오더니 제 주인의 몸을 밧줄처럼 꽉꽉 옥죄었다.

쿵—

이아페토스는 너무 허망하게 바닥에다 무릎을 꿇고 말았다. 어떻게든 그림자 밧줄을 찢고 싶었지만, 오히려 그럴수록 그림자는 더 세게 그를 구속했다.

"이아페토스, 계획을 잊지 마라. 우리가 있을 곳은 타르타로스가 아닌 올림포스다. 그것을 위해 제우스 놈들의 눈을 가리고, 제물로 신혈(神血)이 필요했다는 것은 너도 잘 알지 않은가? 그래서 너희도 가납한 것이었고."

"하지만 죽는다고는 하지 않았어!"

"죽은 게 아니다. 크로노스에게로 귀의했을 뿐이지. 여왕이 있는 한, 죽음은 우리에게 되레 축복이라는 것을 왜 아직도 모르나? 머저리 같은 것아."

티폰은 싸늘한 목소리로 말했다.

"여왕이 곧 신전에 당도한다. 우리는 곧 그녀의 깃발 아래에서 전진할 것이다. 그리고 쟁취하는 거다. 크로노스가 못다 한 것을."

"……!"

이아페토스는 절규를 내질렀다. 하지만 그런다고 해서 죽은 형제들이 돌아올 수는 없었다.

그런 상황 속에서도.

티폰의 두 눈은 여전히 고요하기만 했다.

*　　　*　　　*

봉선 의식은 올림포스와 타르타로스를 잇는다는 거창한 설명과 다르게, 아주 간단했다.

빛의 기둥이 내려앉은 제단에서, 하데스가 하늘을 보며 단 한 마디만을 내뱉었을 뿐이었다.

"열려라."

되찾은 신력을 가득 담은 진언(眞言).

하지만 그 말은 곧 법칙이 되어 탑을 이루는 시스템을 움직였고, 천계와 하계를 가르던 층계의 제약을 아주 잠깐 해

제시켰다.

쿠쿠쿵, 쿠쿵—

마치 오랫동안 잠겨 있던 거대한 문이 열리는 듯한 소리가 났다.

타르타로스의 붉은 하늘을 가로지르던 은하수가 좌우로 환하게 벌어졌다.

별똥별이 무리를 이루면서 대거 쏟아지는 광경은 삭막하기만 하던 타르타로스에서 처음으로 본 아름다운 장면이었다.

그리고 그 모습은 마치 문이 열리는 듯한 착각을 불러일으키기도 했다.

연우는 그 모습을 보면서 자신을 둘러싼 여러 개의 채널링 중 몇 가지가 또렷해지는 것을 느낄 수 있었다.

점차 가까워지는 느낌도 같이 났다. 헤르메스와 아테나. 그리고 아레스와 같은 올림포스 소속의 신들. 그것들의 크기가 자꾸 눈덩이처럼 불어나 어느새 그의 주변을 에워싼다는 생각이 든 순간.

콰아앙!

갑자기 연우 앞으로 커다란 빛의 폭발이 일어났다. 동시에 축축한 습기가 폭풍우처럼 휘몰아쳤다.

주변에 있던 동료들이며 디스 플루토들도 균형을 잃고

와르르 쓰러져 있었다.

연우의 눈앞에는 커다란 삼지창이 뭔가에 단단히 가로막힌 채 바들바들 떨리고 있었다.

금방이라도 연우를 집어삼킬 것처럼 대기가 떨릴 정도의 어마어마한 압박이 전해졌지만.

연우는 눈 한번 깜빡하지 않고 담담하게 푸른 머리칼의 사내를 바라봤다.

"네놈……!"

포세이돈이 잔뜩 일그러진 얼굴로 삼지창을 더 세게 밀었지만, 창은 얼마 전진하지 못했다.

연우의 좌우로는 헤르메스와 아테나가 각각 지팡이와 검으로 삼지창을 가로막고 있었다.

연우를 보호하듯이.

"그만두세요, 숙부."

아테나는 눈빛을 예리하게 빛냈다. 언제나 연우와 정우를 애타는 시선으로 바라보는 그녀였지만, 지금만큼은 당장에라도 포세이돈을 꿰뚫을 것처럼 날카로웠다.

포세이돈은 그런 조카를 보면서 인상을 와락 일그러뜨렸다. 저 시건방진 조카는 언제나 이런 식이었다. 자신이 하려는 일에 훼방이나 놓고 다녔다.

지금도 마찬가지.

칠흑왕이 어떤 존재인지 알지도, 겪어 보지도 못했던 주제에. 그저 우연히 알게 된 옛이야기만 듣고서 이렇게 두둔하는 꼴이라니. 그건 절대 한낱 필멸자가 가질 힘 따위가 아니었다.

하지만 뭐라고 떠든다 한들, 들어 먹을 조카가 아니었다.

아니, 그런 것을 다 떠나서라도.

"감히 내 앞을 막아?"

포세이돈은 자신이 하려는 행사를 방해하는 것을 묵과할 수 없었다. 그것이 조카라고 해도.

"비키지 않으면…… 오냐. 같이 죽여 주마."

포세이돈이 영압을 거칠게 방출했다. 어마어마한 기세가 폭풍우처럼 휘몰아치는 가운데, 가뜩이나 세 신격의 등장에 식은땀을 흘리던 디스 플루토들은 일제히 자리를 피해야 했다.

아테나와 헤르메스의 표정도 딱딱하게 굳었다.

고오오 ―

3명의 대신격들의 영압은 대기를 밀어내면서 커다란 태풍을 만들어 낼 정도였다.

이대로 명왕의 신전이 흔들리는 게 아닐까 싶던 그때.

"포세이돈!"

저 멀리, 제단 위에서 하데스가 이쪽으로 고개를 돌리며 으르렁거렸다. 올림포스의 가족들을 맞이하고 있던 그는 잔뜩 일그러진 얼굴로 신력을 뿌렸다.

감히 자신의 땅에서 행패를 부리는 건방진 동생에 대한 분노였다.

우르르, 쿠르릉!

하늘에서부터 검은 벼락이 잇달아 떨어지고, 대지가 위아래로 크게 요동쳤다.

이곳은 그의 성역이며, 타르타로스는 그의 영지. 신의 의지는 성역에 고스란히 묻어나기 마련이었다.

사위를 압도하는 어마어마한 중압감이 내려앉았다.

순간, 제단 위에 나타났던 다른 올림포스 신들의 안색이 시퍼렇게 질렸다.

사실 방금 전까지만 해도 타르타로스의 구원군으로 나타나면서 한껏 거들먹거릴 생각으로 가득했던 그들이었지만.

뒤늦게 떠올릴 수 있었다.

과거, 기간토마키아와 티타노마키아가 벌어질 당시에 하데스가 어떤 존재였던지를.

비록 그 뒤로 명계를 다스리게 되어 천계에서 퇴장해 외부로 모습을 비치는 일이 거의 없다시피 하면서, 그들의 머릿속에서 잊힌 존재가 되었지만.

당시에 그는 제우스조차도 한발 양보를 할 정도로 엄청 난 패도를 자랑하던 폭군이었다.

특히 하데스는 자신의 명예를 더럽히는 짓을 절대 참지 못했다.

"감히 내 영지에서 허락 없이 무기를 빼 들어? 나를 적 으로 돌리겠다, 그렇게 보아도 되나?"

쿠르르, 쿠르릉—

하데스가 한 마디 한 마디를 내뱉을 때마다 검은 벼락이 더 거세게 휘몰아쳤다.

하지만 포세이돈도 그와 같은 올림포스를 다스리는 주 신. 인상을 일그러뜨리면서 지지 않고 맞섰다.

"형제여! 그대는 '그'가! 칠흑이 어떤 존재였는지 그새 잊어버렸나? 우리 형제가 목숨을 던져 끄집어 내렸던 존재 다! 거대한 장벽처럼 보였던 크로노스를 겨우 넘어서면서 맞섰던 존재였단 말이다! 그런데도 어째서……!"

포세이돈의 말이 끝나기도 전에.

쾨르릉!

수십 개의 벼락이 응집된 검은 벼락이 다시 한번 너 포세 이돈의 발 앞에 떨어졌다.

포세이돈이 흠칫 놀라면서 뒤로 물러섰다. 하데스의 두 눈은 여전히 흉흉했다.

"마지막으로 경고한다. 그 창, 내려놓아라. 네 앞에 있는 아이는 나의 벗이며 손님이다."

벗이며 손님.

절대 봐주지 않겠다는 집념이 물씬 풍겼다.

하데스는 포세이돈이 계속 머뭇거리자 허리춤에 달고 있던 검으로 손을 가져갔다.

올림포스 신들도 안절부절못했다. 이대로 하데스와 포세이돈이 충돌하면 정말 모든 게 끝장이었다. 다 같이 손을 잡고 싸워도 모자랄 판국에 내분이 있어서야 티탄과 기가스만 좋다고 달려들 테니까.

문제는 하데스와 포세이돈, 둘 다 자존심이 강해서 절대 양보를 하지 않을 성격이란 점이었다.

결국.

"……빌어먹을!"

포세이돈은 울분을 참지 못하고 창날을 옆으로 돌렸다. 아무것도 없는 성역의 일부가 그대로 날아갔다. 폭풍우처럼 휘몰아치던 영압도 해제되었지만, 여전히 대기는 뜨겁게 끓고 있었다.

하지만 그렇게 하고도 화가 풀리지 않는지, 포세이돈은 여전히 씩씩대고 있었다.

그러다 연우 쪽으로 고개를 홱 하고 돌리면서 이글거리

는 눈동자로 노려봤다.

"지금은 운이 좋아 넘어간다만. 네놈이 내게 준 수치와 모욕은 절대 잊지 않을 것이다."

어마어마한 영압이 연우의 어깨를 짓눌렀다. 평범한 플레이어라면 그대로 졸도를 하거나, 영혼이 짜부라질 정도로 무거운 압력이었지만.

피식―

연우는 그런 포세이돈을 보면서 대놓고 비웃음을 던졌다. 신격이나 되고서도 어린아이처럼 고집을 피워 대는 꼴이 우습기만 했다.

"좋을 대로."

"이……!"

포세이돈의 관자놀이로 핏줄이 잔뜩 돋았다. 아주 잠깐, 그의 머릿속엔 하데스와 정말 충돌하는 한이 있더라도 연우를 처치할까 하는 생각도 들었지만. 결국 꾹 눌러 담아야만 했다.

분명 전력을 다한다면 쉽게 죽일 수 있겠지만, 호락호락하게 당하지 않을 게 뻔했기 때문이었다. 신살을 이룬 플레이어. 신격에게도 부담일 수밖에 없었다.

결국 포세이돈은 초인적인 인내심으로 충동을 억누르면서 몸을 반대쪽으로 홱 하고 돌렸다.

포세이돈을 따르는 휘하 제신(諸神)들은 갈팡질팡하다가, 결국 헤르메스와 아테나에게 인사를 하고 연우를 노려보다 주군을 뒤따랐다.

그 속에는 헤스티아, 헤라, 데메테르로 보이는 여신들도 섞여 있었다.

그렇게.

살벌하기만 했던 올림포스와 타르타로스의 재회가 끝난 뒤.

철컥—

아테나는 포세이돈 등이 완전히 물러난 뒤에야 손에 들고 있던 검을 도로 검집에 밀어 넣었다. 그러나 여전히 날카롭게 벼려진 전의는 그녀의 곁을 떠나지 않고 있었다.

헤르메스는 그런 누이를 보면서 가볍게 웃음을 터뜨렸다.

"그거 알아, 누이?"

"뭘?"

아테나는 이 장난기 많은 남동생이 또 무슨 장난을 치려는 건가 싶어 눈을 가늘게 떴다.

하지만 헤르메스는 살벌한 기세를 받으면서도 짓궂은 웃음을 지우지 않았다.

"그렇게 너무 살벌한 모습만 보이면, 호감 갖고 다가온 남자들도 무서워서 다 떠나간다고."

"……!"

아테나는 그제야 자신의 실수를 깨닫고 재빨리 신색을 회복했다. 하지만 이미 버스는 떠난 뒤였다. 연우가 빤히 그녀를 쳐다보고 있었다.

"도와주셔서 감사합니다."

아테나는 살짝 당황해하면서 얼결에 고개를 끄덕이고 말 았다.

『직접 만나면 할 이야기가 많을 것처럼 굴더니. 거봐. 내 말이 맞지?』

순간, 헤르메스의 전음이 그녀의 귓가에 살짝 울렸다. 정우를 다시 만난 연우를 보는 내내 발을 동동 구르던 자 신을 보며, 껄껄 웃음을 터뜨리던 헤르메스의 모습이 떠올 랐다.

그때 뭐라고 했더라? 실제로 만나면 오히려 할 이야기가 쏙 들어갈 거라고 했었지, 아마?

그때는 헛소리 말라면서 단호하게 말했었는데. 헤르메스 의 말대로 연우를 만나니 당황한 나머지 해 주고 싶었던 말 들이 쏙 들어가고 말았다.

이전까지 자신이 돌봐 주었던 아이가, 이제는 동생을 둘 러싼 옛일들을 알게 되었다. 그리고 그것을 둘러싼 여러 가 지 일들도.

이 아이는 아직도 날 원망하고 있을까? 그런 생각이 자꾸만 머릿속에 맴돌아서 섣불리 입을 열 수가 없었다.

『자리는 내가 알아서 피해 줄 테니 이야기 잘 해 보라고.』

헤르메스는 능글맞게 웃으면서 연우에게 한쪽 눈을 찡긋하고는 가볍게 땅을 박차 사라졌다. 아테나는 순간 그런 동생의 낯짝을 한 대 후려치고 싶은 마음이 굴뚝같았지만, 꾹 참아야만 했다.

"다친…… 곳은?"

아주 짧은 순간, 아테나는 다시 한번 더 무슨 말을 꺼내야 할까 고민했다. 하지만 입 밖으로 삐져나온 말은 자신이 생각해도 너무 단순한 질문이었다. '지혜'를 관장하고 있기도 한 그녀는 스스로 자신의 입을 두들기고 싶었다.

"없습니다. 덕분에."

"그렇다고 하니 다행이구나."

"예."

"……."

"……."

짧은 대화가 오고 간 뒤에도, 잠시 둘 사이에는 어색한 침묵이 감돌았다.

주변에 있던 다른 사람들이 무슨 일인가 싶어 멀뚱하게

눈을 뜨며 두 사람을 번갈아 본 순간.

[시차 괴리]

화아악—

갑자기 연우와 아테나를 제외한 세계가 정지했다. 아니, 정확하게는 한없이 느려지기 시작했다.

연우가 사고 속도를 가속화시킨 것이다. 그리고 그의 의도대로, 아테나는 아주 손쉽게 연우의 사고 속도를 맞출 수 있었다.

이 시끄러운 환경에서, 둘만 대화를 나눌 수 있는 환경이 만들어진 것이다.

그때, 회중시계가 돌아가면서 정우의 영체가 천천히 밖으로 빠져나왔다. 그는 오래전부터 특전에 이르기까지, 줄곧 멀리서 자신을 지켜봐 주었던 신을 가만히 바라보았다.

저런 얼굴이었구나. 아테나를 처음 본 순간, 정우의 머릿속에 든 생각이었다.

분명 처음 본 얼굴인데. 왠지 모르게 낯이 익었다. 아마도 저 눈빛 때문일 것이다. 슬프게 바라보는 눈. 그러면서도 눈을 감던 마지막까지 자신을 응원해 주던 눈이 있었다.

그래서 정우는.

『감사했습니다.』

언젠가 그녀를 만나면 하고 싶었던 인사를 드디어 할 수 있었다.

전혀 생각지 못했던 인사였기에. 아테나의 눈동자가 위아래로 크게 떨렸다.

"난……."

『마지막까지 제 곁을 지켜 준 사람은, 아테나였으니까요.』

"……."

아테나는 입을 꾹 다물었다.

정우는 환하게 웃고 있었다.

『물론, 아테나를 많이 원망하기도 했습니다. 처음부터 줄곧 저를 지켜보고 있었으면서 이렇다 하게 모습을 내비친 적도 없었으니까요. 그냥 관찰만 하는 모습이 불쾌하기도 했고, 마지막에 지푸라기라도 잡고 싶었을 때에는 어떻게든 도와주길 바랐으니까요.』

정우는 적들과 싸우면서 눈을 감기 직전에 떴던 메시지가 떠올렸다.

'이름을 밝힐 수 없는 신이 당신을 슬픈 눈으로 바라봅니다.' 아마 그런 내용이었을 것이다.

그리고 그런 메시지는 수없이 반복되는 특전 속에서도

계속 나타나곤 했었다.

단 한 번도, 빠짐없이.

어떻게 보면 관망이기도 했지만.

또 어떻게 보면 자신의 곁을 마지막까지 지켜 준 고마운 사람이기도 한 셈이었다.

『하지만 그래도 눈을 감을 때는 항상 같은 생각을 했었습니다. 그래도 다행히 너무 외롭지는 않구나. 나를 오롯이 봐주는 사람은 있구나, 하는 생각을요.』

사실 따지고 보면, 아테나는 정우를 도와줄 이유가 없기도 했다.

그저 미래를 살짝 엿보고 연민을 표시한 것뿐이니까.

그렇다고 따로 개입할 수도 없었다. 탑의 정교한 시스템은 천계의 불필요한 개입을 인과율이라는 이름으로 계속 차단하고 있었으니.

그리고 그 뒤로 아테나가 어떻게든 전력을 다해 연우와 정우를 도와주려 했던 것도 사실이었다.

"그렇게 말해 주어…… 고맙구나."

아테나는 엷은 미소를 띠면서 눈가를 훔쳤다. 살짝 눈물이 맺혀 있었다. 타르타로스와 연결되어 다시 연우 형제를 만나게 되면 무슨 말을 해야 할까 계속 고민을 했었는데. 이렇게 이들이 먼저 다가와 주니 너무 고마웠다.

그리고 그런 아테나를 보면서.

정우는 그런 생각이 들었다. 신이지만, 여린 사람이구나 하는 생각. 늘 자신을 슬픈 눈으로 바라볼 때부터 느꼈지만, 생각보다 더 여린 것 같았다.

이렇게 가녀리기만 한 사람이 어떻게 전쟁과 지혜의 여신이 될 수 있었을까. 분명히 포세이돈에 맞서서 으르렁거릴 때는 그렇게 무서우면서도 든든할 수가 없었는데. 지금은 옆집에 사는 누나 같았다.

그래서. 정우는 어쩐지 자기도 모르게 어머니가 떠올랐다.

화악―

정우는 무의식적으로 날개를 활짝 펼치면서 아테나에게 바짝 다가갔다.

숨결이 바로 느껴질 정도로 가까운 거리.

아테나는 자기도 모르게 뒤로 한 발자국 물러섰다. 여태껏 살면서 자신에게 이렇게 지근거리에 다가온 남자는 한 명도 없었다.

평상시라면 이게 무슨 짓이냐며 그냥 물리쳤을 테지만. 정우의 맑은 눈동자를 보고 있으니 그럴 마음이 싹 사라졌다. 오히려 당황스럽기만 했다.

그리고.

와락—

정우는 아테나를 살포시 끌어안아 주었다. 괜찮다고 말하듯이.

처음 아테나는 당황해했지만. 따스한 체온이 자신을 달래려 한다는 것을 깨닫고는 고맙다며 고개를 끄덕였다.

*　　　*　　　*

"감히 허락 없이 신의 옥체를 만지다니. 신벌을 받아도 모자랄 짓이라는 것, 알고 있느냐?"

한참 시간이 지난 뒤. 아테나는 정우를 밀어내면서 조금 부끄러웠던지 입술을 샐쭉 내밀며 투덜거렸다. 근엄한 척하지만 귀여운 모습이었다.

『파하핫! 정말 전쟁의 여신 맞아요? 생각보다 눈물이 많으신 것 같은데.』

정우는 자기도 모르게 크게 웃음을 터뜨렸다. 아테나는 그게 더 얄미운지 삐죽 나와 있던 입술이 댓 발은 더 나오고 말았다.

그러다 정우는 연우가 자신을 빤히 쳐다보고 있는 것을 알아채고, 고개를 갸웃거렸다.

『왜?』

연우는 고개를 절레절레 흔들었다.

"아니. 지금 이 모습을 보면 세샤나 아난타가 어떤 표정을 지을지 궁금해져서."

『…….』

"아니. 브라함에게만 귀띔을 해 줘도…….”

『그런 거 아니거든!』

아테나는 그렇게 투덕거리는 형제들을 보면서 살짝 미소를 지었다. 어쩐지 둘에게서 헤르메스와 자신의 모습이 겹쳐져 보였다. 정말이지, 예전부터 느꼈던 것이지만 귀여운 아이들이었다.

그러다 연우는 시끄럽게 방방 뛰는 정우를 손으로 밀어내면서 무시하고, 흐뭇하게 자신을 바라보는 아테나와 눈을 마주쳤다.

"한 가지 물어봐도 되겠습니까?"

화해는 끝났다.

그렇다면 그녀를 만났을 때, 묻고 싶었던 질문을 던질 차례였다.

"그래."

그 말에 아테나는 살짝 눈을 크게 떴다가, 곧 연우가 무슨 질문을 던질 것인지 대충 눈치를 채고 인상을 살짝 굳히면서 고개를 끄덕였다.

"처음 정우가 튜토리얼에 들어왔을 때, 어떤 예지를 보셨던 걸로 알고 있습니다."

"……맞다. 아주 짧았지만."

아테나가 무겁게 고개를 끄덕였다.

역시나. 연우는 속으로 작게 중얼거리면서 재차 물었다.

"혹시 그 예지 속에 저와 정우가 있었습니까?"

"그래."

"어떤 모습이었습니까?"

아테나는 설불리 대답하지 못하고 머뭇거리다가, 끝내 깊은 한숨을 내쉬면서 말했다.

"그 전에 한 가지만 정정하지. 내가 본 예지는 너희의 것이 맞지만, 너희 전부의 것이 아니었어."

수수께끼 같은 답.

연우와 정우의 눈이 커졌다.

"그게 무슨?"

아테나의 표정이 딱딱하게 굳었다.

"한 명…… 밖에 없었다."

*　　　*　　　*

"와…… 분위기 보소. 정말 살벌하네."

"티탄들도 그렇지만. 올림포스는 그보다 더하던데? 역시 신은 신이란 건가."

올림포스 신들이 물러난 뒤에야, 칸을 비롯한 일행들은 겨우 한숨을 돌릴 수 있었다.

칸이 유달리 호들갑을 떨긴 했지만, 다른 동료들도 마찬가지로 고개를 끄덕이고 있었다.

"올림포스는 여러 개의 만신전…… 그러니까 신의 사회 중에서도, 〈데바〉나 〈천교〉, 〈아스가르드〉와 함께 가장 규모가 크기로 손꼽히는 곳이지. 그런 곳의 우두머리들이니 그럴 수밖에."

브라함은 천계에 있을 시절을 떠올리면서 피식 웃음을 흘렸다.

사실 올림포스는 천계 내에서도 가장 골칫거리로 분류되는 곳 중 하나였다. 가장 많이 하계에 간섭하며, 사건 사고도 많은 곳. 그리고 가장 많이 세대교체가 이뤄진 곳이기도 했다.

그리고 그런 전통은 여전히 이어지고 있는 모양이었다.

아주 잠깐이었지만. 올림포스의 신들은 분명히 크게 두 개의 무리로 분리되어 움직이고 있었다.

포세이돈과 헤라를 포함한 옛 신들과, 헤르메스를 중심으로 한 젊은 신들.

몇몇은 그런 것에 크게 구애받지 않는 듯 여기저기를 쏘아 다니기도 했지만, 대개 한곳에 소속된 자들은 다른 곳으로 다가가기를 꺼려 하는 눈치였다.

게다가 감정의 골도 제법 깊은지 격이 높은 신들일수록 다른 무리에는 일절 시선도 주지 않았으니.

이게 뜻하는 건 단 하나였다.

세대 간의 갈등이 아주 크다는 것.

'제우스가 잠에 들고 나서 더 격화되었다는 말은 얼핏 들었지만. 사실이었나?'

천계의 일이라면 항상 지긋지긋했던 브라함이었지만. 그래도 언제나 소란스러운 올림포스에는 이따금 관심을 두곤 했었다.

그래도 예나 지금이나 다르지 않은 건 있었다.

오만함.

최근에 천계에 소문이 많이 돌고 있던 연우에게나 조금 관심을 기울일 뿐. 올림포스 신들은 다른 플레이어들에게는 일절 관심도 주지 않았다.

오히려 같은 공기를 마시는 게 불쾌하다는 듯, 대놓고 인상을 찡그리는 자들도 있을 정도였다.

'예나 지금이나. 위에 있는 것들은 똑같아.'

브라함은 가볍게 코웃음을 치면서 올림포스의 신들을 비

웃다가, 슬쩍 연우가 있던 자리를 보았다.

일반 사람들은 전혀 눈치채지 못했지만. 브라함은 연결 고리를 통해 분명히 연우와 아테나 사이에 어떤 대화가 오고 갔다는 것을 알고 있었다. 다만, 두 사람의 사적인 대화라 듣지 않았을 뿐이었다.

그런데.

'조금 찝찝하단 말이지.'

브라함은 왜 이렇게 신경이 쓰이는 건지 알 수가 없었다.

사실 그동안 연우는 여러 신과 악마들로부터 많은 관심을 받아 왔지만, 그중에서도 가장 접점이 많은 곳은 올림포스였다.

올림포스와 깊은 관련이 있을 칠흑왕이라는 존재부터, 헤르메스와 아테나의 가호, 포세이돈과의 악연, 올림포스 신의 이름을 딴 두 신수들, 타르타로스의 전투까지.

시스템에 새겨지는 업적이 곧 플레이어의 가치를 결정짓는 주요 요인이라는 것을 감안한다면.

사실 사도가 되는 게 아니고서야 한곳과 이렇게 밀접한 연관을 맺는 건, 절대 바람직한 행동이 아니었다.

그래서 브라함은 그 점이 우려스러웠다.

이대로 있다가, 여러 분란의 씨앗이 내재된 올림포스에 완전히 휘말리는 게 아닌가 하고.

연우는 아테나와의 볼일이 끝나면 곧바로 타르타로스를 뜰 예정이니 떠날 차비를 갖추고 있으라고 했지만.

그래도 '인과율'이라는 것은 그렇게 쉽게 털어 내고 싶다고 해서 털어 낼 수 있는 게 아니었다.

탁!

결국 브라함은 읽고 있던 책을 조용히 덮었다. 그리고 품에서 여러 개의 죽간이 담긴 통을 꺼내 가볍게 흔들었다. 이건 되도록 안 쓰려 했는데. 답답해서 어쩔 수가 없었다.

절그럭 소리가 나자, 옆에 있던 갈리어드가 고개를 갸웃거렸다.

"그게 뭔가? 처음 보는데."

"점괘."

"점? 자네, 그런 거 별로 안 믿지 않았나."

"그렇다고 불신하는 것도 아니었지."

"뭘 보려고?"

"앞으로의 일."

브라함은 그렇게 대답하면서 조용히 죽간을 하나 꺼냈다. 끄트머리에는 의미를 알 수 없는 글자가 적혀 있었다. 브라함만이 알아볼 수 있는 글자.

'흉(凶).'

그것도 대흉이었다.

"뭐라고 나왔기에 그러나?"

"아니네. 아무것도."

브라함은 최대한 내색하지 않고 죽간을 도로 통에 담으면서 고개를 가로저었다.

그래도 가슴이 덜컥 내려앉는 기분이었다. 웬만해서는 잘 나오지 않는 게 대흉인데. 어떻게 된 걸까. 올림포스와 연우 간에 상성이 잘 맞지 않는 걸까.

그래서 몇 번이고 흔들면서 다시 점괘를 뽑았다.

하지만 그때마다 일정한 결과가 나왔다.

대흉.

올림포스와 연관되어서 좋을 게 하나도 없다는 뜻이었다.

'서둘러 가자고 해야겠군.'

이런 곳에 계속 있어서 좋을 건 하나도 없었다.

때마침 연우가 이곳으로 오고 있었다. 브라함도 그에게 다가가 말을 걸려는데, 자기도 모르게 발걸음이 흠칫거리고 말았다.

비록 가면을 쓰고 있어서 눈으로는 알 수 없었지만, 확실하게 연결 고리로 느낄 수 있었다.

연우의 얼굴이 잔뜩 굳어 있었다. 연결 고리도 평소와 다르게 온갖 격한 감정으로 크게 울렁대고 있었다.

"왜 그러나? 무슨 일이 있나?"

"브라함."

연우는 잠깐 말하기를 머뭇거리다, 조심스럽게 입을 열었다.

"혹 신적인 존재들이 이따금 꾼다는 예지 말입니다. 그게 현실이 될 가능성이 얼마나 됩니까?"

전혀 생각지도 못한 질문.

브라함은 아테나와의 대화에서 뭔가 있었구나 하는 생각이 퍼뜩 들었다.

예지. 혹은 예언. 분명 신과 악마들에게도 좋은 의미만 주는 단어는 아니었다.

"예지를 신위로 가진 자가 아니라면, 사실 어긋날 때도 있다네. 예지는 확정된 결과가 아니라, 여러 과정의 한 단면이니까. 끼워 맞추기일 때도 많아."

예지와 예언은 사실 섣불리 언급하기 어려운 부분이 많았다. 예지를 듣고, 그것을 피하고자 한 행동이 도리어 예지와 똑같은 결과를 도출하는 경우도 왕왕 있었으니까. 올림포스에도, 데바에도.

결국 예지란 것은 인과율을 따라 가능성이 높은 미래의 한 단면을 도출해 내는 것에 지나지 않았다.

그렇게. 브라함은 믿는 편이었다. 그 역시 한때 주신격에 오를 정도로 지고한 존재였었으니.

"그럼…… 만약 브라함과 갈리어드, 세샤, 아난타가 나란히 앉아 있는 사진이나 초상화가 있다고 친다면."

"……!"

순간, 브라함은 자기도 모르게 신성을 잃기 직전에 보았던 한 가지 예지를 떠올렸다. 사진 속에 담겨 있던, 웃는 다섯 사람의 모습.

갑자기 그게 왜 지금 떠오르는 걸까?

"남은 한 명은…… 아닙니다. 아무것도. 제가 괜히 심란한 말만 던졌나 봅니다."

연우는 질문을 던지려다 말고 고개를 털었다.

하지만.

그의 머릿속에는 쓸쓸하던 아테나의 목소리가 울리고 있었다.

　—그런데. 그 한 명이 누군지 알 수가 없었다. 신의 눈으로 보았었는데도.

＊　　　＊　　　＊

'결국 말해 버렸구나. 다만, 이게 그 아이에게 행운이 될

지, 불운이 될지, 아니면 전혀 다른 운이 될지…… 전혀 알 수가 없으니.'

아테나는 올림포스의 신들이 몰려 있을 신전으로 천천히 걸음을 옮기면서 작게 침음을 흘렸다.

7년 전이었던가, 8년 전이었던가? 사실 수천수만 년을 살아가는 신에게는 그저 한 줌밖에 되지 않는 시간 전에 '우연히' 보았던 한 사건이, 지금 이렇게 그녀를 크게 고뇌에 빠뜨리는 일의 계기가 될 줄 짐작이나 했을까.

당시에도 그녀는 헤르메스의 조언에 따라 칠흑의 파편을 찾아 하계를 살피고 있던 중이었다.

칠흑은 그녀와 헤르메스, 그리고 같은 꿈을 꾸는 형제들에게 반드시 필요한 단초였고, 그것이 언젠가 하계에 나타날 것이라는 신탁을 받은 게 전부였다.

다행히 칠흑을 탐탁지 않게 여기는 포세이돈 등은 신탁을 그다지 신뢰하지 못하고 있었기 때문에, 그들보다 앞서서 찾아야 한다는 강박 관념만을 갖고 있었다.

그러다 아테나는 강렬한 '느낌'을 받게 되었다.

튜토리얼 쪽에 뭔가가 나타날 것 같은 느낌.

연례행사처럼 벌어지고 있는 튜토리얼은 이제 올림포스 신들에게도 별다른 유흥거리가 되지 못했지만, 그 날만은 유독 그런 강한 느낌이 들었다.

그래서 아테나가 시선을 돌렸을 때, 보게 된 사람이 바로 정우였다.

초대장이라는 특전을 이용해 튜토리얼에 참여하게 된 노비스. 재능만 충실하게 갖췄을 뿐, 육체도 능력도 엉망이라 플레이어로서의 기초 자격도 되지 않는 녀석이었다.

필시 A구획도 통과하지 못하고 죽거나, 그 전에 겁에 질려 리타이어 할 것이라고 여겼지만.

왠지 모르게 자꾸만 시선이 갔다.

금방 죽을 줄 알았던 플레이어는 차근차근히 해결책을 찾아 나가면서 성장을 이뤘다.

동료를 구하기도, 때로는 거래를 하기도 하면서. 그렇게 한 발 한발 전진하는 모습은 아테나의 가슴을 찌르르 울릴 정도였다.

그러다 결국 마지막에 순위권에 드는 성적으로 졸업을 해냈을 때에는 그녀도 모르게 소리를 지르고 말았으니.

언제나 영웅들을 가호하고 희망을 비춰 주던 그녀였기에. 정우는 간만에 그런 영웅의 씨앗이 될 수 있는 아이였다.

그리고 깨달았다.

그 아이가 칠흑으로 연결되는 열쇠라는 사실을.

또한, 그 끝이 좋지 않을 거란 것도.

총 세 가지의 예지가 그녀의 눈가를 스쳤다. 하나같이 어떻게든 돌리고 싶었던 것들. 하지만 결국 그중 앞선 두 가지는 순차적으로 풀려나오면서 현실이 되고 말았다. 정우의 죽음과 연우의 각성이 각각 그것이다.

그리고.

이제 마지막 한 가지가 남았다.

아테나는 지금 그 예지를 말해 준 게 어떤 결과가 될지 전혀 알 수 없었다.

예지라는 것은 어디까지나 특정한 결과만을 말해 줄 뿐이니까. 그 과정은 어떻게 이뤄지는지, 비껴 날 수 있는지, 아니면 확정된 것인지, 그 어떤 것도 알 수 없었다.

설사 신이라 하여도.

어쩌면 그녀가 본 광경이, 단순히 연우나 정우, 둘 중 한 사람이 잠깐 자리를 비운 동안에 있는 일인지도 모른다.

그런다면 괜히 그녀만 호들갑을 떤 셈이 되겠지만.

그래도 아테나는 섣불리 그럴 것 같다고 단순하게 생각을 하기 힘들었다.

마지막 예지 속에 웃는 모습을 한 사람은 연우처럼 보이기도, 혹은 정우처럼 보이기도 했으니까.

그렇게 이런저런 생각을 하는 동안.

아테나는 어느덧 신전 중심부에 다다를 수 있었다. 그런데 당연히 실내에 있을 거라고 생각했던 헤르메스가 팔짱을 끼며 대리석 기둥에 등을 기댄 채로 서 있었다.

"뭐 하고 있는 거냐, 여기서?"

"당연히 누이를 기다리고 있었지."

"나를?"

아테나가 이맛살을 찌푸렸다.

"또 뭐라고 하려고?"

"누가 들으면 내가 누이를 괴롭히는 맛에 사는 줄 알겠네. 섭섭해, 어?"

"그럼 아니었나?"

"뭐, 사실 부정은 못 하지만."

헤르메스가 짓궂게 웃으면서 키득거렸다.

아테나는 타르타로스에 내려올 때부터 깐족대기 바쁜 남동생이 짜증 난 나머지 곧바로 검집으로 손을 가져갔다.

헤르메스는 자신의 신물, 날개 달린 장화인 탈라리아를 이용해 멀찍이 거리를 벌리면서 짐짓 무서운 척 엄살을 떨었다.

"에헤이. 우리 말로 하자고, 말로? 평화 몰라, 평화?"

"평화는 무슨. 내 신위가 무엇인지 그새 잊었나?"

"그것참, 말로 안 되면 칼부터 빼고 보는 건 꼭 아버지 같……."

스르릉—

"……지는 않지. 어휴! 어떻게 우리 단순하고 책임감 없는 아버지를, 어? 누이하고 비교하겠어? 안 그래?"

탁!

아테나는 반쯤 뽑았던 검을 도로 검집으로 밀어 넣었다.

"###과 관련된 일이라면……."

"표정 보니까 좋게 잘 마무리된 것 같은데. 물을 필요가 있나."

"그럼?"

"저거 때문이지."

헤르메스는 엄지로 슬쩍 신전을 가리켰다.

신전은 창문을 비롯해 내외를 통하는 문이란 문은 모두 활짝 열려 있어 내부가 훤하게 보였다.

논의를 나누는 신들의 모습이 전부 보여서 자칫 내용이 새어 나갈 우려도 있었지만, 간 크게 올림포스 신들의 근처로 다가올 배짱을 가진 이들은 어디에도 없었다.

다만, 덕분에 아테나는 신전 내에서 벌어지는 소란을 쉽게 목격할 수 있었다.

언쟁이었다.

"정녕 칠흑의 힘을, 그깟 필멸자에게 쥐여 줄 생각인가? 그게 어떤 힘인지 누구보다 잘 알잖나! 그건 절대 있어서는 안 되는 일이야!"

포세이돈이 대춧빛처럼 붉게 달아오른 얼굴로 자리에서 벌떡 일어나 고래고래 소리를 질러 댔다.

반면에 하데스는 가만히 자리에 앉아 싸늘한 조소만 던질 뿐이었다.

"이미 퀴네에를 주었다. 그것으로 내 대답은 끝난 것 같은데."

"하데스!"

쾅!

포세이돈은 결국 참지 못하고 탁상을 세게 두들기고 말았다. 턱수염이 파르르 떨리고 있었다. 두 눈에 불신과 경악이 자리 잡았다.

그리고 그건 여태 묵묵히 두 사람의 대화를 지켜보던 다른 올림포스의 신들도 마찬가지였다.

헤스티아, 헤라, 데메테르는 물론, 네레우스, 도리스, 리모스, 디케, 에우노미아처럼 구원군으로 따라온 자들까지 전부. 심지어 아테나와 뜻을 같이하고 있는 아폴론이나 아르테미스, 디오니소스 같은 신들도 놀란 눈치였다.

제우스의 아스트라페와 포세이돈의 트라이아나는 신력이 다해 그냥 강제로 흡수되고 말았다지만.

퀴네에는 전혀 차원이 달랐다. 그만한 대신물을 내어 줬다는 것은 이미 하데스가 옛날의 맹세를 저버리고 연우라는 플레이어에게 마음이 돌아섰다는 뜻이었다.

어찌 보면 사도인 람보다도 더 가깝게 여기는 것이다.

하물며 그것이 한번 파손된 후에 어렵사리 다시 만들어 낸 물건이라면? 의미는 더더욱 깊어질 수밖에.

신물이라는 것은 신격이 살아온 신화를 총망라하여 담아 낸 상징성과도 같은 것.

하데스는 지금 자신의 미래를 연우에게 내어 준 것이나 마찬가지였다.

아니나 다를까.

"이런 정도로 놀라서야 쓰나."

하데스는 비딱하게 앉은 자세로 다리를 꼬고, 주먹으로 턱을 괴면서. 아주 시니컬하게 한쪽 입꼬리를 말아 올렸다.

"그 아이가 언제고 간에 신격을 얻게 된다면, 이 '명계의 왕'이라는 거추장스러운 신위도 같이 물려줄 생각이라 하면. 아예 기겁을 하겠어."

"……!"

"……!"

"……!"

하데스가 난데없이 던진 폭탄선언에 좌중은 그대로 얼어 붙고 말았다.

"지금 그딴 걸 말이라고……!"

가장 먼저 정신을 차린 것은 포세이돈이었다.

포세이돈은 이제 분노로 얼굴이 붉어지다 못해 몸이 바들바들 떨리고 있었다. 여태껏 하데스의 영지였기에 자제를 하고 있었다지만. 그래도 이제는 겨우 남은 인내심의 한계치도 넘어서고 있었다.

물론, 그런 것에 눈치를 볼 하데스가 전혀 아니었다.

"소리 지르지 마라, 포세이돈. 여기 있는 어느 누구도 귀를 먹지 않았으니까."

하데스의 조소가 더 짙어졌다.

"한낱 필멸자라고 했나? 우습군. 그럼 그 필멸자에게 몇 번이나 우롱당한 넌 뭐가 되는 거지? 머저리? 천치? 뭐, 그런 게 되는 건가?"

"나를 모욕하지 마라!"

"모욕? 사실을 거론하는 것이 모욕이라면 얼마든지 해 주지."

하데스는 턱을 괴고 있던 오른손을 풀면서 허리를 바로 세웠다.

"그리고 그건 너희들도 마찬가지다."

하데스는 좌중을 훑어봤다. 포세이돈의 뒤에 있던 헤스티아, 헤라, 데메테르. 그리고 그들의 파벌에 가담한 제신들.

　칠흑이라는 이름을 두고 내분이 일어난 올림포스의 현 모습이, 그의 눈에는 우스꽝스럽기만 했다.

　"이미 한참 동안 흘러 버린 세월이다. 거기에 얽매이는 너희는 대체 뭘 하는 머저리들인 거지? 과거는 과거일 뿐이야. 그냥 흘러라. 왜 그리도 집착을 하나?"

　"그건 단순한 과거가 아니기 때문이지."

　헤라가 벌떡 자리에서 일어나 항변했다. 제우스의 아내이며 올림포스의 왕비이기도 한 그녀는 외부 통치에 관심 많은 제우스 삼 형제를 대신해 올림포스의 내정을 다스리면서 그들에 못지않은 발언권을 갖고 있었다.

　"그럼?"

　"우리의 정체성이었어. 한낱 목자(牧子)에 불과하던 우리들이, 올림포스의 권좌에 앉을 수 있었던."

　크로노스를 끄집어 내리면서 칠흑은 더 이상 힘을 쓰지 못하고 나락 속에 갇혔다.

　그들은 그래서 올림포스라는 견고한 권좌를 얻을 수 있었다.

　그런데 다시 칠흑이 일어난다?

　그건 과거에 분명히 없었다고 생각했던 불씨가 다시 일어나 그들을 집어삼킬 수도 있다는 뜻이었다.

재앙의 근원이 있다면. 자라기도 전에 싹을 밟는 것이 맞았다.

하지만 하데스는 가당치도 않는 소리라며 코웃음을 쳤다.

"우리는 전쟁을 치르던 그때보다도 더 강한 힘과 지고한 신위를 가지고 있지. 그리고 권좌에 앉았다. 영향력도 더 커졌고. 설사 칠흑이 돌아온다고 한들, 그래서 크로노스가 부활을 이룬다고 해서 어디 그때에 비할까. 오히려 그때의 그들이 돌아온다고 해도, 우리가 쌓은 아성을 무너뜨릴 수 없을 텐데?"

헤라는 입을 꾹 다물었다. 사실 따지고 보면 하데스의 말이 맞았으니까.

그들이 칠흑을 잡아 내리던 시절은 아직 탑의 시스템이 견고한 체계를 갖추기 전이었다.

수많은 투쟁과 항쟁이 있었고, 그 와중에 많은 격동이 있었다. 하루가 다르게 권좌에 앉은 이들의 면면이 달라지던 혼란스러운 시기였다.

엘로힘이 보유하고 있는 옛 신족들, 프로토게노이나 바니르 족 등은 그런 혼란기에 격을 잃고 떨어진 자들이었다. 그 와중에 생성된 피해자들이 하이 엘프나, 타천 혹은 반마 같은 이들이었고.

그러다 격한 혼돈기가 서서히 끝나고 여러 개의 신과 악마의 사회가 출현해 천계가 안정화되어 가면서.

시스템이 확립되고, 숱한 세월이 흐르면서. 천계는 그렇게 견고한 체재를 굳혀 나갔다.

그리고 신과 악마들은 시스템의 일부로 남아, 나날이 탑에 대한 영향력을 확장해 갔으니.

탑은 나날이 새로운 플레이어들을 받아들이면서 규모를 키워 나갔다. 그리고 신과 악마들도 그만큼 무럭무럭 자라났다.

칠흑?

과거에는 분명히 위대한 존재였다. 어둠과 죽음, 혼돈을 다루는 그는 우주의 시원(始元) 때부터 존재했기에 분명히 올림포스 신들에게도 두려움을 가져다주었다.

하지만 우주의 질서가 잡힌 이때. 올림포스가 더 이상 그를 두려워할 필요가 없다는 게 하데스의 생각이었다.

"때에 따라서는 칠흑을 가져와 저 비열한 가이아를 노릴 아군으로 삼을 수도 있을 테고."

하데스의 말에 아폴론과 아르테미스 등의 눈동자가 묘한 빛을 발했다. 전부 헤르메스, 아테나와 함께하는 젊은 세대들.

역시 고루해진 동 세대와 다르게, 젊은 세대들은 칠흑이 필요하다 여기고 그를 추종하고 있는 게 분명했다.

그래도 올림포스에 머저리들만 있는 건 아니었군. 하데스는 그렇게 중얼거리면서 자신의 힐난에 잔뜩 얼어붙은 포세이돈 등에게 재차 물었다.

"아니면. 너희들은 지금 너희가 앉은 권좌를 지킬 자신감조차 없나? 그토록 비루한 자리던가?"

"이……!"

"물론, 내가 이렇게 말한다고 해서 너희들이 생각을 바꿀 거란 생각은 추호도 하지 않는다."

신이란 작자들은 그런 자들이니까. 자신이 옳다고 여긴 길을 어떻게든 지키려고 애쓰지. 독선적이고, 편협한 자들.

여태 하데스가 줄곧 보았던 신과 악마들은 다 그랬다. 그 모습이 싫어 크로노스를 끄집어 내렸으면서. 어느새 자신들이 크로노스와 똑같은 모습을 하고 있다는 걸, 저들은 알고 있을까?

사실 하데스가 과거에 타르타로스에 오겠다고 자임한 것에는 그런 이유도 있었다. 저런 머저리들과 더 이상 얽히기가 싫어서.

"그러니 나 역시 내가 내린 결정을 그대로 집행할 것이다. 그 아이가 칠흑을 깨닫고, 탈각을 이뤘을 때. 이 자리를 선양할 것이니 더 이상 잔말 마라."

사실 따지고 보면, 하데스가 앉아 있는 자리는 원래 칠흑에서 비롯된 것이었으니. 원주인에게 돌려준다는 표현이 옳았다.

포세이돈은 더 이상 하데스를 설득할 수 없다고 여겼는지, 이글대는 눈으로 그를 노려보았다.

"그놈이 신격을 얻을 거라고 확신을 하나?"

"그럼?"

하데스는 전투 내내 연우가 펼치던 날개를 떠올렸다. 죽음과 투쟁. 그중 죽음은 칠흑에서 비롯되었다지만, 투쟁은 달랐다. 오롯이 그 아이의 것이었다.

업적은 새겨지고 있었고, 계기가 주어진다면 신화로 거듭날 날도 얼마 남지 않았다.

"지난 수천수만 년간, 탑이 세워진 이래 단 한 번도 이뤄지지 않았던 일이다. 올포원조차도 신격을 이루지 못했어. 그런데 그놈이 신격을 이뤄? 가당치도 않은 소리!"

"말은 똑바로 해야지. 올포원이야 자의로 이루지 않고 있을 뿐이고. 포세이돈, 너 같은 놈 수십이 덤벼도 못 당해내는 게 올포원이야."

포세이돈은 다시 한번 더 형제에게 받은 모욕에 주먹을 꽉 쥐었다. 혈관이 금방이라도 터질 것처럼 부풀었다. 그는 초인적인 인내심으로 참고 있었다.

하지만 하데스는 성을 내려면 내 보라는 듯, 계속 그의 심기를 살살 긁어 대고 있었다.

"다른 플레이어들도 마찬가지. 너, 하계를 제대로 본 적이라도 있나? 그 안에는 이미 신격을 터득할, 탈각을 이룰 준비가 끝난 플레이어가 열도 넘어. 그중 두셋 정도는 대신격을 이룰 수 있을 정도로, 충분하다 못해 철철 흘러넘치는 중이지. 하지만 그래도 여전히 이루지 못하는 중이야. 왜 그런지 아나?"

연우가 언젠가 계속 던졌던 질문. 디스 플루토의 부관들은 이미 신격이면서도 어째서 아홉 왕들과 비슷한 수준이거나, 낮은 걸까? 그리고 어째서 아스트라이오스는 결국 신살을 당한 걸까?

그 질문의 대답은 간단했다.

"네가 말한 그 빌어먹을 올포원 놈이 절지천통(絶地天通)으로 천계와 하계를 완전히 갈라 버렸기 때문이지. 시스템의 기능을 정지시켰는데, 거기에 종속된 플레이어가 가능할 리가?"

"……"

"……"

"……그 말은 즉. 너는 ###, 그 아이가 올포원의 압제를 피해 충분히 신격을 이룰 수 있을 거라고 여기는 건가?"

다른 신들이 모두 침묵하는 가운데, 데메테르만이 고요한 눈빛으로 하데스를 바라보고 있었다. 그녀는 여섯 남매들 중에서도 유달리 차분한 성정을 지녔던 이였다. 개인적으로는 하데스의 장모이기도 한 존재.

하데스는 고개를 끄덕였다.

"정확하게는 해방이지."

"……!"

"그게 아니더라도, 그 아이는 언제고 간에 신격을 얻을 것이다."

포세이돈이 버럭 소리를 질렀다.

"올포원이 납득할 리가 없……!"

하데스는 그의 말허리를 단숨에 잘랐다.

"아니. 나는 놈을 믿는다. 놈은 해낼 자니까."

하데스의 목소리에는 강한 의지가 담겨 있었다. 포세이돈 등은 입을 꾹 다물며 침묵을 지켰고, 한발 떨어져 있던 아폴론 등은 서로 눈치를 살폈다.

사실 아폴론과 아르테미스, 디오니소스 등은 아직 연우에 대한 결정을 제대로 내리지 못하고 있던 상태였다.

확신을 가지는 아테나나 헤르메스, 그에 대한 호의가 가득한 아레스와는 다르게.

그들과 뜻을 함께하고 있으면서도, 한편으로는 포세이돈

처럼 한낱 필멸자가 과연 칠흑을 제대로 계승할 수 있을까 하는 우려도 갖고 있었던 것이다.

차라리 그들 중 한 명이 연우를 사도로 삼아, 칠흑을 제대로 다룰 수 있게 인도하는 게 낫지 않겠냐는 생각도 들었을 정도였으니.

차마 그런 시도를 못 하고 있었던 건, 아즈라엘이 칠흑왕의 형틀 속으로 빨려 들어가는 것을 보았기 때문이었다.

그런데 만약 하데스의 말이 사실이라면.

굳이 더 이상 의심을 할 필요가 없는 셈이었다.

"그리고 그때가 바로 이 거추장스럽기 짝이 없던 명계의 왕좌도 같이 떠넘길 때인 것이지. 나로서는 몇 년 묵은 체증이 확 달아나는 셈이니. 속 시원해지는 거고."

하데스는 여러 생각으로 복잡한 올림포스 신들을 보면서 가볍게 웃음을 흘렸다.

그렇게 하데스를 제외하고, 모두가 침묵을 지키는 가운데.

"아니."

포세이돈만이 여전히 아집 가득한 눈빛을 흉흉하게 떴다.

"송충이는 솔잎을 먹고, 뱁새는 제 날갯짓만 해야 하는 법이다. 한낱 필멸자가 격을 터득해? 절대 있을 수 없는 일이다. 그것은…… 우리에 대한 모독이다."

"필멸자, 필멸자. 그 말, 지겹지도 않나? 우리 스스로 불멸자라고 이름을 붙인다지만, 진짜 불멸도 아닐 텐데?"

"그렇다 하여도! 거스를 수 없는 태생이란 게 있는 것이다. 그건 순리를 거스르는 일."

포세이돈은 천천히 자리에서 일어나면서 말을 이었다.

"그런 순리를, 내가 바로 잡을 것이다."

"날 방해하겠다는 건가?"

"마음대로 받아들여라. 지금은 공통된 적이 있어 손을 잡을 뿐이지만, 난 놈을 어떻게든 죽여서 칠흑을 도로 땅에다 묻어야겠으니까."

하데스의 비틀린 입술 사이로 송곳니가 훤히 드러났다.

"그건 곧 나와 대적하겠다는 것으로 받아들여도 되나?"

"못할 것 같나?"

우르르—

하데스와 포세이돈의 신력이 다시 한번 더 충돌하면서 위아래로 크게 요동쳤다.

이제는 정말 크게 싸움이라도 벌이려는 건지 숨이 턱턱 막힐 정도였다. 명왕의 신전이 위아래로 떨리면서 천장에서부터 먼지와 돌조각이 부스스 떨어졌다.

그때.

"그만 하세요. 두 분 다 올림포스의 어른이 되어 이게 무슨 짓인가요?"

신전의 문이 활짝 열리면서, 한 여인이 천천히 걸어왔다. 짙은 녹색 머리칼을 길게 늘어뜨린 고아한 자태의 여신. 하지만 그녀가 한 발 한 발을 내디딜 때마다 퍼져 나가는 강렬한 파장이 하데스와 포세이돈의 신력을 한껏 밀어내고 있었다.

자리에 있던 다른 올림포스 신들은 모두 놀란 눈치였다.

지아비를 기다리겠다며 오랫동안 천계로 복귀하지 않아 얼마나 달라졌는지 아무도 모르기도 했지만.

그래도 그녀는 올림포스에 있을 때와는 비교도 할 수 없을 정도로 막대한 신력을 품고 있었다. 어쩌면 자신의 남편인 하데스와 동등하거나, 아니면 그를 넘어선 게 아닐까 싶을 정도로.

단순히 등장만 했는데도 불구하고.

이미 신전의 분위기는 그녀를 중심으로 돌아가고 있었다.

페르세포네.

땅의 여신, 데메테르의 딸이자, 명계의 왕, 하데스의 아내이기에. '따스한 봄'과 '추운 겨울'이라는 두 개의 신위를 쟁취할 수 있었던 여신이 걸음을 멈추며 하데스와 포세이돈을 번갈아 보았다.

하데스는 페르세포네와 눈이 마주치자 저도 모르게 몸을 부르르 떨었다.

지난 수백 년 동안 의도적으로 실종된 척, 타르타로스의 일에 매진하는 척하면서 피해 다녔던 아내가 돌아왔다. 봉선 의식을 거행했을 때부터 그녀를 만나게 될 거란 건 각오하고 있었지만, 정말 이렇게 다시 만나게 되니 가슴이 뛰었다.

마치 얼어붙은 시냇물이 따스한 봄 햇살을 만나면서 녹는 것처럼.

언제나 차갑게만 굴던 명계의 왕도, 지금 이 순간만큼은 첫사랑의 감정을 품던 예전으로 되돌아가 있었다.

하지만.

한편으로는 씁쓸한 마음도 들었다.

예나 지금이나. 자신을 바라보는 페르세포네의 시선에는 따스함이나 애틋함이 전혀 담겨 있지 않았으니까.

그저 무겁기만 했다.

'나는 그대를 그토록 보고 싶어 했고, 하루도 잊은 날이 없었는데. 그대는 그게 아니었나 보오. 기나긴 시간 동안 당신을 피해 다니면 이 마음이 조금은 식을까도 싶었지만, 그렇지 못했고…… 그 세월이면 그대도 날 용서할까 싶었지만, 여전히 그대의 눈에는 나는 천인공노할 놈인가 보오. 그대에게 나는, 그저, 예를 다할 정략혼의 대상이자, 명계의 왕에 지나지 않는 것이오?'

하데스는 목 언저리까지 올라온 말을 겨우 억눌러야만 했다.

반면에. 포세이돈은 자신의 신력을 흩뜨린 게 도무지 마음에 들지 않는지, 인상을 와락 일그러뜨렸다.

"어디 주신들이 이야기하는 곳에, 함부로 끼어드는 것이냐? 네 남편을 믿고 까부는 건가?"

포세이돈은 페르세포네와 하데스를 번갈아 보면서 비웃음을 던졌다. 하데스의 표정이 처음으로 딱딱하게 굳는데.

"추하시군요."

페르세포네는 오히려 상대할 가치도 없다는 듯이 코웃음을 쳤다.

포세이돈의 표정이 굳었다.

"뭣이?"

"남편은 남편이고, 저는 저일 뿐. 그렇게 단순히 편 가르기를 하신다면. 그래요. 그게 편하시다면 그렇게 하세요. 하지만 그런다고 해서 당신의 지금 추한 모습이 달라지지는 않겠지만."

"네년이······!"

하데스에 이어 그 처라는 작자까지. 포세이돈은 더 이상 모욕을 참지 못하고 삼지창으로 손을 가져갔다. 하데스가 놀라 자리에서 일어나려는 순간.

쾅!

"컥!"

포세이돈은 갑자기 자신의 그림자에서 갈라져 나온 촉수에 손발이 묶이며, 그대로 바닥에 처박히고 말았다.

졸지에 패대기쳐진 개구리 꼴이 되고 만 포세이돈은 어떻게든 그림자의 속박에서 벗어나기 위해 아등바등했지만.

그럴수록 그림자 촉수는 더더욱 바짝 조여지면서 그를 꽁꽁 묶었다.

그리고.

활짝—

그림자 사이로 수없이 많은 실선이 그어지더니 위아래로 열리면서 그 속에 숨겨진 눈동자들이 훤히 드러났다.

수백 수천 개에 달하는 눈동자가 일제히 깜빡거리면서 포세이돈을 바라보고 있었다.

그 순간, 포세이돈은 자기도 모르게 등골을 따라 오스스 소름이 돋았다. 알 수 없는 불안감이 그의 심장을 가득 물들이고 있었다.

그래서 억지로 고개를 들어 페르세포네를 본 순간.

그녀는 고요한 눈빛으로 이쪽을 지그시 바라보고 있었다. 아무런 감정도 담기지 않은 무미건조한 눈빛을 하고서.

그 모습이, 포세이돈에게는 더 두렵게 다가왔다.

마치 누군가를 떠올리게 했다.

올림포스를 비롯한 모든 신들의 영원한 천적이며.

티탄과 기가스를 비롯한 세상 모든 여러 마물과 괴귀들을 잉태한 근원이자, 모체(母體)인.

대지모신, 가이아를.

대지모신(Earth Mother).

예부터 대지모신을 가리키는 이름은 아주 다양했다.

가이아, 이슈타르, 헤바트, 티아메트, 비라주, 유미르, 여와, 마고…… 그리고 비에라 둔.

여러 신화에서 불리는 이름이 각각 달랐고, 그만큼 대지모신은 신과 악마의 사회에 크게 구애받지 않고 예부터 다양한 영향력을 끼쳐 왔다.

그것은 대지모신이 '천계'라는 틀이 완성되기도 전에, 아니, 우주가 제대로 구현되기도 전에 이미 존재했던 개념적인 존재였기 때문이었다.

대지모신은 아무것도 없이 무(無)에 가까웠던 세상을 창조하는 데 큰 몫을 해 왔다.

산을 짓고, 들을 깎으며, 강을 흐르게 했다. 그리고 생명을 잉태해서 아무것도 없는 텅 빈 무대를 가득 채웠다.

어찌 보면 대지모신은 창조신으로서의 기능도 갖추고 있었다.

하지만 대지모신은 되레 그런 자신의 창조물로부터 배척을 받게 되었으니.

언제부턴가 우주와 세계가 그녀의 손을 떠나 굴러가기 시작했다.

기존에 있던 우주는 계속 확장을 거듭하면서 여러 별을 낳았다. 여러 우주가 부딪친 자리에서는 폭발과 함께 작은 우주들이 자라나 세계를 이루고, 다시 여러 세계가 겹겹이 싸여 차원을 구성했다.

무한하게 확장된 여러 세계에서는 수많은 영웅들이 태어나고, 개중에는 신화를 토대로 신성을 획득해서 탈각과 초월을 이룬 자들도 속출하기 시작했다.

그들은 스스로를 신, 악마, 용종, 거인 따위로 부르면서 '초월자'라고 불리기를 희망했다. 그리고 보다 위로 올라가고자 했다.

대지모신은 그게 못내 불쾌했다.

개념적인 존재로서, 이렇다 할 자아를 품고 있지는 않았지만.

그래도 그녀는 여전히 우주와 세계가 자신의 자식이라는

생각을 갖고 있었다.

그런 대지모신이 보기에, 초월자들이 하려는 행위는 자신에 대한 도전이었다.

아직 어리디어린 것들이 주제도 모르고 속박과 통제를 벗어나려는 것이다.

자유? 모든 것을 포용하는 그녀의 머릿속에 그런 단어는 들어 있지도 않았다.

하지만 개념적인 존재인 대지모신은 의지만 있을 뿐, 자아는 없기에 직접 움직일 수가 없는바.

그래서 대지모신은 자신을 대신해 못난 자식들에게 벌을 내려 줄 화신을 구성했고.

화신은 여러 마물과 괴귀들을 한껏 쏟아 내면서 초월자들과 기나긴 전쟁을 벌이기 시작했다.

흔히 신화에서 보이는 거대 존재와의 전쟁이 바로 그것이었다.

가이아가 쏟아 낸 기간테스와 전쟁을 벌이는 〈올림포스〉, 거인 유미르를 죽여 산과 들을 만든 〈아스가르드〉, 포악한 용 티아메트를 사냥하고자 한 〈딜문〉, 처음으로 손을 잡아 여와를 봉인시키며 전면에 나서고자 한 〈천교〉와 〈절교〉, 대지모신에게서 권능을 강탈해 격을 이룬 〈르 인페르날〉 등.

동시다발적으로 각각의 우주와 세계에서 대지모신과의 전쟁이 시작되었다.

그리고 그것들은 거대한 신화가 되어 하나의 체계(System)를 이루게 되었으니.

하나면 모를까, 대지모신은 결국 여러 항쟁을 극복하지 못하고 쫓겨나듯이 도망쳐야만 했다.

비로소 여러 우주와 차원이 자유를 얻어 낸 순간이었다.

그리고 초월자들은 전쟁을 바탕으로 다져진 조직을 가다듬으면서 세계 위에 군림했다.

비록 얼마 가지 않아 씹어 먹어도 시원치 않을 어떤 존재가 나타나 그들을 이딴 '천계'라는 세계에 가둬 버리긴 했다지만.

그래도 포세이돈은 당시의 영광을 아직도 잊지 않고 있었다.

무한한 세계를 제 손에 넣고 마구잡이로 휘두르던 시절을.

물론, 대지모신이 완전히 박멸된 것은 아니었기에. 전쟁은 그 뒤로도 주기적으로 계속 이어졌다

그런데.

포세이돈의 눈에 그 대지모신의 모습이 순간적으로 비쳤다.

비록 착각이라는 듯이 그런 느낌은 바로 사라지긴 했다지만.

그래도 등골을 타고 흐르는 오싹한 공포는 쉽게 지워지질 않았다.

그런 느낌은 칠흑이었던 '그'의 사도, 크로노스와 전쟁을 치를 때 이후로 처음으로 느껴 본 것이었다.

짝!

하지만 포세이돈의 그런 생각은 갑자기 들린 박수 소리에 깨졌다.

"자, 그만."

데메테르가 두 사람 사이를 가로지르면서 나타났다.

"페르세포네, 이만하면 어떻겠니?"

"알겠어요, 어머니."

페르세포네는 오랜만에 만난 어머니의 부탁을 거부할 수가 없었다. 그리고 이만하면 충분히 포세이돈에게 주제도 깨닫게 해 주었겠다 싶어 한 발자국 뒤로 물러섰다.

그러자 포세이돈을 칭칭 감고 있던 그림자가 조용히 풀려났다.

털썩—

포세이돈은 제자리에 앉아 캑캑거리며 숨을 골랐다. 그러면서 페르세포네를 분노한 시선으로 노려봤다.

데메테르는 싸늘하게 식은 분위기를 만회하고자, 다시 한번 더 손뼉을 치면서 말했다.

"수백 년 만에 남편과 아내가 만났으니 나누고 싶은 이 야기도 많을 텐데. 부부의 시간이라도 갖게 해 주도록 하죠. 내일부터는 기나긴, 새로운 기간토마키아가 벌어질 테 니."

데메테르는 침묵을 지키고 있는 하데스에게 눈빛을 보내면서 자리를 파했다.

하지만 하데스의 표정은 여전히 알 수가 없었다.

*   *   *

그렇게 혼란스럽던 회의가 끝난 뒤.

하데스와 페르세포네만이 남은 회의장에는 싸늘한 침묵이 흘렀다. 테이블에 올려져 있는 갖가지 화려한 음료나 음식들이 휑하게만 보였다.

뚜벅, 뚜벅, 페르세포네는 뒷짐을 지고 간만에 찾은 명왕의 신전을 일일이 둘러보면서 화사하게 웃었다.

"이곳은 예나 지금이나 크게 달라진 곳이 없군요. 역시나 당신다워요."

"……."

하지만 하데스는 여전히 제자리에 앉아 묵묵히 그녀를 지켜보고만 있을 뿐, 아무런 말도 하지 않았다.

페르세포네는 조금 뚱한 표정으로 입술을 삐죽 내밀었다.

"오랜만에 아내를 만났는데, 하실 말씀이 그리도 없으신가요?"

순간, 하데스의 눈꺼풀이 파르르 떨렸다.

지난 수백 년간 하루에도 몇 번씩이고 듣고 싶었던 목소리. 아주 오래전, 삭막하기만 하던 그에게 처음으로 사랑이라는 감정을 가르쳐 준 목소리이기도 했다.

"그동안…… 잘 지내었소?"

하데스의 목소리는 잘게 떨렸다.

"잘 지내었을 것 같나요? 지아비가 오랫동안 집에 돌아오지 않는데, 마음을 편하게 놓고 있을 아내가 몇이나 될까요?"

하데스는 순간 정말 그게 사실이냐며 묻고 싶은 마음이 굴뚝같았지만.

"……그러시었소? 미안하오."

충동을 억지로 눌렀다.

눈가가 슬프게 가라앉았다. 그리고 다시 침묵이 내려앉았다.

페르세포네는 예나 지금이나 별말 없이 과묵하기만 한 남편을 보면서 조용히 피식 웃었다.

그리고.

담담하게 하데스를 바라보았다. 어느샌가 얼굴에는 봄의 따스한 햇살처럼 훈훈하던 미소는 온데간데없이 사라지고, 겨울의 싸늘함만이 감돌았다.

"그 날. 제가 무엇을 하고 있었는지, 보셨던 건가요?"

"……."

하데스는 입을 꾹 다물면서 침묵을 지켰다.

하지만 머릿속은 수백 년 전에 있었던 일을 재생하고 있었다. 그가 명부를 떠나던 날. 타르타로스로 완전히 넘어왔던 날의 일이었다.

─모든 것은…… 위대한 어머니의 뜻대로.

그건 정말 우연이었다.

타르타로스에 변고가 생겼다는 말을 듣고 부랴부랴 내려갔다가, 성역을 두고 공방전을 벌이던 중 잠시 머리를 식히기 위해 명부로 돌아왔을 때.

페르세포네는 부부의 침실에서 홀로 조용히 무릎을 꿇고 앉아 어디론가 기도를 하고 있었다.

그 모습을 보면서. 혹시 자신의 무사 귀환을 기원하는 건가 싶어, 드디어 아내가 자신에게 마음을 여는 건가 싶어 잠시간 기뻐했었지만.

하데스는 그게 곧 자신에 대한 기원이 아닌, 다른 어떤 존재를 향한 신앙이라는 것을 깨달을 수 있었다.

신이 보내는 신앙이라니. 그리고 이에 화답하듯이 돌아온 신력을 느끼고, 깨달을 수 있었다.

페르세포네가 누구를 모시기 시작했는지를.

그리고.

티탄과 기가스가 일으킨 반란이 어디로 이어져 있는지도.

"역시 보셨었나 보네요. 혹시나 했었지만…… 숨긴다고 숨겼었는데 어떻게 그런 실수를 한 건지."

저벅, 저벅. 페르세포네가 천천히 이곳으로 다가왔다. 물통에 잉크가 방울방울 떨어진 것처럼, 그림자가 확 번지면서 실내 바닥을 까맣게 물들였다.

하데스는 그걸 보면서 생각했다. 저 색은 꼭 자신을 보는 것 같다고.

그날, 페르세포네의 정체를 깨닫고 난 뒤 숱하게 고민했다.

이대로 그녀를 뒀다가는 정말 타르타로스는 물론, 에레

보스를 포함한 모든 명계가 위험해질 수 있었다.

티탄과 기가스를 타르타로스에 가둔 이유가 가이아에게서 강제로 떼어 놓기 위해서였는데.

여기에 페르세포네가 가이아의 사도가 되어 끊어진 줄을 잇는 중간 고리가 되어 버렸다면, 그보다 위험한 것도 없었으니까.

자칫 명계를 넘어 천계로, 올림포스를 비롯한 98층 전체가 다시 가이아의 위협에 직면할 수 있었다.

과거 올림포스를 비롯한 여러 초월자들이 막고자 했던 사태가 도래할 수 있는 것이다.

그러니 당장 페르세포네를 죽여야만 했다.

아직 가이아의 힘을 받은 지 얼마 되지 않은 것 같으니, 마음먹으면 충분히 해낼 수도 있었다.

하지만.

하데스는 차마 그러질 못했다. 검집에 손을 가져갔지만, 도저히 뽑을 수가 없었다. 자신의 손으로 아내를 죽인다니. 어떻게 그럴 수 있단 말인가.

가뜩이나 자신의 짝사랑으로, 마음에도 없던 결혼 생활을 해야만 했던 아내였다. 그런 그녀에게 다시 상처를 줄 수는 없었다.

그렇다면 남은 방법은 하나.

페르세포네가 일어날 새도 없이, 티탄과 기가스의 반란을 사전에 진압해 버리면 될 일이었다. 그리고 타르타로스로의 출입을 차단한다면, 페르세포네도 어떻게 손을 쓸 수 없었다.

결국 결정을 내린 하데스는 타르타로스로 발길을 돌렸고, 이렇게 수백 년이 훌쩍 지나고 말았다.

그동안 계획은 실패하고 말았다.

반란을 진압하기는커녕 성역은 자꾸만 빼앗기기만 했고, 가이아의 또 다른 사도인 티폰은 크로노스의 힘까지 섭취하면서 결국 하데스의 영향력을 넘어서기까지 했다.

하데스에게서 서서히 감정이 사라지고, 냉소와 자조만이 남은 것도 바로 그때부터였다.

이렇게 시간을 끈다고 한들, 그 끝에 무엇이 있는지 잘 알고 있었으니까.

그리고 결국 올림포스와의 연결도 다시 이어진 이때.

결국 페르세포네도 내려왔다. 어떻게든 피하고 싶었던 순간이, 계속 미뤄 두기만 했던 시기가 찾아온 것이다.

"다 알고 계시었으면서. 어째서 여태 다른 이들에게 말을 하지 않았던 건가요?"

페르세포네는 하데스에게 다가가면서 질문을 던졌다. 그건 지난 시간 동안 도저히 풀 수가 없었던 수수께끼였다.

돌아오지 않는 것을 보면 남편이 자신의 비밀을 알아낸 건 확실한데. 어째서 그 사실을 올림포스에 말하지 않았냐는 것이다. 그랬다면 애당초 티탄과 기가스의 반란도 이렇게까지 심각하게 되지는 않았을 텐데.

그런데.

"당신을 사랑했기 때문이오."

담담한 고백에 페르세포네의 걸음도 잠시 멈칫거렸다.

하데스의 눈빛은 조용한 목소리와 다르게 열렬하게 불타오르고 있었다.

저 눈. 아직도 기억이 생생했다. 처음 자신과 마주쳤을 때 했던 눈빛. 당시에 그는 별다른 말을 하지 않았지만, 그녀는 그때 자신의 운명이 달라질 것을 직감적으로 깨달았다. 그리고 그녀는 거절할 새도 없이, 납치를 당하듯 명계로 끌려와 강제 결혼을 해야만 했다.

주변에 숱하게 도움을 요청하기도 했었다. 하지만 전부 거부를 당했다. 어느 누구도 명계의 왕과 척을 지고 싶지 않아 했고, 신으로 태어났다면 원래 연애결혼 따윈 못하는 것이라며 오히려 잘되었다는 소리까지 들었다.

페르세포네는 그것이 못내 한이었다. 꽃다운 나이에 꽃처럼 피어나지도 못하고, 어머니의 곁을 떠나 낯선 곳에 버려져야만 했던 자신.

남편은 그런 자신을 달래려, 마음을 돌리려 어떻게든 이 것저것을 하고자 했지만.

한번 어긋나 버린 마음은 결코 돌아올 길이 없었고, 결국 여기까지 다다르고 말았다.

지금 그녀에게는 힘이 있었다.

타르타로스에 있었던 수많은 희생과 티탄들의 죽음은 제물이 되어, 페르세포네에게 더 많은 대지모신의 힘을 가져다주었으니.

화아악!

그림자가 높게 일어나면서 하데스를 꽁꽁 묶었다.

하데스는 죽음이 턱밑까지 다가왔는데도 불구하고, 저항하지 않았다. 그는 자신의 운명을 페르세포네에게 맡겨 버렸다. 오래전에 그가 그녀의 운명을 강제로 취했듯이, 이번에는 그녀가 그럴 차례였다.

"못난 사람 같으니."

페르세포네는 다시 걸음을 옮겨 자리로 다가가 조용히 하데스의 귓가에 입을 갖다 대며 작게 중얼거렸다.

"그런다고 해서 달라질 것은 하나도 없는데."

푹—

어느샌가 페르세포네의 손에서 튀어나온 단검이 하데스의 심장을 찔렀다.

붉은 피가 그림자를 물들이기 시작했다.

하데스를 흡수함과 동시에 명왕의 신전을 덮어 가던 그림자가 일제히 붉게 변하면서.

『드디어…… 길이 열렸구나…….』

『아아…… 위대한 어머니시여…… 당신의 딸이…… 여왕이 길을 열었나이다…… 당신을…… 곧 뵈러 가겠습니다…….』

수없이 많은 눈들이 열렸다. 그리고 그 눈의 주인들인 티탄과 기가스가 일제히 그림자를 찢으면서 밖으로 튀어나오기 시작했다.

기간토마키아의 시작이었다.

＊　　　　＊　　　　＊

그리고 그 시각.

화아아!

"……뭐지?"

연우는 갑자기 목에 감고 있던 칠흑왕의 격노가 부르르 떨리면서 검은빛을 토해 내자 눈을 크게 떴다.

그리고.

띠링—

[조건이 성립되어 숨겨진 특전이 제공됩니다.]

[특전: 명계의 왕]

[특전을 계승 중입니다.]

[불발되었습니다.]

[특전을 계승 중입니다.]

[불발되었습니다.]

......

[계승 작업이 이뤄지기에 아직 격이 맞질 않아 잠시 중단됩니다.]

[재검토를 시작합니다.]

[당신의 격에 대한 논의가 아직 활발하게 진행 중입니다.]

[잠시만 기다리세요.]

[중단되었던 특전은 그 후에 진행 여부가 결정됩니다.]

연우는 아주 잠깐이지만 체내 깊숙한 곳에서 무언가가 부쩍 고양되는 것을 느낄 수 있었다.

여태껏 영혼을 억누르고 있던 감옥에서 해방되는 느낌. 진정한 자유를 획득한 듯한 느낌이었다. 난생처음 느껴 보는 감각이었기에 연우도 상당히 놀랄 정도였다.

하지만 그런 감각은 곧 '불발되었다'는 메시지와 함께 사라졌다.

연우는 본능적으로 그것이 흔히 탈각(脫殼)이라 부르는, 초월성을 이루는 여러 단계 중 하나가 아닐까 하는 생각이 들었다.

자신이야 신살만 이뤘을 뿐, 아직 깨달음은 얻지 못했으니 어쩔 수 없다지만.

그래도 매번 비슷한 일이 있을 때마다 뒤따라오는 메시지가 자꾸만 눈에 밟혔다.

격에 대한 논의?

아스트라이오스를 죽였을 때부터 떴던 메시지는 여전히 '진행 중'이라는 말만 거듭 되풀이할 뿐이었다.

연우로서는 도저히 이해를 할 수가 없는 단어였다.

만약 저 논의가 긍정적으로 이뤄진다면, 신격이라도 얻을 수 있는 걸까?

하지만 그가 알기로, 탈각은 스스로 이뤄야만 하는 것이었다. 누가 줄 수 있거나 하는 것이 절대 아니었다.

'아니. 있긴 있지. 신위 계승이라든가.'

하지만 그런 식으로 물려준다고 해서 마냥 긍정적인 것만은 아니었다. 스스로 이루지 못한 것은 그만큼 위태롭기 마련이니.

물론.

'준다는 걸 굳이 거절할 생각은 없지만.'

여하튼 신과 악마들의 논의라는 것은 여전히 연우에게 수수께끼였다.

그리고 여기에 새로운 수수께끼가 더해졌다.

연우는 듣도 보도 못한 특전.

명계의 왕이라고?

그건 분명히 하데스를 가리키는 별칭일 텐데.

왜 그게 자신에게 계승되니 마니 하는 것일까.

퀴네에가 변한 칠흑왕의 격노가 빛나는 걸 봐서는 분명히 하데스가 무언가를 하려는 것 같은데. 그게 뭔지를 알수가 없었다.

그러고 보니 하데스와 헤어지기 직전, 꼭 마지막 인사를 보내는 것처럼 느껴지기는 했었는데. 그것과 어떤 관련이 있는 걸까.

탑에 대해 꽤나 해박한 정우의 의견을 묻고 싶었지만, 녀석은 회중시계 속에서 곤히 자고 있는 중이었다. 영체가 아직 많이 위태로운 탓에 자주 이렇게 휴식을 취해 줘야만 했다.

"카인 형? 형!"

연우는 잠깐 고심에 잠겼다가 자신을 거칠게 부르는 소리에 정신을 퍼뜩 차렸다.

도일을 비롯한 여러 일행들이 자신을 빤히 쳐다보고 있었다.

"왜 그러세요?"

"아니다, 조금 정리할 게 있어서. 그래서. 페르세포네가 뭔가 좀 이상했다고?"

"네."

도일이 어두운 표정으로 고개를 끄덕였다.

연우가 아테나를 만나고 돌아왔을 때. 일행들은 하나같이 표정이 무거웠다. 페르세포네를 만나고 온 도일이 던진 한마디 때문이었다.

―곧 같이 떠날 준비를 하고 있으라는데. 그게 무슨 말일까요?

도일은 페르세포네의 사도였고, 그녀가 타르타로스에 나

타나는 것에 맞춰 영접을 하러 갔다. 명색이 사도이지만 처음으로 신과 직접 대면하던 순간이었다.

다만, 사도이면서도 페르세포네에 대한 신앙심은 그리 깊지 않았던 도일이었기에. 그는 페르세포네를 만나면서 느낀 이상한 낌새를 놓치지 않았다.

"남편을 도와준 사람들을 만나면 수고를 했다거나, 고생이 많았다거나 그렇게 치하를 하는 게 보통이잖아요? 그런데 꼭……. 아니, 그보다 페르세포네 님과 하데스 님은 부부 사이지 않아요?"

"어땠기에?"

"수백 년 만에, 그것도 애타게 찾던 남편을 만나러 가는 거면 즐거워해야 하는 게 맞는데…… 꼭 뭔가를 다짐하는 것처럼 보이셨어요."

"다짐?"

"네. 뭐랄까, 이 순간만 기다렸다는 것처럼. 마치 전쟁에 나서는 장수 같다고 해야 하나. 뭐, 하여간 좀 비장했어요. 반가움이나 그런 것과는 거리가 있었어요."

눈치가 빠른 도일이니 수상한 기색도 금방 눈치를 챈 것일 테지.

연우도 하데스와 페르세포네의 부부 관계가 다른 부부들과는 다르다는 것을 어느 정도 짐작하고 있었기에 뭐라고 섣불리 단정을 내릴 수가 없었다.

다른 일행들도 고심에 잠기는데, 갑자기 칸이 피식 웃더니 어깨를 으쓱거렸다.

"에이. 난 뭐 되게 중요한 일인가 싶었네. 야, 아무리 그래도 부부 사이는 칼로 물 베기랬다. 남녀 관계에 타인이 끼는 거 아니야. 그리고 넌 네 남편이, 아니지, 아내가 수백 년 동안 연락 한번 없이 밖으로 나돌아 다녔어. 그러다 겨우 찾았어. 그럼 즐거울 것 같냐? 아예 쥐 잡듯이 잡겠지."

"그, 그런가?"

"아니면 이혼이라도 하겠지, 뭐."

신들도 이혼을 하던가? 일행들의 표정이 묘하게 변했다.

"제우스는 아내 두고 바람도 여러 번 폈었다면서? 그런데 이혼이라고 없겠니."

브라함이 가볍게 웃음을 흘렸다.

"그놈이 아랫도리가 좀 많이 가볍긴 했지."

"브라함도 그렇다고 하시잖아. 하여간 쓸데없는 거 그만 얘기하고 돌아가자. 이젠 우리가 낄 일도 아니잖아."

일행들은 가만히 고개를 끄덕였다. 사실 하데스와 페르세포네가 어떤 관계인들 무슨 상관이랴. 그들은 이제 필요한 것을 모두 얻었고, 되돌아가기만 하면 되는데.

그렇게 떠날 준비를 하려는데.

그때였다.

우우웅—

갑자기 일행들이 있던 대지 위로 희뿌연 무언가가 쓸려

나갔다가 사라졌다.

순식간에 벌어진 일이라, 그걸 목격한 사람은 몇 되질 않

았다.

일행들은 이제 지긋지긋한 타르타로스를 떠난다는 사실

에 기뻐하고, 디스 플루토는 올림포스의 방문에 여전히 축

제를 벌이는 중이었다.

'신력?'

하지만 연우는 그것이 성역을 따라 퍼져 있던 하데스의

신력이란 것을 금세 깨달을 수 있었다. 성역을 따라…… 신

력이 흩어지고 있었다.

연우가 놀란 눈으로 브라함을 돌아봤다. 그 역시 잔뜩 굳

은 표정으로 시선이 마주쳤다. 순간, 둘 다 일행들에게 경

고를 내뱉으려는데.

화아아!

갑자기 지면을 따라 검은 그늘이 잔뜩 번지더니, 그 위로

헤아릴 수도 없을 만큼 많은 눈들이 일제히 열렸다.

그리고 도일의 눈동자가 뒤집혔다.

"카아악!"

도일은 다짜고짜 바로 옆에 있던 칸에게로 손날을 휘둘렀다. 마치 천적을 만난 맹수처럼. 손톱에서 번져 나온 검은 칼날에는 천마와 페르세포네의 신력이 마구 뒤섞여 있어 위협적이었다.

설마 도일에게 공격을 당할 거라고는 생각도 못 했던 칸은 속수무책으로 당할 수밖에 없었다. 검은 칼날이 목을 긋고 지나가려는 순간, 뒤에 있던 갈리어드가 다급하게 나서서 도일을 지면에다 그대로 처박았다.

쾅!

동시에 빅토리아가 급하게 주문을 외웠다. 속박 주문에 따라, 보이지 않는 사슬이 도일을 칭칭 감았다.

"크르르! 크르!"

도일은 마치 포획된 짐승처럼 사슬에서 벗어나기 위해 이리저리 몸을 뒤틀었다. 두 눈이 마기로 일렁거렸다. 얼굴과 팔뚝을 따라 혈관이 터질 듯이 부풀어 올라 있었다.

칸은 잔뜩 굳은 얼굴로 다가와 도일의 목덜미를 손날로 쳐 기절시켰다.

"이게 대체 어떻게 된……!"

갑작스러운 이상 현상. 칸은 지면을 따라 이쪽을 보며 깜빡거리는 눈들을 혐오스럽다는 표정으로 보았다. 도일의 발작도 이것과 관련이 있을 텐데. 하지만 그의 말은 길게 이어지지 못했다.

수천 개의 눈들이 지면 위로 올라오기 시작했다.

마치 지면을 덮던 그림자 이불을 찢는 것처럼. 그렇게 하나둘씩 나타난 것들은 하나같이 흉흉한 기세를 자랑하고 있었다.

티탄과 기가스의 권속들. 전쟁터에서나 보던 것들이 일제히 포효를 질렀다.

키키키킥!

크아아!

"무, 뭐야, 이거?"

"이것들이 왜 이곳에……!"

축제를 즐기던 디스 플루토는 갑작스러운 날벼락에 하나같이 경악에 찬 얼굴이 되고 말았다.

하지만 그런 것을 신경 쓸 권속들이 아니었다. 녀석들은 주인이 내린 명령을 이행하기 위해서 빠르게 움직였다. 그들이 받은 명령은 하나였다. 살아 있는 건 모두 죽일 것.

카아악!

"기습이다! 티탄 놈들이 기습을 해 왔어!"

"전원 대형을 갖춰라!"

"무기! 무기를 어서 가져와!"

디스 플루토는 빠르게 움직이기 시작했다. 하지만 대부

분 축제를 즐기느라 무기를 숙소에 두고 온 이들이 대부분
이었고, 성역에 있어서 방심한 까닭에 피해가 클 수밖에 없
었다.

"대체……!"

빠르게 무기를 휘두르며 권속들을 처치하던 연우 일행들
의 얼굴에도 경악이 스쳤다.

이곳은 하데스의 성역. 특히 그중에서도 중심지였던 명
왕의 신전이었다. 그런 곳에 이런 기습이 가해질 거라고는
생각도 할 수 없었다.

하지만 성역을 둘러싸던 신력은 어느새 사라지고 없었으
니. 거기다 하늘에서는 짙은 먹구름이 끼기 시작하면서 거
신들을 잇달아 토해 냈다.

크어어어—

『찢어 죽일…… 하데스의 심장부로 드디어 왔다……!
올림포스가…… 저곳에 있다…… 형제들이여…… 지난날
의 수모를…… 되갚으라……!』

수 킬로미터에 달하는 거신들이 일제히 기지개를 켜면서
신전을 공격하기 시작했다.

선두에는 부왕지에서도 봤던 12주신의 티탄들뿐만 아니

라, 그동안 마주칠 수 없었던 기가스들까지 다양했다.

기가스는 거신을 이룬 티탄과는 외양이 많이 달랐다. 5
미터 남짓한 크기에 사자 머리나 뱀의 하반신을 하고 있는
등, 괴물의 형태를 띠고 있었다.

온갖 마물과 괴귀들을 잉태한 가이아의 자식들다운 흉포
한 모습. 문제는 크로노스의 시정까지 체득한 것인지 하나
하나의 기세가 티탄들에 못지않다는 점이었다. 아니, 몇몇
개체는 티탄들을 능가하기도 했다.

올림포스의 신들도 뒤늦게 상황을 눈치채고 바쁘게 움직
이기 시작했다.

놈들이 어떻게 성역까지 들어올 수 있었는지는 당장 중
요하지 않았다. 그건 우선 급한 불부터 끄고 나서 알아봐도
충분했다.

"이것들이, 감히! 여기가 어느 안전이라고!"

포세이돈은 삼지창을 높게 들면서 권능을 한껏 풀었다.
쿠르릉, 하는 소리와 함께 폭풍우가 휘몰아치면서 커다란
덩치를 하고 있는 티탄들을 두들기기 시작했다.

아폴론은 활을 높이 들며 새하얀 빛으로 빛나는 화살을
잇달아 쏘아 냈고, 아르테미스는 쌍검을 뽑으면서 기가스
를 상대했다.

아테나, 아레스, 헤르메스, 디오니소스 등을 비롯한 다른

신들도 일제히 신격을 개방하면서 전투를 개시했다.

기간토마키아!

과거 올림포스의 패권을 두고 다투다 쓰러졌던 티탄과 기가스가 일제히 다시 일어나면서 새로운 전쟁을 개시했으니.

명왕의 신전은 순식간에 신들의 격전지로 변모하고 말았다.

"빅토리아, 헤노바와 도일을 데리고 우선 이곳을 벗어나 주세요. 칸과 갈리어드, 크로이츠는 람을 찾아서 디스 플루토의 전열을 수습해 주십시오. 브라함은 저와 같이 신전으로 가시죠."

연우는 갑작스러운 소란에도 최대한 냉정하게 상황을 판단했다. 이렇게 된 이상, 밖으로 통하는 통로도 닫힌 게 분명하다. 지금은 전열을 수습하고 혼란부터 끝내는 게 맞았다.

게다가.

'놈들에게서 느껴지는 기운…… 익숙해.'

기가스에게서 풍겨 나는 기운이 결코 낯설지 않았다. 크로노스의 시정만 묻어 있는 게 아니었다. 그 원인부터 찾아야 했다.

일행들은 별다른 토를 달지 않고 연우의 지시를 이행하기 위해 바쁘게 움직였다.

팟—

동시에 연우는 브라함과 함께 명왕의 신전으로 빠르게 내달렸다.

가장 큰 격전이 벌어지고 있는 장소. 자칫 격이 모자란 필멸자가 발을 들였다간 크게 다칠 수도 있는 곳이었지만, 연우는 전혀 그런 걸 신경 쓸 겨를이 없었다. 브라함도 마찬가지였다.

『형. 이건.』

"어. 맞아."

그리고 정우도 같은 생각이었는지, 어느새 회중시계 밖으로 나와서 얼굴을 굳히고 있었다.

['감염된 대지모신' 이 당신을 응시합니다.]

정우는 자신의 망막에만 떠오르는 메시지를 보면서 아랫입술을 질끈 깨물었다. 아이테르를 죽였을 때부터, 이 메시지는 줄곧 자신의 곁에서 떠날 생각을 않고 있었다. 하지만 형에게는 여태 여기에 대해서 말을 하지 못하고 있던 상태였다.

그렇기에. 연우는 그저 기운의 잔재들만 읽고 무겁게 고개를 끄덕였다.

"비에라 듄. 그년의 기운이다. 대체 무슨 수를 쓴 거지?"

정확하게는 대지모신의 신력이었지만. 이미 대지모신은 비에라 듄에게 감염되었으니 똑같았다. 문제는 녀석이 대체 무슨 수를 쓴 건지 알 수가 없다는 점이었다.

하데스의 성역을 가득 뒤덮은 그림자에서는 대지모신의 신력이 너무 짙게 배어 나오고 있었다. 대체 무슨 수를 쓴 걸까. 도저히 알 겨를이 없었다.

하지만 한 가지만큼은 확실했다.

대지모신─비에라 듄이 누구와 손을 잡은 건지.

'페르세포네.'

여러모로 이상한 낌새가 많았던 그녀 외에는 이런 짓을 저지를 자가 없었다.

생각해 보면 충분히 유추할 수 있는 사실이기도 했다.

알려진 하데스와 페르세포네의 신화 속에서. 하데스와 달리. 페르세포네는 언제나 상처만 입었던 존재였으니까. 그녀가 독한 마음을 먹고 반란을 일으켰다고 해도 전혀 무리가 없었다.

그렇다면 하데스는 일이 이렇게 될 줄 알고 있었던 걸까? 그랬을 거라는 생각이 들었다. 어쩌면 그는 자신의 최후까지 예감하고 있었는지도 몰랐다.

퀴네에를 받으면서 들었던 생각이 잘못된 게 아니었던 셈이었다.

　　—인사는 내가 해야겠지. 덕분에 우리 군의 사기
　　도 많이 올랐으니. 그대가 없었으면 타르타로스는
　　진즉에 무너졌을 것 아닌가.

하데스가 언뜻 비쳤던 미소가 연우의 머릿속에서 떠나질 않았다. 냉소적으로 보이면서도 수하들을 한껏 아끼던 모습. 그는 절대 이렇게 갈 사람이 아니었다.

무엇보다.

비에라 둔이 하고 싶은 일을 하도록 내버려 둘 수 없는 일이었다.

쐐애애액—

연우는 이를 악물면서 바람길을 한껏 밟았다.

부디 하데스가 무사하길 바라면서.

*　　　*　　　*

비에라 둔은 어떻게 대지모신을 집어삼킨 걸까?

대지모신은 자아가 없는 개념적인 존재다. 거대한 데이

터가 뭉친 집합체, 클라우드 같은 개념이다. 그 속에서 비에라 듄이 자신의 정신을 바이러스처럼 침투시켜 무한 증식을 했다면 완전한 감염 상태를 이뤄 내는 것도 무리는 아닐 것이다.

중간 매개체가 루시엘의 영혼석이라면 이해는 더 쉽다.

루시엘은 천계의 많은 신과 악마들이 공동 전선을 펼치면서까지 잡아내고자 했던 존재. 어떤 곳에서는 천마와 비교될 정도라는 말도 있을 정도였으니.

그런 존재의 조각이라면. 이미 탈각을 눈앞에 두고 있던 비에라 듄과 만났을 때 화려하게 꽃을 피울 만도 했다.

하지만.

'그래도 이상해.'

아무리 루시엘의 영혼석이 대단한 가치를 지닌 보물이라 할지라도.

대지모신은 그에 못지않은, 아니, 격만 따진다면 그 위에 있는 존재다.

아무리 자아가 없다고 해도, 욕망은 있었다. 설마 자신이 위험하다는 것도 몰랐을까. 어떤 방어 기제는 있었을 티었다.

그렇다면 비에라 듄이 대지모신과 합일(合一)을 갖출 수 있었던 이유는 단 하나.

'대지모신도 그것을 바랐을 경우.'

물론, 이런 건 어디까지나 연우의 추측일 뿐. 비에라 듄이 정말 자신의 어머니를 삼킨 것일 수도 있고, 대지모신이 어떤 노림수를 위해 그녀를 받아들인 걸 수도 있다.

대체 무슨 수를 썼는지는 당사자들만이 알겠지.

하지만 지금 이 순간.

연우는 단 한 가지만은 확실히 알 수 있을 것 같았다.

또 적으로 만났다는 것.

그의 두 눈이 싸늘하게 가라앉았다.

*　　　*　　　*

신전으로 달리는 내내.

연우는 언제부턴가 자신에게만 길이 계속 열린다는 느낌을 받았다.

티탄과 기가스가 침공을 하면서 올림포스의 여러 신들과 전쟁을 벌이고 있는 지금. 성역은 온통 돌풍과 벼락, 불길이 난무하면서 도저히 플레이어가 지나갈 수 있는 여건이 되지 못했다.

자칫 잘못 휩쓸렸다가는 흔적도 남기지 못할 만큼 거친 격전. 이대로 세상이 무너지는 게 아닐까 싶을 정도였다.

그래서 연우는 길을 열기 위해 용체 각성부터 하늘 날개까지, 차례대로 힘을 꺼낼 각오까지 하고 있었다.

그런데 길을 지나다 보니 그럴 필요가 전혀 없었다.

이상하게 계속 격전이 그가 있는 자리만 쏙 피해 일어나고, 기가스의 권속들도 그의 주변으로 모이지 않았다. 정확하게는 명왕의 신전 쪽으로 향하는 길목에 모이질 않았다.

그 순간, 연우는 깨달을 수 있었다.

이것은 페르세포네가 그에게 보내는 초대장이라는 것을.

그가 이리로 오는 것을 알고, 편하게 올 수 있도록 권속들에게 길을 열라고 명령을 한 것이다.

그래서 연우는 이를 더 악물었다. 자신에 무언가 바라는 게 있다는 뜻일 테니까. 그리고 자신의 불안이 현실이 됐을 가능성이 그만큼 더 커진 것일 테니까.

그리고 도착했을 때.

"이제야 오셨나요?"

페르세포네는 어둡고 조용한 신전 속에서, 하데스가 앉았을 왕좌에 앉아 연우를 기다리고 있었다.

고혹적인 미소를 짓고 있는 그녀의 모습은 어딘지 모르게 매력적이면서도 모든 것을 압도할 것 같은 짙은 패기가 물씬 풍겼다.

몇 달 전, 처음 그녀를 만났을 때 산뜻한 봄의 정원에서 주던 인상과는 전혀 달랐다.

어둡고, 우울하고, 축축한. 그런 겨울의 모습.

그리고 그녀를 따라 감도는 짙은 기운도 낯설지 않았다.

비에라 둔.

어디선가 낯익은 시선도 느껴지고 있었다.

['감염된 대지모신' 이 이쪽을 응시합니다.]

처음에는 너무 미약해서 느끼기 힘들었지만, 언제부턴가 짙어지던 외부의 시선. 연우는 그 시선이 자신이 아닌, 회중시계 쪽으로 향하고 있다는 것을 알 수 있었다.

페르세포네는 그렇게 거대한 존재를 등에 업은 채, 한쪽 다리를 꼬았다.

그러자 왕좌 뒤편으로 천장에 줄줄이 매달려 있던 커다란 고치들이 크게 출렁거렸다. 그림자를 실타래 삼아 무언가를 품고 있는 고치는 대략 보이는 것만 해도 여섯. 연우는 그중 한 곳에서 짙은 신력을 감지할 수 있었다.

"하데스는…… 어떻게 되었습니까?"

묻지 않아도 알 것 같았지만. 그래도 확실하게 확인하고 싶었다.

페르세포네는 한쪽 입꼬리를 말아 올리면서 고개를 위쪽으로 들었다. 그곳에는 가장 큰 고치가 매달려 흔들리고 있었다.

"그이라면 이렇게 잘 지내고 있죠. 손님이 이렇게 왔으니 깨워 드리고 싶지만, 너무 깊이 잠드셔서요. 안타깝지만 인사는 다음에 나누셔야 할 것 같아요."

싸늘함이 감도는 냉소. 어딘지 모르게 하데스가 자주 짓던 것과 비슷한 느낌이 났다.

페르세포네는 손끝으로 고치를 살짝 매만지다가, 다시 연우 쪽으로 시선을 돌렸다.

"그보다 저는 당신과 다른, 좀 더 건설적인 이야기를 나누고 싶어서 이렇게 초청을 한 것이랍니다."

"무슨 이야기를 하시겠단 겁니까?"

"자세한 이야기를 나누기 전에. 우선 자리에 앉으시는 건 어떤가요?"

딱!

페르세포네가 가볍게 손뼉을 치자, 연우 앞으로 갑자기 호롱불이 한두 개씩 켜지더니 어느새 커다란 식탁이 나타났다. 먹음직스러운 만찬이 가득한 식탁이었다.

페르세포네는 왕좌에서 천천히 내려와 연우의 맞은편에 앉았다. 그리고 어서 앉아서 들라며 손짓을 했지만.

"……."

연우는 가만히 그것을 보다가, 자리에 앉지 않고 물었다.

"이제 어떻게 할 생각이십니까?"

"고기가 맛있는데. 혼자서만 이렇게 즐기니 아쉽네요."

페르세포네는 가볍게 스테이크를 썰면서 싱긋 웃었다. 그리고 와인 잔을 들어 가볍게 입술을 축이면서 말을 이었다.

"제가 드릴 말씀은 하나에요. 전향하셨으면 해요."

연우의 한쪽 눈썹이 꿈틀거렸다. 회중시계도 조용해졌다. 전향. 자신에게로 오란 뜻이었다.

"밑으로 들어오라는 겁니까?"

"아니요. 아실지 모르겠지만, 저는 어느 누구도 밑에 두지 않아요. 누구를 이끈다는 것, 무리를 이룬다는 것, 책임을 진다는 것, 저와는 거리가 멀어서요. 저는 손을 잡자고 말씀드리고 있는 것이랍니다."

손을 잡자. 플레이어들을 벌레처럼 여기는 초월자의 입에서 나온 말이라고 생각하기 힘든 제안이었다.

"저는 ###, 당신을 아주 높게 평가하고 있어요. 비록 플레이어인 당신이지만, 당신이 이룬 업적들은 하나같이 놀랄 만한 것들뿐이더군요. 타계의 물건인 현자의 돌부터 시작해서…… 칠흑의 힘까지. 어째서 천계가 당신을 두고 그토록 들썩이는지 알 것 같아요. 아마 천계를 시끄럽게 만든 사람은……."

페르세포네는 냅킨으로 입술에 묻은 스테이크 소스를 훔치면서 싱긋 웃었다.

"바토리나 파우스트…… 최근에는 나유가 전부였군요. 그들과 어깨를 나란히 한 것만 해도 대단한 일이에요."

"……."

"그리고 전 남편과 같은 의견을 갖고 있답니다. 언젠가 신격을 이룬 플레이어가 있다면, 그건 아마도 ###, 당신일 것이라고 말이죠."

페르세포네는 들고 있던 포크와 나이프를 조용히 내려놓았다.

"그러니 미래 가치를 높게 사서, 함께 손을 잡는다고 해도 절대 나쁘지 않으리라 봐요. 언젠가 칠흑도 완전히 계승할 테니까요. 어떤가요? 함께하지 않으시겠어요?"

"……."

페르세포네는 연우에게로 손길을 뻗었다. 마치 자신의 손을 맞잡으라는 듯이.

연우는 한참 동안 말없이 그녀의 손을 보다가 물었다.

"그건 당신의 뜻입니까, 아니면 그 뒤에 있는 자의 뜻입니까?"

['감염된 대지모신' 이 이쪽을 응시합니다.]

"그게 중요한가요?"

"중요합니다."

"전 그분의 화신이자 영육. 그분의 뜻이 곧 나의 뜻이고, 나의 뜻이 곧 그분의 뜻이에요."

"그렇습니까? 도일이 말한 선물이란 게, 이런 거였나 봅니다."

"맞아요. 어떤가요? 당신에게도 나쁜 제안은 아닐 텐데."

페르세포네는 거절할 수 있겠냐는 듯이 화사하게 웃었다.

"대지모신의 가호, 곧 올림포스를 함락할 기가스와의 동맹, 그리고 곧 터득할 신격에 대한 보장. 이것만 해도, 앞으로 당신이 성장하는 데 아주 큰 도움이 될 거예요. 그리고 초월을 이루고 나서도 계속 승승장구할 수 있을 테죠. 천계를 발아래에 둘 수 있는 겁니다."

연우는 페르세포네의 말을 가만히 듣다가, 시선을 위로 들었다. 페르세포네가 아닌 그 뒤에 있을 존재를 노려보았다.

"하계에는 더 이상 볼일이 없다면서, 진짜 신이라도 된 것처럼 굴더니. 결국 숨어서 꾸미던 짓이 고작 이따위였던 거냐, 비에라?"

페르세포네의 표정이 딱딱하게 굳었다. 연우가 말한 비에라 둔이 누군지 알고 있기 때문이었다.

"###, 그만하세요."

"난 뭐 대단한 일을 꾸미나 싶었더니. 결국 똑같군."

연우는 한쪽 입술 끝을 비틀었다.

페르세포네가 손을 잡자고 이야기하기에 뭔가 그럴싸한 게 있나 싶었었는데.

결국 천계에 올라가서도 제 욕심을 버리지 못하고 멋대로 뛰어다니는 모양이었다.

그리고 한낱 꼭두각시 인형이 되어 이런 말을 하는 페르세포네도 우습기만 했다.

비에라 둔과 정우 사이의 일에 대해 어렴풋이 알고 있으면서 이딴 제안을 해?

이건 숫제 그들 형제를 우습게 봤다는 뜻밖에는 되지 않았다.

손을 잡자느니, 너를 높게 평가한다느니, 미래 가치를 사겠다느니 하는 소리를 아무리 떠들어 대 봐야 결국 개소리에 불과했다.

놈이 필요한 것은 아마도 자신이 갖고 있는 칠흑왕의 형틀이겠지.

그리고 하데스가 넘긴 명계의 왕좌도 필요했던 게 틀림
없었다.

['감염된 대지모신' 이 이쪽을 응시합니다.]

"그래. 계속 그따위로 살아라. 그리고 더 높이 올라가라.
그래야."

연우의 냉소가 짙어졌다.

"널 나중에 이 땅으로 끄집어 내렸을 때, 속 시원하지 않
겠나?"

"###……!"

페르세포네가 식탁을 치면서 벌떡 자리에서 일어났다.

하지만.

그보다 먼저 연우가 빨랐다.

"영역 선포."

화아아ㅡ

연우는 페르세포네가 발끈하며 일어서기 직전에 용체 각
성을 시도했다.

콰드득ㅡ

드래고닉 프레셔가 한껏 사방으로 휘몰아치기 시작했다.
신과 마의 인자도 다량으로 보유한 덕분에 프레셔는 돌풍

을 일으키면서 식탁을 부수고, 신전을 뒤흔들었다. 만찬과 음료가 아무렇게나 널브러져 허공에서 춤을 췄다.

피부가 뒤집히면서 나타난 용의 비늘은 어두웠다. 마치 공허를 품은 것처럼. 이전보다 훨씬 단단하고 날카롭기까지 했다.

4차 용체 각성이었다.

[4단계 권능이 개방됩니다.]
[권능: 마나 제어]

[마나 제어(Mana Control)]
설명: 고룡 칼라투스는 계약자가 용체에 빠르게 적응할 수 있도록 8단계에 걸쳐 권능을 세분화시켰다. 그중 네 번째 단계.

권역(權域) 내에서 용은 언제나 위대하고 지고한 존재로 남아 있다. 그 정도는 아주 막강해서, 마나 스트림(Mana Stream)을 끌어와 법칙을 구현할 정도였다.

* 스트림 컨버터
세상의 이면을 관통하며 흐르는 마나 스트림은 세상 모든 마나의 원천이자 보고로서 위대한 존재들도

함부로 건드릴 수 없는 비역으로 남아 있다.

하지만 유일하게 이곳에 접촉할 수 있는 존재가 있었으니, 마나의 축복을 받은 용종이다.

3단계에서 이룬 원소 접촉을 바탕으로 마나 스트림에 대한 깊숙한 접근이 가능해지며, 친밀도에 따라 일부를 끌어올 수 있는 능력이 더해진다.

친밀도가 높아질수록 제어할 수 있는 마나의 양이 상승하며, 때에 따라서는 법칙을 일부 구현해서 '창조'의 영역에 다가가는 것도 가능해진다.

단, 마나 스트림을 다스릴 시에는 상당한 반발력이 뒤따른다.

＊마나 서플라이

마나에 대한…….

[용의 영역, '비나'가 강화되었습니다. 일정 영역에 걸쳐 권능과 속성 마력에 대한 지배를 행사할 수 있게 되었습니다.]

[일정 시간에 걸쳐 모든 능력치가 일정 수치만큼 증가합니다.]

……

[용종으로 다가가는 단계 중 절반의 성취를 이루었습니다.]

[누구도 쉽게 이루지 못할 업적을 달성했습니다. 추가 공적치가 제공됩니다.]

[공적치를 10,000만큼 획득했습니다.]

[추가 공적치를 20,000만큼 획득했습니다.]

……

['권역화'가 성공적으로 이뤄졌습니다.]

연우는 마신룡체를 이루고 난 뒤에도 계속 실전을 거듭하며 꾸준히 실력을 키워 나갔고, 드디어 3차 용체가 가진 임계점에 다다르는 데 성공했다.

덕분에 4차 각성은 생각했던 것보다 훨씬 수월했다.

이미 보유하고 있는 인자의 양이 워낙에 방대한 데다가, 이미 이전에 제천류를 깨달으면서 격의 성장도 이뤄 둔 상태였기 때문이었다.

그렇게 4차 용체 각성을 이뤘을 때의 느낌은. '아찔하다' 였다.

권역 내에 있는 모든 게 자신의 수족처럼 다가왔다. 원체 감각이 예민한 편이기도 했지만, 이건 그 정도를 넘어서 물체가 가진 이면의 영역까지 감지하고, 제어하는 게 가능했다.

마나 스트림.

세상을 구현하는 원재료이자, 진리를 모아 두었다는 이데아(Idea)의 단면과 접촉해 냈기 때문이었다.

"감히 내게 칼을 들이대?"

페르세포네는 인상을 잔뜩 일그러뜨렸다. 한낱 피조물 따위가 자신의 제안을 거절하고 모시는 신을 모욕하는 것으로도 모자라, 감히 자신에게 칼을 들이댄다고 생각했기 때문이었다.

그녀가 내뿜은 살기가 광풍이 되었다. 드래고닉 프레셔와 뒤섞이면서 신전이 금방이라도 무너질 것처럼 휘청거렸다.

하지만 그런다고 한들, 아직 격을 이루지 못한 연우의 드래고닉 프레셔가 페르세포네의 기운을 감당할 수 있을 리만무했고.

바닥을 가득 물들이던 그림자에서 가시 같은 것들이 삐죽삐죽 치솟으면서 연우의 권역을 침범, 그대로 중심에 있는 연우를 찌를 것처럼 위협적으로 굴었다.

하지만.

"누가 너한테 칼을 댔다는 거지? 착각도 지나치는군."

연우는 당황하는 기색 하나 없이, 오히려 냉소를 던졌다.

동시에 연우는 아공간을 열면서 비그리드를 뽑아 용신안이 가리키고 있던 결을 그대로 그었다.

['비그리드—???'가 숨겨진 진명, '듀렌달'을 개방합니다.]

[전승: 일도양단]

듀렌달은 수많은 성검 중에서도 무척이나 예리해서, 적의 투구를 내리쳤을 때 기수와 말까지 토막 냈을 정도였다는 전승도 지니고 있었다.

덕분에 비그리드에서 발출된 예기는 수없이 돋은 그림자 가시를 지나, 페르세포네의 얼굴 옆쪽으로 아슬아슬하게 스쳐 지나갔다.

페르세포네는 뒤늦게 연우가 노리려던 게 자신이 아니라 뒤에 있던 고치라는 것을 깨닫고, 아차 싶은 얼굴로 뒤돌아보았다.

투둑, 툭—

쩌걱!

고치를 이루고 있던 그림자가 갈라지면서, 그 안에 갇혀 있던 하데스가 훤히 드러났다. 그는 마치 깊은 잠에 빠진 것처럼 미동도 하지 않았다.

고치는 하데스의 신력을 영혼까지 쥐어짜기 위해 만든 일종의 공장이었다. 자칫 이대로 하데스를 빼앗기게 되면 반드시 획득해야 할 명계에 대한 권한을 빼앗길 수 있었다.

페르세포네의 의지에 따라 그림자가 다시 고치를 되찾기 위해 움직였지만.

"보다시피 난 유부녀에게 관심이 없어서."

그보다 먼저 연우가 앞으로 쭉 뻗은 주먹을 꽉 쥐었다. 어느새 침투를 마친 연우의 그림자가 하데스를 뒤덮어 가고 있었다. 영괴였다.

페르세포네의 그림자가 고치에 다다랐을 때에는 이미 영괴가 하데스를 전부 삼키고 빠르게 물러나고 있었다.

"감히!"

페르세포네의 얼굴은 이제 무참하게 일그러져 있었다. 그만큼 화가 단단히 났다는 뜻이었다.

자신의 제안을 거절한 것으로도 모자라, 이제는 겨우 잡아 둔 하데스까지 훔쳐 가려 한다. 아직 성역의 신력을 모두 흡수하지 못한 것을 생각했을 때, 절대 용서할 수 없는 일이었다.

페르세포네가 손날을 거칠게 휘둘렀다. 그림자가 해일처럼 거칠게 일어나 출렁거렸다.

하지만 연우는 이번에도 그보다 먼저 움직이고 있었다.

[하늘 날개(임시)]

투쟁의 날개와 죽음의 날개가 동시에 활짝 펼쳐지면서.

콰콰쾅!

연우와 페르세포네 사이에 거친 폭발이 일어나 그림자를 모두 날려 버렸다. 아주 잠깐이지만, 하늘 날개를 양쪽 모두 펼치고 있는 동안 연우는 웬만한 신들과 겨루어도 밀리지 않을 자신이 있었다.

폭발은 신전을 가득 뒤덮으면서 대리석 바닥과 기둥을 모두 박살 냈다. 우르르. 신전이 그대로 폭삭 주저앉았다.

안쪽에서 팽창한 그림자가 무너진 신전 잔해를 모두 치웠다. 페르세포네는 이미 연우가 달아난 것을 깨닫고 포효를 터뜨렸다.

"잡아! 잡으란 말이야아!"

그녀의 히스테리와 함께, 그림자 속에 남아 있던 눈들이 거죽을 뚫고 나오면서 연우의 뒤를 바짝 추격했다.

*　　　*　　　*

연우는 힘을 비축하기 위해서 하늘 날개를 거두고, 불의 날개를 활짝 펼치면서 앞으로 내달렸다.

그의 품에는 하데스가 안겨 있었다. 죽은 게 아닐까 싶을 정도로 파리한 안색이었지만.

'아직 살아 있어.'

숨은 붙어 있었다.

하지만 '다행'이라고 하기에는 힘들었다.

숨은 금방이라도 끊어질 것처럼 너무 얕았다. 신력도 너무 많이 빨려 안이 텅 비었다. 무엇보다 신체(神體)를 이루고 있는 신격이 흐트러지고 있었다. 이대로 뒀다가는 하데스라는 존재가 사멸할지도 몰랐다.

'어떻게 해야 하는 거지?'

아테나나 헤르메스에게 데려갈까 싶었지만, 올림포스와 티탄─기가스가 전쟁을 벌이는 지금 상황에서 그런 짓을 했다가는 적들의 이목을 사기 쉬웠다.

적들이 바라는 건 하데스를 완전히 집어삼켜서 성역을 빼앗는 것.

그리고.

'아마도 올림포스로 향하는 계단, 빛의 기둥을 빼앗는

것이겠지.'

티탄과 기가스는 언제나 타르타로스를 탈출해서 올림포스로 올라가기를 갈망하고 있었다. 올림포스의 신들이 직접 내려와 계단이 연결된 지금이야말로 녀석들이 노리기에 가장 최적의 타이밍이었다.

그러니 연우로서는 어떻게든 하데스를 지켜야만 했다.

흐트러지려는 신격을 막고, 신력을 회복시켜 줘야만 했다. 문제는. 플레이어인 연우는 도저히 그 방법을 모른다는 점이었다.

정우도 마찬가지. 그렇게 수많은 특전을 반복했었어도, 신이나 악마와 인연을 맺은 적은 손에 꼽힐 정도였으니 알 수가 없었다. 아니, 애당초 초월자에 대해서 알려진 것도 거의 없다시피 했다.

혹시나 하는 생각에 자신을 둘러싼 채널링을 올려다봤지만.

[아가레스가 입맛을 다시며 당신의 품을 바라봅니다.]

[태산부군이 신중한 표정으로 당신을 지켜봅니다.]

[비마질다라가 간만에 벌어진 신들의 전쟁에 크게 웃음을 터뜨립니다.]

……

[소수의 신들이 대지모신에 대해 깊은 우려를 표
시합니다.]

신이나 악마 중 어느 누구도 연우가 하려는 일에 도움을
주려 하지 않았다.

오히려 이 상황을 흥미진진하게 지켜보는 자들이 대부분
이었고, 대지모신에 대해 걱정하는 자들은 극소수였다.

올림포스와 경쟁자라 할 수 있는 그들에게 있어 이런 커
다란 이벤트는 그들이 소속된 사회의 영향력을 키울 수 있
는 기회일 테니.

결국 이번 일은 연우가 혼자서 해결해야만 했다.

그렇게 머리가 복잡하게 헝클어지는데.

'그런데…… 대체 왜 이런 꼴이 된 거지?'

문득 이해가 가지 않는 부분이 있었다.

하데스는 올림포스를 대표하는 주신. 아무리 페르세포
네가 가이아의 사도라고 해도, 이렇게 쉽게 당할 수는 없었
다. 그는 그동안 티폰을 비롯한 티탄과 기가스를 홀로 감당
하기까지 했으니까.

거기다 자신의 최후를 직감하고, 페르세포네의 정체를
알고 있었다면 더더욱 말이 되질 않을 텐데.

'설마……?'

연우가 어떤 생각에 미치던 그때.

파르르. 하데스의 눈꺼풀이 살짝 떨리더니 엷게 떠졌다. 하데스는 정신이 어지러운 듯 미간을 작게 찌푸리다가, 곧 연우를 보고 피식 헛웃음을 흘렸다.

"이렇게 만나는군."

하데스는 가볍게 혀를 차다가 연우의 뒤쪽으로 시선을 던졌다.

저 먼 곳에서부터. 거대한 그림자가 연우를 잡기 위해 빠르게 달려오고 있었다. 선두에는 해괴한 모습을 한 기가스, 히폴리토스와 폴리보테스가 언뜻 보였다.

"날, 구한 건가?"

하데스는 금방 상황을 눈치채고 고개를 가로저었다. 이제는 다시 눈을 뜰 일이 없을 줄로만 알았는데. 다행인지, 불행인지. 이렇게 되고 말았다.

"그렇군. 실패하고 말았군."

그리고 그것을 바탕으로. 하데스는 자신이 물려주려 했던 명계의 왕좌가 연우에게 제대로 전달되지 않았다는 것도 알 수 있었다.

이유쯤이야 간단하다.

이곳을 예의 주시하고 있는 죽음의 신과 악마들. 연우에 대해 뭔가를 논의하면서 왕좌를 계속 미루도록 시스템에 손을 대고 있는 것 같았다.

그리고.

망할 올포원.

애당초 그가 신격을 틀어막고 있어서야, 신위도 제대로 계승되지 않을 테지.

즉, 안배가 어긋나 버린 것이다.

"어째서입니까?"

그러다 하데스는 다짜고짜 던지는 연우의 질문에 영문을 몰라 미간을 더 세게 찌푸렸다. 신격이 흐트러지려 하고 있었다. 신력을 너무 빼앗겨서 그런지 몸이 여기저기서 악다구니를 질러 댔다.

"무엇을?"

"어째서 자살을 하려 하셨냐는 겁니다."

"……."

하데스는 순간 입을 꾹 다물었다. 침묵이 흘렀다.

올림포스의 주신인 그가 페르세포네에게 어이없을 정도로 쉽게 당한 이유. 명왕의 신전에 티탄과 기가스가 별 어렵지 않게 나타날 수 있었던 이유.

하데스는…… 아무런 저항도 없이 페르세포네에게 자신의 목을 내어 주려 했었다.

그 사실이, 연우에게 배신감을 느끼게 했다.

"당신이 페르세포네에게 죄책감을 갖고 있다는 건 압니다. 당신의 신화는 하계에서도 유명하니까요."

"……."

"하지만 이딴 짓은 여태 당신을 믿고 따르던 이들에 대한 기만에 지나지 않는다는 것, 잘 아시지 않습니까?"

하데스가 자신의 마음이 편해지고자 한 행동은 많은 이들을 불행으로 내모는 것이나 다름없었다.

자잘한 신경전을 벌이긴 했어도 결국 그를 돕고자 하는 마음에 내려왔던 올림포스. 그를 믿고 따르면서 수백 년 동안 전쟁을 멈추지 않았던 디스 플루토. 그를 믿고 의지하던 명계의 주민들. 그리고 호의를 보였던 연우까지.

하데스를 믿고 따르던 이들로서는 졸지에 날벼락을 맞게 된 셈이었으니까.

"제게 특전으로 명계의 왕좌를 넘기려 하셨던 건, 그래도 뒤에 남을 이들을 위한 안배, 그런 것이었습니까?"

물론, 하데스도 그냥 죽으려 하지는 않았던 것 같았다.

연우에게 계승되려다가 불발되었던 특전, 명계의 왕.

하데스는 왕좌를 넘겨서 연우로 하여금 디스 플루토를 수습게 하고, 무사히 타르타로스를 탈출할 수 있도록 하려 했을 것이다.

천계로 올라가고자 하는 티탄과 기가스는 올림포스에게 경각심을 주기 위해서 어느 정도 방치한 것일 테고. 아테나와 헤르메스가 있으니 언젠가 막을 수 있으리라 여겼을 것이다.

이 외에 여기저기에 수하들을 위해 마련해 둔 것들이 많을 테지. 언젠가 자신이 없어도 다시 일어날 수 있도록.

하지만.

그렇다고 해도 기만은 기만이었다.

"나는. 원래, 아주 오래전부터 도망만 다녔었다."

하데스는 쓰게 웃으면서 말했다. 그 웃음은 자조에 가까웠다.

"겉으로는 모든 걸 위하는 척하고, 책임감 있는 척해도. 결국 어려운 일을 맞닥뜨리면 피하고, 숨고, 도망치기에 급급했지."

"……."

"크로노스와 싸울 때에도, 막냇동생을 제위에 앉히겠다는 말도 안 되는 핑계를 대면서 가장 뒤로 빠졌었고. 올림포스를 구축할 때에도 골치 아픈 게 싫어 명계를 맡겠다며 등을 졌었다."

하데스는 언제나 도망자 신세였다. 남들이 봤을 때에는 화려하고 멋들어진 왕좌에 앉아 만인을 다스리는 것처럼 보였을지 몰라도.

그는 언제나 세상사로부터 한 발자국 떨어져 있었고, 방관하기만 했다.

페르세포네 때도 마찬가지였다.

아름다운 그녀에게 반해 강압적으로 혼인을 체결했다.

그녀가 낯선 곳으로 와서 힘들어한다는 것을 알면서도 못 본 척 외면했고, 별다른 노력도 없이 속으로 자신을 바라봐 주기를 갈망했다.

그러다 페르세포네가 가이아와 손을 잡았다는 것을 알았을 때에도, 똑같이 도망쳤다.

그녀를 설득한다거나 하는 선택지는 없었다. 그저 타르타로스로 도망쳐서 티탄과 기가스만 어떻게든 처치하고자 했다. 페르세포네가 등을 진 원인은 전혀 그게 아니라는 것을 알면서도 불구하고.

그리고 지금.

하데스는 페르세포네를 사랑한다 말하면서도 다시 도망치려 하고 있었다. 모든 게 복잡하게 헝클어진 이곳이 싫어서.

"그 말은 사고는 쳐도 책임은 지기 싫다는 말씀이지 않습니까?"

하데스의 이야기를 모두 듣고 난 후, 연우는 싸늘하게 말했다.

하데스의 자조가 더 커졌다.

"어찌 보면 그런 셈이지."

"당신은. 당신을 믿는 그 많은 사람들을 계속 그렇게 등 질 생각이십니까?"

"……."

하데스는 한동안 계속 말이 없었다.

그러다.

쿠쿠쿵—

계속 연우와의 간격을 좁혀 나가는 기가스의 모습이 보였다. 그리고 무너진 건물 잔해 너머로 여전히 처절한 사투를 벌이고 있는 디스 플루토와 올림포스 신들이 보였다.

한순간, 하데스는 생각이 많아진 얼굴이 되었다. 갖가지 감정들이 그의 얼굴에 교차하고 있었다.

그러다 아랫입술을 질끈 깨물며 자신의 손을 내려다보았다.

손은 이미 반투명해진 상태였다. 격은 흔들리고, 신력은 물 새듯이 줄줄 새는 중이었다. 이대로는 얼마 가지 못할게 분명했다.

연우는 그런 하데스를 착잡한 시선으로 바라봤다.

불과 며칠 전까지만 해도 세상을 굽어다 보던 절대적인 존재였건만. 지금은 왜 이렇게 위태롭게만 보이는 걸까.

"그대는…… 내가 어떻게 하길 바라지?"

"책임지십시오."

가면 속, 연우의 눈이 불타올랐다.

"당신이 저지른 것들을."

하데스는 무슨 말을 하고 싶은 듯 입술을 벙긋거리다가, 이내 꾹 다물면서 무겁게 고개를 끄덕였다.

"그러도록 하지. 잠시 날 내려 줄 수 있겠나?"

"하지만."

"저놈들이 걱정이라면 염려 마. 아무리 쭉정이 신세가 되었어도."

하데스는 눈을 가늘게 좁히면서 가볍게 손을 털었다.

"아직은 그래도 쓸 만하니까."

쾅!

기가스와 페르세포네의 그림자는 달려오다 말고 갑자기 도중에 보이지 않는 벽에 부딪히고 말았다.

쾅쾅쾅!

녀석들은 어서 이것을 치우라면서 요란하게 두들겨댔다. 하지만 결계는 꿈쩍도 않았다. 녀석들이 지르는 괴상한 소리도 들리지 않을 정도였다.

하데스는 연우의 품에서 조용히 내려왔다.

잠시 균형을 잡지 못해 비틀거렸다. 연우가 도와주려고

했지만, 괜찮다는 듯이 손을 뻗어 그를 제지하며 우뚝 섰다. 그 순간에는 마치 명계의 왕이 다시 되돌아온 것처럼 보였다.

모든 것을 포기하고자 했던 그의 심경에 어떤 변화가 있었는지는 모른다.

하지만 한 가지는 알 수 있었다.

그가 뭔가를 하려 한다는 것.

"이미 격이 흐트러졌으니 내가 되살아날 방도 따윈 없다."

"그럼……!"

연우가 뭔가를 말하려 했지만, 하데스는 손을 뻗어 말을 도중에 막았다.

"하지만 후계를 확실하게 잡아 둔다면. 그리고 제대로 공표를 한다면 혼란은 어떻게든 수습할 수 있지."

스르릉—

하데스는 허리춤에서 자신의 검을 조용히 꺼냈다.

특전은 올포원이 막아 둔 시스템의 제약 때문에 실행이 불가능하다.

그렇다면 남은 방법은 하나.

특전뿐만 아니라, 자신이 가진 모든 권능까지 내어 주어서 격을 강제로 상승시키는 것이다.

그런다면 이곳을 주시하며 뭔가를 재고 있는 신과 악마들도 별다른 제지를 하지 못할 테지. 올포원은 두말할 것도 없었다. 초월자가 필멸자에게 자신의 모든 것을 내어 준 전례는 단 한 번도 없었으니까.

하지만 따지고 보면, 하데스로서는 어차피 '그'에게서 받은 것을 '그'에게로 되돌려 주는 것뿐이니. 전혀 나쁠 것이 없었다. 그리고 훗날, 연우가 탈각과 초월을 차례로 이뤘을 때. 신성을 제대로 깨우쳤을 때, 지금 그를 따라갈 디스 플루토도 다시 화려하게 꽃을 틔울 수 있을 것이다.

"지금부터 선양(禪讓)을 시작하겠다. 후계인 ###은 한쪽 무릎을 꿇고, 고개를 조아려 선왕에게 예를 갖춰라."

"하데스?"

"어서."

하데스는 더 이상 지체할 시간이 없다는 듯이 연우를 채근했다.

연우는 아랫입술을 질끈 깨물었다. 지금 하데스가 하려는 게 무엇인지 어찌 모를까. 그는 눈을 감기 전에 자신이 가진 모든 것을 넘겨주려 하고 있었다.

왕좌, 권능, 신성…… 여태껏 하데스라는 존재가 쌓았던 신격과 신화를, 전부.

연우는 다시 살 의욕을 되찾고, 타르타로스의 이런 혼란을 수습하라는 의미로 그를 구하고 설득한 것이었지만.

정작 하데스는 스스로가 다시 살아날 방법이 없다고 생각하고 있었다.

"이미 나는 한물간 옛 세대다. 과거 칠흑이 저물고, 대지모신이 물러났듯. 이제는 우리가 사명이 다해 다시 그대와 같은 이들에게 자리를 물려주고 역사의 뒤안길로 스러질 때인 것이지. 그리고…… 이미 이런 사달을 일으킨 내가 다시 검을 쥔다 한들, 누가 따르기나 할까?"

하데스는 여전히 굳은 눈매를 하고 있는 연우를 보면서 입가에 엷은 미소를 띠었다.

여태껏 짓던 냉소나 자조와는 전혀 다른 미소. 연우도 처음 보는 것이었다.

하지만. 그 미소는 낯설면서도 하데스에게 너무 잘 어울렸다.

정말 여태껏 그가 보았던 냉혹한 명계의 왕이 맞나 싶을 정도로.

그 역시 옛날에는 지금처럼 밝게 웃고 다니던 때가 있었을까?

"하지만 새로운 후계가 나타나 구심점이 된다면. 그것은 부활을 위한 신호탄이 충분히 될 수 있겠지."

하데스는 자신을 이용하라고 말하고 있었다. 어차피 그

는 저무는 해. 더 이상 디스 플루토를 지휘해 봤자 패배밖에 남지 않는다.

하지만 그가 전면에 나서서 적들을 막아서고, 대신에 후계가 디스 플루토를 새롭게 이끈다면 이야기는 달라진다.

새로운 주인 아래에서 조직 체계를 재정비할 수 있을 테고, 죽은 선왕을 기리며 사기를 드높일 수가 있었다.

하데스는 그런 선왕이 되고자 했다.

그리고 디스 플루토와 명계의 미래를 연우에게 맡기고자 했다. 그라면 충분히 해낼 수 있으리라.

"비록 늦기는 했지만. 그래도 마지막은 수하들의 기억 속에 괜찮았던 왕으로 남고 싶은데. 도와줄 수 있나?"

"……."

하지만 연우는 여전히 섣불리 대답하지 못하고 이를 악물었다. 다른 방법이 없을까, 하데스를 되살릴 방도가 없을까, 머리가 팽팽 돌아갔다.

『형…….』

정우도 걱정이 되어 그런 연우를 애타게 불렀다.

쾅쾅! 쾅!

그때, 결계가 처음으로 요란하게 울렸다.

그림자의 색이 더 짙어지고 있었다. 결계를 부수기 위한 기가스의 행동이 바빠졌다. 이대로는 금방 무너질 것 같았다.

"어서."

서두르라는 눈짓에.

"……알겠습니다."

결국 연우는 한쪽 무릎을 꿇을 수밖에 없었다. 그리고 천천히 머리를 숙이며, 얼굴에 쓰고 있던 가면을 벗었다.

하데스는 고개를 끄덕이면서 엄숙한 표정이 되었다. 그리고 검으로 연우의 머리와 양어깨를 순서대로 짚으면서 말했다.

"후계 ###은 명계의 새로운 왕으로서, 그대에게 주어진 권리와 의무를 성실히 수행할 것을, 천지와 신명께 약조할 수 있는가?"

"약조합니다."

"후계 ###은 명계의 새로운 왕으로서, 명계의 옛 과업을 이어 유구한 역사와 전통을 이어 나갈 수 있노라, 자신할 수 있는가?"

"자신합니다."

"좋다. 이로써 ###은 후계직을 벗어나 새로운 명계의 왕이 되었음을 선포한다."

[하데스의 축복이 내렸습니다.]
[하데스의 가호가 내렸습니다.]

[잠시 중단되었던 계승 작업이 하데스의 권한으로 성공적으로 이뤄졌습니다.]

[축하합니다! 신위 '명계의 왕좌'를 계승하는 데 성공했습니다.]
[칭호 '명왕(冥王)'을 획득했습니다.]
[칭호 '쿠네에의 주인'을 획득했습니다.]
[칭호 '올림포스의 주신'을 획득했습니다.]
……
[모든 능력치가 30만큼 상승했습니다.]
……
[신성의 조각을 획득했습니다.]
[초월성의 단서를 습득했습니다.]

[어느 누구도 이루지 못했던 새로운 업적을 달성했습니다. 추가 공적치가 제공됩니다.]
[공적치를 100,000만큼 획득했습니다.]
[추가 공적치를 200,000만큼 획득했습니다.]
……

[탑에 거주하는 모든 주민들에게 새로운 명계의

왕이 등극하였다는 사실이 정식 선포되었습니다.]

[이름을 밝히시겠습니까?]

[거부되었습니다. 당신에 대한 정체가 알려지지
않았습니다. 하지만 탑의 모든 거주민들은 새로운
명계의 왕에 대한 사실을 자각할 것이며, 당신이 위
대한 업적을 세울 때마다 새로운 명계의 왕에게 환
호 내지는 비판을 던질 것입니다.]

[필멸자로서 신위를 획득하는 데 성공했지만, 아
직 신위를 완전히 소화하기엔 자격이 많이 모자랍니
다.]

[현재의 '격'에 맞게 신위가 재설정됩니다.]

[권능 '명토 선포(冥土宣布)'가 임시 잠금 처리되
었습니다.]

[권능 '어둠 속의 눈'이 임시 잠금 처리되었습니
다.]

　……

[신위에 걸맞은 자격을 획득하세요. '격'의 상승
이 이뤄질수록 잠긴 권능과 신력을 개방할 수 있습
니다.]

[현재 상태는 '명계의 불완전한 왕'입니다.]

[당신이 앉은 왕좌는 많은 신과 악마들이 탐내는 자리입니다. 앞으로 수많은 경쟁자들이 당신의 자리를 찬탈하기 위해 많은 방해를 할 것입니다.]

[그들과의 경쟁에서 이기고 계속해서 성장해 왕좌를 지켜 내십시오. 왕좌를 굳건하게 지켜 낼수록, 앞으로 당신이 쌓을 신화의 양도 그만큼 방대해지며 입지도 굳건해질 것입니다.]

[모든 죽음의 신들이 당신이 이룬 성취에 고개를 끄덕입니다.]

[모든 죽음의 악마들이 당신이 계승한 자리를 두고 이빨을 드러내며 웃습니다.]

[하늘 날개의 왼쪽 부분(죽음)이 강화되었습니다.]

[소수의 신들이 당신이 앉은 자리에 대해 가당치 않게 생각합니다.]

[다수의 악마들이 당신을 보며 군침을 흘립니다.]

투둑, 툭—

찰칵! 찰칵!

연우는 육체 깊숙한 곳에 내재된 무언가가 점점 부풀어 오르는 것을 느낄 수 있었다.

영혼이 큰 성장을 이루고 있었다. 그리고 여기에 따라 여태 영혼을 강하게 압박하고 있던 것들도 팽팽해졌다가 천천히 끊어졌다.

아주 조금이지만, 갑갑한 뭔가를 벗어던지고 해방된 듯한 느낌을 받을 수 있었다.

그리고 덩달아 영혼에서 새어 나온 이질적인 기운이 체내로 스며들면서 마력과 뒤섞였다.

[마력의 성질에 암 속성이 추가되었습니다.]

성화를 품으면서 여태껏 화 속성이 주를 이뤘던 마력의 성질에도 급격한 변질이 일어났다. 명계의 왕이 되었으니 그만큼 변화가 따른 것이다. 어둠이 품은 짙은 냄새가 코끝을 콕콕 두들겼다.

그리고.

띠링—

[서든 퀘스트 '엑소더스'가 생성되었습니다.]

[서든 퀘스트 / 엑소더스]
설명: 현재 타르타로스는 세상에 나타난 이래, 단 한 번도 겪지 못했던 누란의 위기를 겪고 있습니다.

죄수로 복역하고 있던 티탄과 기가스는 대지모신 가이아의 비호를 받아 반란을 일으켰고, 타르타로스를 지원하기 위해 내려왔던 올림포스 신들은 발이 묶여 자칫 올림포스로 가는 계단을 빼앗길 위험에 처해 있습니다.

옛 신화로만 여겨졌던 새로운 기간토마키아가 발발한 것입니다.

그런 혼란 속에서 당신은 명계의 왕이라는 어려운 자리에 앉게 되었습니다.

이런 사실은 탑의 모든 거주민들에게도 똑같이 선포되었습니다.

명계의 수많은 군사들은 새로운 주인인 당신만을 바라보며, 당신이 어서 이 혼란의 사태를 수습해 주기를 간절히 갈망하고 있습니다.

지금부터 그들의 소원을 이루어 주십시오.

티탄과 기가스의 위협이 도사리는, 신들의 전쟁터

인 타르타로스를 무사히 탈출하십시오. 그리고 새로운 거류지를 찾아 전열을 재정비하십시오.

제한 시간: —
제한 조건: 명계의 왕

달성 조건:
1. 새로운 왕으로서 디스 플루토의 신임을 얻으십시오.
2. 티탄과 기가스의 위협으로부터 디스 플루토를 이끌고 타르타로스를 탈출하십시오.
3. 위협에서 벗어나 안전한 거류지를 찾아 베이스 캠프를 설치하고, 훗날을 기약하십시오.

보상:
1. 권능 '명토 선포'
2. 디스 플루토 소환
3. 타르타로스 재건 자격
4. 새로운 신성 조각과 초월성의 단서

새롭게 발생한 서든 퀘스트는 하데스가 그에게 마지막으

로 부탁하는 임무이자, 왕으로서 가져야만 하는 의무였다.

"많이 힘들겠지만…… 부탁하지."

하데스는 연우의 어깨를 두들기며 미소를 지었다.

연우는 굳은 표정으로 잠시 하데스를 바라보다, 이내 고개를 끄덕이면서 다시 가면을 얼굴에 썼다.

찰칵—

그리고 다시 불의 날개를 한껏 펼쳐 몸을 띄우면서 빠르게 자리를 벗어났다. 이것이 하데스와의 마지막 대면이란 걸 알고 있었지만, 굳이 작별 인사는 나누지 않았다.

지금 그가 할 수 있는 건 단 하나. 명계의 선왕으로서, 최후를 맞으려는 하데스의 결정을 존중해 주는 것밖에 없었다.

그리고 그렇게 떠나는 연우를 보면서.

하데스는 생각했다.

나란 놈도 참 많이 우습구나. 지난 수백 년 동안 하루하루 절망에 빠지며 도망치듯이 살아 놓고서, 이제 와 몇 마디 들었다고 이렇게 마음가짐이 달라질 줄이야. 내가 이렇게 귀가 얇았던가?

아니었다.

귀가 얇은 게 아니라, 그만큼 연우가 자신에게 해 주었던 말들이 전부 진실로 와닿았기 때문이었다.

마지막만큼은. 자신을 믿고 따르는 사람들의 믿음을 지켜 주라는 말.

명계의 왕이라는 허울만 좋은 의무도. 올림포스의 주신이라는 강요된 자리도 아닌, 믿음이라는 말이 그를 움직이게 만들었다.

그래서 마무리만큼은 멋있게 하고 싶었다.

새로운 왕의 기억 속에 못난 선왕으로 남을 수는 없는 노릇이었으니.

쿠쿠쿵!

쾅—

그 순간, 꼿꼿했던 결계가 드디어 부서지면서 검은 그림자가 밀물처럼 들어왔다. 그 위로 기가스들이 사나운 이빨을 들이대며 그에게로 달려들었다. 중요한 신력을 모두 빼앗기고 쭉정이만 남은 하데스 따윈 충분히 잡을 수 있다고 여긴 것이지만.

"이깟 버러지들 따위에게 무시를 당하게 되다니. 참으로 꼴이 우스워졌구나, 하데스."

콰르르릉!

하데스가 코웃음을 치면서 우측으로 검을 휘두른 순간, 검은 벼락이 떨어지면서 기가스 히폴리토스가 그대로 피떡이 되어 날아가 버렸다.

……!

아직도 저런 힘이 남아 있다고? 남은 기가스와 권속들이 충격에 빠져 경악성을 내지르는 가운데.

"평소에는 감히 고개도 들지 못하던 것들이, 왕의 앞길을 함부로 밟아?"

하데스가 송곳니를 훤히 드러냈다. 마지막 기력을 쥐어짜며 드러낸 기세는 너무나 살벌해서, 어째서 그가 명계의 왕이었는지, 올림포스의 맏형이었는지를 말해 주었다.

"이 뒤로는, 내 허락 없이 어느 누구도 지나지 못할 것이다."

*　　　*　　　*

"비샤, 너……?"

"미안. 대장."

람은 자신의 가슴을 비집고 나온 칼날을 보면서 이를 악물었다.

낯은편에는 푸른 미리칼을 한 수하가 슬픈 눈을 하고 있었다. 언제나 장난기가 많았지만, 전투에 몰입하면 누구보다 진지하고 동료들을 아꼈던 녀석이었는데. 이렇게 갑자기 뒤에서 기습을 해 올 줄은 생각도 하지 못했다.

그리고 녀석을 따라 감도는 기운이 티폰이 품고 있던 것과 유사하다는 사실을 알았을 때, 뒤늦게 깨닫고 말았다.

티탄과 기가스의 손길은…… 올림포스만이 아니라, 디스 플루토에도 뻗쳐 있었구나.

"너무 앞이 보이질 않아서."

비샤가 던진 변명 아닌 변명도 이해는 되었다. 하루가 다르게 성역을 빼앗기고 군세도 기울고 있으니. 막막하고, 답답했겠지.

미래가 보이지 않는 깜깜한 상황 속에서, 티폰이 손길을 뻗어 온다면. 아마 거절하기 힘들지 않을까.

그리고 비샤와 같은 선택을 한 군사가 몇이나 될지, 짐작도 할 수 없어 어지러웠다. 이럴 줄 알았더라면 전쟁에 목을 맬 게 아니라, 수하들을 더 챙겨 줄 걸 그랬다.

이미 심장이 뚫린 이상, 늦은 후회가 되어 버렸지만.

하지만 그렇다고 해도.

"미안해할 필요 없어."

건너서는 안 될 선이 있었다.

"나도 똑같이 할 거니까."

최악—

비샤는 자신이 어떻게 당했는지 전혀 깨달을 새도 없이,

충격파에 그대로 휩쓸려 사라졌다. 람이 설마 중상을 입고도 이런 괴력을 낼 수 있을 거라고는 생각도 못 한 것이겠지.

헉.

헉.

람은 단내가 나는 숨을 거칠게 내쉬면서 혼란스러운 전장을 둘러봤다.

대지에서는 디스 플루토와 권속들 간의 전투가 한창 벌어지고 있었고, 하늘에서는 올림포스 신들과 티탄―기가스의 성전(聖戰)이 이뤄지는 중이었다.

벼락이 치고, 돌풍이 불고. 불길이 일어났다가, 어둠이 내려앉으면서 모든 것을 지우는 등, 도저히 필멸자나 하급 신격들로서는 꿈에도 그릴 수 없을 격전이었다.

하지만 화려하게 보이는 겉보기와 다르게, 속은 너무 처절했다.

가뜩이나 권속들의 물량 공세에 계속 밀려나던 디스 플루토는 갑작스러운 배반자들의 등장에 내부에서부터 계속 무너지고 있었다.

하늘도 마찬가지.

어느 정도 팽팽한 접전을 이루나 싶었던 순간, 붉은 하늘을 크게 열면서 티폰의 눈이 나타나자 양상은 달라졌다.

신벌이 내렸다.

뭔가가 번쩍인다 싶더니, 올림포스 신들 중 상당수가 그대로 쓸려 나갔다.

디케, 테미스, 포토스, 이켈로스······. 그 외에도 많은 이들이 어떻게 막아 볼 새도 없이 사라지고 말았다. 언제부턴가 보이지 않는 얼굴들도 많았다.

그리고.

올림포스와 타르타로스를 이어 주던 계단, 빛의 기둥이 아랫부분부터 서서히 검게 물들고 있었다.

빛의 기둥이 어둠으로 바뀌는 순간, 티탄과 기가스가 그토록 바라던 천계 침공도 성공적으로 이뤄질 테지.

그리고 이미 그 계획은 성공을 목전에 두고 있었다.

이 순간, 타르타로스의 주인은 티폰이었다.

『올림포스를······ 우리의 손에 두어라······!』

아테나와 헤르메스가 다급하게 움직였다. 그들과 사이가 좋지 않던 포세이돈도 지금만큼은 한뜻이 되어 더 거센 폭풍우를 일으켰다.

"어떻게든! 어떻게든 녀석들이 기둥으로 가지 못하게 해야 해!"

"제기…… 랄! 하데스! 대체 뭘 하고 자빠져 있는 것이냐!"

빛의 기둥을 보호하려는 올림포스 신들과 그걸 찬탈하기 위해 공성전을 시도하는 티탄—기가스.

문제는 빛의 기둥이 물들수록, 티탄과 기가스도 오래전에 잃어버렸던 신격을 되찾아 가고 있다는 점이었다.

타르타로스에 갇히면서 생겼던 제약이 서서히 풀려나고 있는 것이다. 가이아의 개입도 그만큼 거세졌다.

『이제…… 하늘이 열릴 것이니…… 대지의…… 위대한 어머니시여…… 당신의 자식들을 굽어살피소서……!』

티폰은 그런 모습을 보면서 크게 웃음을 터뜨렸다. 그의 말마따나 이제 올림포스 침공은 정말 얼마 남지 않아 보였다.

그 광경을 보면서. 람은 도저히 쓰러질 수 없었다. 이미 몇 번이고 죽었어도 이상하지 않을 만큼 큰 부상이었지만. 도저히 이대로는 원통해서 쓰러질 수 없었다.

어떻게든.

어떻게든 지켜야만 했다.

하지만.

대체 어떻게……?

하데스와의 채널링도 끊어진 지금. 그녀는 가지고 있던 권능도 신력도 모두 상실한 상태였다. 남아 있는 것이라고는 원래 갖고 있던 몸뚱이뿐.

이런 몸으로. 대체 어떻게 하면 이 난관을 뒤집을 수 있을까. 지금 이 순간에도 디스 플루토는 계속 죽어 가고 있었다. 이대로는 전멸을 피할 수가 없었다.

그래서 람은 억지로 걸음을 옮겼다. 어떻게든 수하들과 동료들을 한 명이라도 더 지키기 위해서. 혹시나 자신의 보잘것없는 힘이 도움이 될까 싶어서.

하지만 기적은 일어나지 않았다.

그녀는 자신을 둘러싼 세계가 빙글 돈다 싶더니 그대로 주저앉는 것을 느꼈다. 정신을 차렸을 때에는 이미 바닥에 쓰러져 있는 상태였다. 창을 지팡이 삼아 겨우 상체만 일으킬 수 있었지만, 머리가 너무 무거웠다.

아아.

정말 이대로 끝나야만 하는 걸까.

지난 노력들이 모두 물거품이 되어, 동료들과 함께 웃고 울고 했던 모든 것들을 날려야만 하는 걸까. 이토록 허망하게.

'하데스시여, 제발.'

그렇게. 무거운 눈꺼풀을 참지 못하고 그대로 정신이 내려앉으려던 그때.

기적이 나타났다.

『꿈이…… 저문다.』

어디선가 아스라이 들리는 목소리.

그리고 희미해지는 시야 너머로, 검고 붉은 세 쌍의 불길이 날개처럼 세상을 크게 가로지르는 것이 언뜻 보였다.

그것이. 여태껏 벌였던 전투에서 항상 승리를 가져다주었던 상징이라는 것을 잘 알기에.

"……왔구나. 드디어."

람은 마지막에 웃으면서 잠들 수 있었다.

*   *   *

처음 연우가 본 것은 엉망이 되다시피 한 진장이었다.

신들이 뒤엉키고, 군사와 권속들이 부딪치는 전장은 보는 것만으로도 숨이 막히게 만들었다. 특히 빛의 기둥이 검은색으로 물드는 것을 본 순간, 깨달을 수 있었다.

비에라 듄의 노림수는 성공하고 말았다는 것.

당장 저것을 막을 방법은 없었다.

하데스의 왕좌를 물려받았다고 할지라도, 연우는 아직 탈각과 초월을 이루지 못한 상태였다. 신격을 갖추지 못한 이상에야, 명계의 왕으로서 낼 수 있는 힘에는 한계가 있을 수밖에 없었고, 올림포스를 도와주는 데도 한계가 있었다.

하데스도 그것을 잘 알고 있었기 때문에. 퀘스트를 내어 줄 때에도 탈출만 이야기했던 것이었다.

나중에.

전열을 재정비하고, 모든 것을 오롯이 갖췄을 때 다시 타르타로스를 탈환해 달라면서.

그래서 연우는 자신이 할 수 있는 모든 것을 하고자 했다.

[시차 괴리]

한껏 느려진 세상 속에서.

연우는 빠르게 전황을 살피면서 체크하기 시작했다.

먼저 일행들이 있는 곳.

"크로이츠!"

"우선 이곳은 막고 있지만…… 오래 버티지 못할 듯하오! 곧 부서질 것 같소!"

"제길. 이 빌어먹을 것들은 대체 어디서 이렇게 줄줄이 나오는 건지. 조금만, 조금만 더 버텨 주게."

"최대한 빨리……! 이대로는 한계가 있을 수밖에 없소."

크로이츠는 성검 줄피카르를 바닥에다 꽂으면서 축문을 외고 있었다. 그러자 성검의 중앙에 박힌 보석이 토파즈로 바뀌면서 주변 일대에 대규모 결계를 구축했다.

쿵.

쿵―

권속들이 결계를 부수기 위해 제 몸을 한껏 던져 댔다.

갈리어드는 권속들이 다가오지 못하게 쉴 새 없이 활시위를 튕기는 한편, 권속들 중에서도 서열이 높은 것들이 발견되면 곧장 그곳을 저격해서 전력을 계속 깎아 나갔다.

그런 와중에 가장 바쁘게 움직이는 이가 칸이었다.

칸은 결계의 안팎을 쉴 새 없이 드나들면서 선술을 연거푸 사용해 대고 있었다.

벼락이 치고, 돌풍이 불었다. 그럴 때마다 권속들이 계속 죽어 나갔다. 그리고 그런 와중에 흘러나온 피는 블러드 소드를 한층 더 단단하게 하는 효과를 만들었으니.

적의 피와 살점으로 뒤덮이다시피 한 칸에게서는 스산한 귀기(鬼氣)마저 느껴질 정도였다.

하지만 그런 모습이 아군에게는 구원의 동아줄로 비쳤다.

지휘 체계가 실종된 디스 플루토는 파편화되어 티탄—기가스의 권속들이라는 풍랑에 고립된 섬들이 되어 있었다.

겨우겨우 권속들을 밀어내고 있지만, 언제 거친 풍랑에 집어삼켜질지 모르는 상황에서.

칸은 위험한 곳들만 골라서 나타났다.

"카, 칸……!"

"이러고 있을 때가 아닙니다. 따라오십시오! 어서!"

권속들 사이로 길을 뚫어 탈출로를 확보하고, 크로이츠의 결계가 있는 곳으로 안내하는 것이다.

그렇게 조각조각 나 있던 디스 플루토를 하나둘씩 모으다 보니, 어느새 전력도 불어나 집단 체재를 갖출 수 있었다.

커다란 방패를 곧추세우고, 장창을 높게 세우면서 권속들을 조금씩 밀어내기 시작했다.

연우가 지시했던 대로, 디스 플루토를 한곳에 규합시키는 데 집중하고 있었던 것이다.

하지만 문제가 아예 없는 건 아니었다.

계속 머릿수가 불어날수록, 적들의 눈에도 그만큼 잘 띄기 때문이었다.

"람이…… 죽었어."

"1, 3, 4군단 전멸!"

"10군단으로부터도 연락이 끊어졌어! 히페리온이 강림한 장소였어…… 그렇게 가지 말라고 했었는데. 제기랄."

"크리오스가 이곳으로 오고 있어!"

"결계가 우측 부분이 깨지려 하오! 저곳을 받쳐 주시오!"

디스 플루토의 정신적 지주라 할 수 있는 람이 전사했다는 소식이 전해지고, 군단이 차례로 궤멸했다는 소식도 뒤따랐다.

어둠으로 물드는 빛의 기둥을 어떻게든 보호하려다가 티탄에게 당하는 경우가 대부분이었다.

크로이츠가 구축한 결계에도 한계는 있었다.

크기를 아무리 확상한나고 해도 수용 인원에는 한게가 있었고, 권속들이 계속 부딪치는 통에 내구도도 계속 닳을 수밖에 없었다. 줄피카르의 보석이 서서히 색이 옅어지면서 깨질 위험까지 보이고 있었다.

정말 언제까지 버틸 수 있을지 모르는 위험천만한 상황.

그럴수록 갈리어드와 칸은 더 이를 악물었다.

한 명이라도 더 구하기 위해서.

지난 몇 달 동안 같이 전장을 뛰어다니면서. 디스 플루토는 그들에게도 소중한 동료가 되어 있었다. 하지만 곳곳에는 여전히 위험에 빠진 이들이 너무 많았다.

문제는.

설상가상으로 티탄 크리오스가 이곳을 발견하고 다가오고 있다는 점이었다.

티탄을 이끄는 12신 중 한 명이기도 한 녀석은 부왕지에서 입은 수모를 되갚아 주겠다는 듯, 분노에 젖은 눈동자로 다가오는 중이었다.

『모두…… 짓밟아 주마.』

이곳이라며 크리오스를 안내하듯이 녀석의 주변에 붙어 오는 권속들의 숫자도 대거 불어나 결계가 보이지 않을 만큼 빽빽하게 에워쌌다.

그러다 끝내 크리오스의 거대한 그림자가 칸 등의 머리 위로 드리웠을 때.

연우가 시차 괴리를 풀고 강림했다.

콰아아앙—

[하늘 날개 — 죽음]

왼쪽 날개가 한껏 확장되면서 하늘을 꿰뚫을 것처럼 높게 치솟았다. 화력이 한껏 더해지면서 검은색으로 변하고, 그것이 세 갈래로 쪼개진 순간.

죽음이 내려앉았다.

결계를 둘러싸고 있던 권속들은 자기도 모르는 사이에 줄줄이 도미노처럼 쓰러졌다. 방금 전까지 맹렬하게 들러붙던 놈들이 맞나 싶을 정도로.

"카인……?"

연우를 발견한 크로이츠가 눈을 크게 떴다.

"카인!"

"카인이 왔다! 카인이 왔다고!"

"이길 수 있어!"

그리고 뒤늦게 연우를 발견한 디스 플루토의 얼굴에 화색이 돌았다.

그들에게 있어 연우란 승리의 상징이나 다름없었다.

죽음이 턱밑까지 차오르면서 희망이 보이지 않던 지금, 연우의 등장은 그들의 사기를 끌어올리기에 충분했다.

연우는 그런 디스 플루토의 동료들을 보면서 살짝 눈웃음을 지어 주다가, 다시 굳은 표정으로 높다란 산처럼 서 있는 크리오스를 올려다보았다.

『크아아……! 이게…… 이게 무엇이냐……!』

크리오스는 더 이상 이쪽으로 접근하지 못하고 있었다. 발밑에서부터 역병처럼 올라오는 무형의 권능들 때문이었다.

『너희들…… 너희들이 어째서…… 여기서……!』

죽음의 날개는 666개의 서로 다른 죽음을 근원으로 하는 권능들을 내포하고 있는바.

티탄 토에가 죽을 때 죽음이 다가오는 공포에 사로잡혀 괴로움에 몸부림을 쳤던 것처럼.

이 순간, 크리오스도 666명이나 되는 신과 악마들이 내려와 자신의 목을 옥죄고 있는 것 같은 착각에 빠지고 말았다.

4차 용체 각성을 이루면서 죽음의 권능이 그만큼 강화된 덕분이었다.

하지만 크리오스는 토에처럼 호락호락하게 당하지 않았

다. 녀석은 허우적대면서 발버둥 치긴 했지만, 자신이 어째서 티탄의 수장이라 불리는지 말해 주겠다는 듯 죽음의 신과 악마들이 벌이는 간섭을 이겨 내고 있었다.

빛의 기둥이 물들면서 신격을 되찾아 가기 때문에 가능한 일이기도 했다.

크오오—

결국 크리오스가 참지 못하고 거칠게 포효를 내질렀다. 세상이 울리는 게 아닐까 싶을 정도로 쩌렁쩌렁한 외침.

하지만 연우에게는 그것만으로도 족했다. 그가 필요로 했던 것은 시간이었으니까.

마력을 한껏 담아 어기전성을 터뜨렸다.

『모두…… 뛰어!』

연우가 따로 방향을 지시할 필요도 없었다.

이미 열린 길은 하나밖에 없었으니까. 연우가 처음 디스 플루토에 가담하고 나서 탈환하는 데 성공했던 명부전이 있는 방향. 그곳에도 다른 빛의 기둥이 있었다.

『**어딜…… 가려 하느냐……!**』

크리오스가 연우 등이 도망치는 것을 보고 손을 아래로 뻗쳤다. 666개의 권능이 여전히 그의 육신을 좀먹어 가고 있어 한눈을 팔면 위험했지만. 그래도 지금은 디스 플루토를 막는 게 급선무였다.

디스 플루토는 그동안 죄수였던 그들을 계속 성가시게 괴롭혔던 놈들. 만약 지금 해치워 놓지 않으면 앞으로 어떻게 그들을 귀찮게 만들지 몰랐다. 위험 요소가 될 만한 건 미리 싹을 제거해 둬야만 했다.

연우는 비그리드를 꽉 쥐며 크리오스에 맞서려 했다. 아무리 4차 용체 각성을 이루면서 지속 시간이 길어졌다고 해도 죽음의 날개를 펼치는 데는 한계가 있다. 그러니 일단은 날개를 거두고, 직접 시간을 벌어 보고자 했다.

그러던 그때.

쾅!

갑자기 크리오스의 목덜미 쪽으로 뭔가가 거세게 충돌했다.

크리오스는 균형을 잃고 그대로 바닥에 주저앉고 말았다. 목덜미의 절반 이상이 갈라지면서 검은 연기가 피처럼 치솟았다.

『**크아아! 감히…… 감히……!**』

크리오스가 분노에 젖은 채로 비명을 질렀지만.

콰콰콰—

이번에는 녀석의 가슴팍에서 다른 불길이 높게 솟구치더니 곧 전신으로 가득 번져 나갔다.

"감히? 감히라고?"

그런 녀석을 보면서. 아테나는 인상을 잔뜩 일그러뜨리며 으르렁거렸다.

연우와 정우 앞에서는 언제나 슬프고 연약한 모습만 보였던 그녀였지만.

지금 이 순간만큼은 어째서 그동안 전쟁의 여신이라 불렸는지를 말해 주겠다는 듯, 푹 뒤집어쓴 투구 아래로 눈빛을 강렬하게 빛내고 있었다.

"그 말은 네가 아니라 내가 해야지. 감히 날 앞에 두고 내 아이들에게 손을 대려 해? 네까짓 놈들이?"

휘휘휙—

순간, 공간이 열리면서 아홉 개의 꽃잎 방패가 차례대로 흘러나와 허공을 수놓기 시작했다. 그 모습이 마치 꽃놀이를 보는 것처럼 아름다웠다. 그녀를 상징하는 신물, 아이기스였다.

아테나는 아이기스 중 하나를 왼손에 착용하고, 오른손에는 거대한 장창을 들며 허공을 박찼다.

핑—

그녀는 강렬한 빛살이 되어 공간을 가로지르면서 크리오스의 미간에 작렬했다.

크아아!

두개골이 그대로 박살 났다. 다시 한번 더 커다란 화염 폭풍이 일어나면서 크리오스의 거체를 가득 뒤덮었다.

미간에서부터 시작된 균열은 팔뚝을 따라 번져 나갔고, 그 사이로 검은 연기가 쉴 새 없이 꾸역꾸역 쏟아졌다.

그리고 그런 그녀를 도우려는 듯, 어느새 헤르메스도 나타나 지팡이 케리케이온을 바닥에다 가볍게 짚고 있었다.

터엉—

하지만 결과는 전혀 가볍지 않았다.

지면을 따라 파문이 크게 퍼져 나가더니 지축이 크게 위아래로 요동치기 시작했다. 그리고 곧 땅거죽이 뒤집어지면서 거대한 크기를 자랑하는 보아뱀 여섯 마리가 튀어나와 크리오스에게 달려들었다.

가장 큰 크기를 자랑하는 녀석은 크리오스의 몸뚱이를 밧줄처럼 칭칭 감았고, 다른 놈들은 사지를 물어뜯었다.

팔 한 짝이 강제로 뜯기면서 허공으로 높게 치솟았다. 검은 연기가 분수처럼 쏟아지면서 땅바닥을 걸쭉하게 물들였다. 보아뱀은 크리오스의 거체를 맛있게 물어뜯고, 먹어 치우면서 배를 불려 나갔다.

크어어! 크어!

크리오스가 그렇게 고통에 몸부림을 치는 동안.

헤르메스는 어서 가 보라는 듯이 연우에게 눈짓을 했다. 엷은 미소를 띠고 있는 그의 눈에는 정겨움이 가득했다.

연우로서는 언제나 저 둘에게 도움을 받는 게 미안하고, 또 감사하기만 했다.

그는 고개를 숙이고, 몸을 반대 방향으로 돌렸다. 왼쪽 날개를 거두면서 이번에는 오른쪽 날개를 활짝 펼쳤다.

[하늘 날개 ― 투쟁]

하늘을 태울 듯했던 검은 불꽃이 가라앉은 자리 위로 붉은 불길이 타오르고.

[검은 구비타라 ― 현인의 눈]
[용신안]
[화안금정]

두 눈이 황금색으로 물들면서, 탈출을 시도하는 디스 플루토를 잡기 위해 다가오는 다른 티탄과 권속들을 눈에 포착했다.

현자의 돌이 맹렬하게 돌아가면서 과열되기 시작했다.
시차 괴리의 병렬 연산을 통해 빠르게 타깃이 지정되었다.

그리고 비그리드를 안쪽으로 잡아당겼다가, 옆으로 강하게 뿌렸다.

['비그리드—???'가 숨겨진 진명, '듀렌달'을 개
방합니다.]
[전승: 일진광풍]

비그리드에 집약된 광풍이 해일처럼 세상을 뒤흔들었다.
제천류와 성화가 가득 실린 힘답게 수많은 적들이 그대로
쓸려 나갔다.

특히 무수한 투쟁의 권능이 실린 덕분에 위력은 처음 연
우가 타르타로스에 도착했을 때와는 비교도 할 수 없을 정
도로 강해져 있었다.

콰콰콰콰—

쿠르릉, 쿠릉—

콰르르르!

모든 것이 쓸려 나가는 가운데.

연우는 다시 불의 날개로 되돌리면서 바람길을 밟았다.
그리고 디스 플루토의 선두를 맡으면서 길을 뚫기 시작했다.

엑소더스(Exodus, 대탈주)의 시작이었다.

＊　　＊　　＊

「으하하! 다 죽여라, 죽여!」

「많아도…… 너무 많군.」

「그래도 이만한 곳이 어디 있어?」

샤논과 한령은 열심히 뛰어다니면서 칼을 마구잡이로 휘둘러 댔다.

타르타로스의 여러 전장을 거치면서 강해진 건 연우만이 아니었다.

샤논과 한령도 마찬가지였다.

특히 이곳은 죽은 이들이 살아간다는 명계의 영역. 당연히 죽음에 가까운 샤논과 한령이 실력을 되찾기에 이곳만큼 적합한 곳도 없었다.

특히 전투가 한번 벌어지고 나면 층계에서 얻을 수 있는 것보다 훨씬 질이 좋은 영혼을 수확할 수 있었으니.

샤논과 한령은 하루가 다르게 격이 성장하는 것을 느낄 수 있었다.

그 때문에 언제부턴가 샤논은 생전에 자신이 쌓은 실력을 훨씬 뛰어넘어 새로운 경지를 개척해 나가는 중이었다.

그것은 그에게 있어 새로운 신비였다.

그토록 뛰어넘고자 했지만 결국 넘을 수 없었던 '랭커'라는 벽이, 이제는 손에 닿을 것처럼 가깝게 여겨질 정도였으니까.

그래서 샤논은 하루하루 경험하는 것들이 새로웠다. 그리고 문득 자신이 겪고 있는 것들이 사실은 허상이 아닐까, 죽기 직전에 꾸는 환상이 아닐까 하는 생각을 할 때가 한두 번이 아니었다.

하지만 그라는 존재는 정말 이곳에 있었고.

이 넘칠 것 같은 힘도 오롯이 자신만의 것이었다.

그리고 샤논은 거기서 멈추는 것이 아니라 빠르게 성장하는 연우를 놓치지 않기 위해, 자신이 터득한 힘을 모두 제대로 소유하고자 노력했다.

최근 들어 부쩍 말이 줄어들었던 이유도, 제천류를 다각도로 분석하느라 내내 정신이 팔려 있었기 때문이었다.

샤논이 주로 중점을 두었던 건 두 분야였다.

신목령과 화염류.

신목령은 외뿔부족의 언어로 치자면 신법(身法)이었다. 몸을 움직이는 방법. 꼿꼿한 소나무가 거친 환경에도 푸르름을 잃지 않고, 낭창거리는 대나무가 부러지지 않듯이. 신목령은 검의 정도(正道)를 걸었던 샤논에게 너무나 잘 맞았다.

무엇보다 신목령의 상징은 목(木). 스킬 〈볼케이노〉를 강화시킬 목적으로 선택한 화염륜을 더욱 빛나게 해 주었다. 불길은 나무 위에서 더 화려하게 타오르는 법이니.

그리고 그런 자기 수양의 결과는 지금 거침없이 발휘되는 중이었다.

검을 휘두를 때마다 터져 나오는 불길은 적의 권속들을 쓸어 내고 태워 버린다.

그리고 거기서 빚어져 나온 영혼은 그대로 샤논의 양식이 되어, 새로운 힘이 되어 주었다.

「이런 걸 두고 우리 주인님이 뭐라고 했었는데. 뭐라고 했더라? 맞아. 그래. 그랬었지.」

샤논은 크게 웃음을 터뜨렸다. 얼마나 즐거운지 광기마저 묻어날 정도였다.

「이게 폭렙이지, 뭐겠나!」

그리고 그런 희열은 한령도 똑같이 느끼는 중이었다.

[망령을 흡수하였습니다. 잠겨 있던 격이 일부 해제되었습니다.]

[망령을 흡수하였습니다. 잠겨 있던 격이 일부 해제되었습니다.]

……

[망령을 대거 흡수하였습니다.]

[큰 깨달음이 더해져 잠겨 있던 격이 모두 해제되었습니다.]

[지금부터 생전에 지녔던 한령으로서의 위업을 이어 나가십시오. 당신이 걷는 모든 길이 '도무신'의 업적을 더 깊게 새겨 줄 것입니다.]

화아악―

언제부턴가 한령은 환한 빛무리에 잠겨 있었다. 전장 곳곳에서 터지는 폭발에 가려져 잘 보이지 않았지만, 그는 신체적으로 새로운 변화를 맞이하는 중이었다.

여태껏 그를 답답하게 만들었던 구속력이 해제되는 느낌.

그것이 격의 해방이라는 사실을 깨달았을 때, 한령은 간만에 크게 웃음을 터뜨릴 수 있었다.

「드디어. 드디어……!」

그토록 바라던 순간이었다.

도무신으로서의 힘을 되찾는 순간. 잃어버린 세월을 되찾는 순간이었다. 한령은 바로 그 순간을 놓치지 않고 맘껏 즐겼다. 아홉 자루의 칼을 곳곳에 뿌리고, 맘껏 춤을 추면서 휘두르고, 찌르고, 내리쳤다.

그의 동작은 생전보다 훨씬 간결하면서도 더 날카로웠다.

샤논처럼 그도 제천류를 탐구하면서 얻은 변화였다.

한령이 관심을 두었던 분야는 유수행과 금강포.

유수행은 보법(步法)이었다. 땅에 꽂은 아홉 자루의 칼을 다뤄야 하는 그로서는 걸음걸이가 가장 중요했고, 유수행은 여기에 제격이었다.

산길을 따라 굽어 도는 강물은 부드럽지만 때로는 범람을 일으키기도 한다. 그러다 바다가 되었을 때는 세상을 뒤집어 삼키는 해일과 폭풍우를 일으키니. 강약 조절이 너무 잘 이뤄졌다.

그리고 여기서 이어지는 금강포는 쇠의 날카로움과 단단함을 다뤘다. 한령의 칼도 그만큼 더 강해졌다.

콰콰콰—

쿠르릉, 쿠르르릉—

이런 두 데스 노블이 여는 길을 따라.

영괴들은 쉴 새 없이 그림자 가지를 쭉쭉 뻗어 나가면서 길을 잃고 방황하는 영혼들을 마구 집어삼켰다. 그럴수록 그 위로 잔뜩 뿌려진 망령의 안개는 귀곡성을 더 거칠게 내뱉었다.

네메시스가 내리는 어둠은 적들을 속박하고, 대지를 질타하는 불길 속에는 니케가 숨어 마치 지옥의 유황불처럼 닿는 모든 것을 게걸스럽게 집어삼켰다.

「주인께. 모든. 죽음을.」

이 모든 것을 관장하는 부의 지휘도 한껏 더해지니.

키키킥, 키키—

끼아아!

이미 죽음이 만연한 땅 위에, 새로운 죽음이 파도처럼 들이치고 있었다.

* * *

디스 플루토의 대탈주는 여러모로 관심을 끌 수밖에 없었다.

곳곳에 고립되어 있던 디스 플루토들이 무리해서 장벽을 밀어내고, 연우 쪽으로 뛰기 시작했다. 연우에게 환호하는 소리가 커졌다. 무리도 금세 불어났다.

방해 공작이 즉각 이뤄졌다.

「칠흑…… 미안하지만, 그대는 남아야 해…….」

하늘을 따라 신의 전장을 굽어다 보고 있던 티폰의 눈동자가 아래쪽으로 굴러가면서 연우에게 고정되었다.

우르르—

그러자 거센 벼락이 연우 앞으로 떨어졌다.

연우는 반사적으로 비그리드를 그쪽으로 휘두르려다가, 벼락에 담긴 힘이 심상치 않다는 것을 깨닫고 불의 날개를 활짝 펼치면서 급제동을 걸었다.

『피해!』

연우의 어기전성에 따라, 그를 따르던 디스 플루토는 일제히 뛰던 것을 멈추고 경계 태세를 갖췄다. 권속들을 밀어내는 데 주력하던 샤논과 한령도 딱딱해진 얼굴로 정면을 주시했다.

긴장감이 흘렀다.

비그리드를 쥐고 있는 연우의 손에 땀이 가득 찼다. 그의 주변에는 어느새 여의봉의 조각이 날아다니면서 명령을 기다리고 있었다.

벼락이 떨어진 자리로, 자욱하게 일어났던 흙먼지가 사라지면서 한 사내가 나타났다.

덥수룩하게 앞머리를 길러 눈을 가린 사내.

이렇다 할 기운은 느껴지지 않았지만, 연우는 심장이 꽉 조이는 느낌을 받아야만 했다. 용신안으로도 그에게선 이렇다 할 결점이 보이지 않았다.

완전무결. 뛰어난 존재란 뜻이었다.

그러다 앞머리가 찰랑이면서 눈이 언뜻 드러났을 때, 연우는 단번에 그가 누군지 알아챌 수 있었다.

"……티폰."

그 말에, 연우와 주변에 있던 모두가 바짝 긴장하고 말았다.

설마 기가스의 왕이 직접 현신(現身)할 줄 누가 짐작이나 했을까.

올림포스의 신들을 상대하느라 정신이 없을 텐데, 어째서 여기에 나타난 건지.

"칠흑의 후계, 그대에게는 미안하지만 재롱 잔치도 여기서 끝내 줘야겠어."

티폰은 손으로 앞머리를 쓸어 올리면서 차갑게 입꼬리를 말아 올렸다.

"이쪽은 그대가 필요해서 말이야."

스르릉—

채챙, 챙!

샤논과 한령이 연우를 보호하듯이 검과 칼을 이쪽으로 돌렸다.

「우리 주인님이 매력이 좀 넘치는 분이긴 하시지만. 푸핫! 요즘 들어 특히 남자들한테 더 인기가 많은 것 같단 말이지?」

「지금 농담할 기분이 드나?」

브라함과 칸, 갈리어드와 크로이츠도 각각 무기를 꽉 쥐었다. 디스 플루토도 비장한 표정이었다. 여태껏 그들을 이런 지경으로 몰아낸 적의 수장에 대한 경계심과, 새로운 주인을 지키겠다는 일념이 같이 묻어났다.

하지만 티폰은 그런 모든 것들이 우습기만 하다는 듯, 가볍게 코웃음을 치면서 한 발자국을 앞으로 내디뎠다.

거센 폭풍이 불어닥쳤다.

이대로 서 있는 게 가능할까 싶을 정도로 강렬한 폭풍.

연우는 이를 악물면서 여의봉의 조각을 한데 모아 창대를 만들고, 그 위에 비그리드를 꽂았다.

철컥—

사실 티폰의 등장은 어느 정도 예상했던 바이기도 했다.

칠흑왕은 티탄의 왕, 크로노스도 사도로 뒀을 정도로 뛰어났던 존재. 아마 모르긴 몰라도, 개념신이자 태초신으로서 대지모신에 버금가는 존재였을 것이다.

크로노스를 계승했다고 주장하고, 그의 힘을 채취하고 있던 티폰으로서는. 칠흑왕의 새로운 후계인 연우를 보내고 싶은 마음이 없을 것이다.

어떻게든 붙잡아 두고, 자신의 권속으로 삼거나 이런저런 실험을 하는 데 쓰려 하겠지.

'빠져나갈 방법은? 없나?'

연우는 홀로 앞을 가로막은 티폰을 보면서 쉴 새 없이 머리를 굴렸다. 시차 괴리를 사용해서 수많은 계산을 거듭했지만.

와장창—

"무얼 그리 보려 하나? 그대에게 이렇다 할 다른 선택지는 없을진대."

티폰은 아주 가볍게 연우의 사고 속도를 따라오면서 스킬을 간단하게 파훼시켰다. 잔머리를 굴리지 못하게 만들려는 것이다.

연우는 울컥 피를 토하면서 뒤로 주춤 물러섰다. 여의봉을 쥐고 있는 손에 바짝 힘이 들어갔다.

하데스로부터 물려받은 왕좌의 권능을 제대로 발휘할 수 있다면 좋을 텐데. 여전히 한참이나 모자란 격은 그런 편의를 절대 제공하지 않았다.

이렇게 붙잡혀야 하나? 그런 생각밖에 들지 않았다. 결국 이렇게 된 이상 저항이라도 해 봐야겠다는 생각에 죽음과 투쟁의 날개를 전부 활짝 펼치려는데.

"으랏차차! 차!"

콰아앙!

이번에 또다시 연우 앞으로 다른 뭔가가 강하게 내려왔

다. 어마어마하게 발산되는 패기를 조금도 거두지 않고서.

연우는 순간 티폰을 도우러 온 기가스인가 싶었지만, 다행히 그의 적의는 티폰에게로 향해 있었다.

사내는 키가 2미터도 넘었으며, 어마어마한 근육과 덩치를 자랑했다. 순간 판트 녀석이 온 게 아닐까 싶을 정도로 강렬한 인상이었다.

무엇보다.

연우는 자신을 둘러싼 채널링 중 하나가 선명해지는 걸 느낄 수 있었다.

[아레스가 당신을 보며 활짝 웃습니다.]
[아레스가 당신이 자신에게 관심을 가져 주길 바랍니다.]

사내는 연우를 슬쩍 보더니 한쪽 입꼬리를 말아 올리고, 보란 듯이 티폰을 향해 포효를 질렀다.

그아아아!

티폰의 기세가 거짓말처럼 확 밀려났다. 티폰의 표정이 딱딱하게 굳었다.

"이게 무슨 어린애 같은 장난이지, 아레스?"

아레스. 올림포스를 다스리는 12대신 중 제우스의 아들이자, 아테나와 함께 전쟁을 다스린다는 전신(戰神)이 세상이 떠나가라 쩌렁쩌렁하게 웃었다.

"크하하! 내 사도에게 잘 보이려면 이 정도는 기본이지! 신이 되어서 일단 멋있는 모습부터 보여야 하지 않겠는가!"

사도? 뚱딴지같은 말에 사람들의 시선이 연우에게로 향했다. 언제 아레스의 사도가 되었느냐는 눈빛이었다.

하지만 연우로서도 금시초문이었기에, 그는 눈살을 좁히면서 이게 무슨 소린가 하며 아레스를 쳐다봤다. 무언가 꾸미는 게 있나 싶었지만, 딱히 그렇게 보이지도 않았다.

티폰이 눈살을 찡그렸다.

"사도? 칠흑의 후계가 한낱 너 따위의 사도가 되었단 뜻이냐?"

"아니! 하지만 곧 될 예정이다."

아레스는 당당하게 양 주먹을 맞부딪치면서 씩 웃었다.

"지금부터 멋있는 모습을 잔뜩 보여 주고 환심을 살 예정이거든. 위기에 빠진 자신과 동료들을 구해 준, 등이 아주 넓고 멋진 전신! 크! 그것만 해도 멋지지 않나? 같은 남자가 봐도 뻑이 갈 정도인데, 이 친구가 오죽하겠나."

[아가레스가 저게 무슨 개소리냐고 코웃음을 칩니다.]

"게다가 이 몸은 투쟁과 전쟁의 신. 우리 어여쁜 사도가 추구하고, 걷고자 하는 길에 서 있다 이 말씀이지."

[아가레스가 충격을 받았습니다.]
[아가레스가 아차 싶은 얼굴로 이곳을 바라봅니다.]

"또한, 같은 올림포스이기도 하니, 선배로서 길잡이가 되어 줄 수도 있는 것이지. 크하하! 그러니 티폰, 여기에서는 내 사도를 위해 길을 내어 줘야겠어."

[아가레스가 안절부절못합니다.]
[아가레스에서 메시지가 도착했습니다.]
[메시지: 나를! 나를 받아들여라! 저놈보다는 내가! 내가 더 위대한 존재일지니! 내가 너희들에게 더 도움이 될 것이나!]
[아가레스에서 메시지가 도착했습니다.]
[메시지: 어서! 서두르란……!]

[사용자의 권한으로 아가레스의 메시지가 임시 차단되었습니다.]

연우는 아레스의 말도 안 되는 선언에 말만 많아진 아가레스의 메시지를 차단시키면서 한숨을 내쉬었다.

지원군으로 와 주었으니 고맙기는 한데. 조금 이상한 놈이 온 것 같았다.

그가 알기로 아레스는 방약무인한 성격으로 유명해서 올림포스에서도 상당한 골칫거리였다. 그런 녀석이 자신을 가지겠다고 저렇게 열망을 불태우니 헛웃음이 나올 정도였다.

왜 저러는지도 대충 알 것 같았다.

아레스는 평소 자신에게 관심이 많은 편이었다. 다만, 그의 천적이라 할 수 있는 아테나가 계속 감싸고 도니 손가락만 빨고 있다가, 그녀가 크리오스를 상대하는 사이에 이때다 싶어 나타난 것이겠지. 그의 말마따나 강한 인상을 심어 주기 위해서.

도와주기만 하면 알아서 넘어올 거라는 생각이 참 단순하기도 했지만. 어찌 보면 그답다고도 할 수 있는 생각이었다.

거기에 안절부절못하는 아가레스의 모습은 한숨이 나올

지경이었지만.

[다수의 신들이 아가레스와 아레스를 한심하다는
듯이 바라봅니다.]
[다수의 악마들이 아가레스와 아레스를 보면서
고개를 절레절레 흔듭니다.]

하지만 아레스는 전투 실력만 따진다면 올림포스에서도
손꼽히는 자. 그가 도와준다면 충분히 티폰을 따돌릴 수 있
을지도 몰랐다.

"네까짓 놈이 혼자서 나를 상대하겠다고? 하데스도 결국
어쩌지 못했던 나를?"

티폰은 그런 아레스의 자신만만한 태도가 마음에 들지
않는 듯, 격을 한껏 해방시켰다. 쿠르릉, 쿠릉. 하늘을 따라
먹구름이 잔뜩 끼면서 천둥이 울리기 시작했다. 언제라도
신벌을 내리기 위해서.

하지만 아레스는 주먹을 강하게 말아 쥐면서 사납게 웃
었다. 마치 거대한 코끼리를 사냥하려는 사자 떼의 우두머
리처럼.

"왜 나 혼자 왔다고 생각하는 건지 모르겠군?"

"뭐?"

티폰은 인상을 찡그리다, 뒤늦게 자신의 감각을 속이고 이쪽을 겨냥하고 있는 뭔가가 있다는 것을 눈치챌 수 있었다.

저 먼 수풀 너머로, 긴 황금색 머리카락을 늘어뜨린 미남자가 이쪽을 보며 시위를 겨누고 있었다. 태양의 신, 아폴론이었다.

그리고 반대편에는 자세를 낮춘 채, 휘하의 신수들을 잔뜩 거느린 아르테미스가 조용히 쌍칼을 뽑아 대기 중이었다.

또한, 그들을 따라 향긋한 향이 감돌고 있었다. 디오니소스의 〈축배〉. 타르타로스에서도 상당히 유명한 버프였다. 신력의 회복을 빠르게 해서 때에 따라서는 '부활'도 가능케 하는 힘.

올림포스의 12주신 중 2세대에 해당하는 신들이 대거 나와서 자신을 노리고 있는 것이다.

"함정이군."

티폰은 가볍게 혀를 찼다.

녀석들은 분명 자신이 전장에서 이탈하는 것을 보고, 칠흑의 후계를 뒤쫓으리라는 것을 눈치채 작전을 짠 게 틀림없었다. 아무리 그리고 해도 이 많은 대신격들을 한꺼번에 상대하는 건 힘들 테니.

"크하하! 신격이 해방되면서 티폰, 네가 원래의 힘을 되찾았다는 건 알고 있지만. 글쎄? 여기 있는 우리를 전부 감당할 수 있을지는 모르겠는데?"

아레스는 포악하게 웃으면서 자신의 검을 뽑았다.

티폰은 영 탐탁지 않다는 듯, 자신을 둘러싼 대신격들을 보다가 혀를 가볍게 찼다.

"그래. 힘들겠지. 하지만."

덥수룩한 머리카락 사이로 티폰의 눈이 예리하게 빛났다.

"힘든 건 그대들도 마찬가지일 듯한데?"

화아악—

순간, 티폰의 신체가 꺼졌다. 대신에 그 자리로 거센 폭풍이 휘몰아치면서 일대 대기를 찢어발기기 시작했다.

그리고.

기다렸다는 듯이 아레스와 다른 대신격들도 일제히 움직였다. 연우를 지키기 위해서.

쾅!

휘이이—

세상이 울리는 격전이 시작되는 가운데.

연우는 이것이 그들이 만들어 준 기회라는 것을 깨닫고, 다시 디스 플루토 쪽으로 어기전성을 터뜨리며 명부전 방향으로 달렸다.

『어딜……!』

　티폰은 그런 연우를 놓치지 않겠다는 듯, 네 명의 대신격 사이로 바람 줄기를 내뻗었다.

　아레스가 아차 싶어 그쪽으로 움직이려 했지만, 칼바람이 먼저 연우에게 다다를 것 같았다.

　하지만.

　스걱—

　어느새 공간이 열리면서 새로운 대신격이 나타나 창을 휘둘렀다. 티폰의 칼바람이 말끔하게 잘려 나갔다.

　"지금은 하데스의 후왕(後王)으로서 대우를 해 주겠지만. 다음에 만났을 때는 어림없을 것이다."

　푸른 머리칼의 대신격은 그 말을 남기면서 그대로 연우를 지나쳐 티폰에게 달려들었다.

　우르르릉—

　'포세이돈…….'

　연우는 항상 원수 같았지만 지금은 도움을 준 대신격의 이름을 중얼거리면서.

　다시 달렸다.

＊　　　＊　　　＊

"당신은 결국 마지막까지 이런 모습인가요."

페르세포네는 검 한 자루에 몸을 지탱한 채로 한쪽 무릎을 꿇고 있는 하데스를 보면서 작게 중얼거렸다.

아무것도 모르는 사람이 본다면, 한창 격전을 치르고 잠시 휴식을 취하고 있는 것처럼 보일 정도였다.

한겨울처럼 싸늘한 분위기만 감돌던 그녀였지만. 아주 잠깐 동안 얼굴 위로 갖가지 감정이 스쳐 지나갔다.

언제나 원망만 하던 남편. 그녀의 젊은 날을 앗아 간 못된 남편이었지만…… 그래도 이따금 마음이 돌아설 뻔한 적도 있었다.

그는 언제나 진심을 다해 자신을 사랑했다. 다만, 무뚝뚝한 성격만큼이나 그 마음을 표현할 줄 몰라 늘 그런 사달이 났을 뿐. 그녀의 마음을 달래려 얼마나 노력했었는지, 그녀가 모를 리 없었다.

그래서 대지모신과 계약을 맺고 나서도 한참 동안 고민을 했었다. 이것을 계속 진행을 해야 할지, 말아야 할지.

아무리 남편을 원망했어도, 당시에는 세월이 지난 만큼 어느 정도 마음이 풀리기도 했었으니까. 대지모신과 계약을 맺는 순간 어머니도 계신 올림포스가 위험해지는 것 역시 알았기 때문에 망설여지기도 했다.

하데스가 처음 진실을 알고 타르타로스로 내려갔을 때. 사실 페르세포네는 대지모신과 사도 계약을 맺기 전이었다.

만약 그때 하데스가 도망치지 않고 그녀와 깊은 대화를 나눴더라면.

그런다면 오늘 벌어졌을 결과는. 뭔가 다르지 않았을까.

"못된 사람."

하지만 그런 건 다 부질없는 가정이기도 했다.

"당신 때문에 난. 결국 마지막에도 나쁜 존재가 되었네요. 지아비를 등지고 가족들을 배신한…… 그런 이가. 반대로 당신은 아주 멋있게 남았구요."

이미 결과는 나왔고, 사건은 벌어졌다.

그녀가 물러설 곳은 없었다.

"그러니 더 못된 사람으로 남을게요."

페르세포네는 한쪽 다리를 굽혀 앉아 하데스의 얼굴을 손으로 쓰다듬었다. 수염을 덜 깎은 얼굴에는 여전히 온기가 남아 있었다. 하지만 이 온기도 곧 머지않아 사라질 테지.

그 순간.

퍼걱—

하데스의 육체가 잘게 부서져 흩어졌다. 가루가 바람을 타고 사라졌다.

그리고. 페르세포네의 표정이 딱딱하게 굳었다.

"없어……?"

페르세포네는 한 줌의 가루만 남은 자신의 손을 펼쳐 보았다. 손가락 틈 사이로 가루가 빠져나가고 있었다.

분명 이 손에 잡혀야 할 것이 잡히지 않았다.

아주 중요한 것이.

왕좌.

명계의 왕만이 가질 수 있다는. 칠흑으로부터 빼앗은 '죽음'의 신능이 잡히질 않았다.

칠흑이 저물고 난 뒤, 수많은 사회가 그것을 가져갔고. 올림포스에서는 분명히 하데스가 받아 명계로 내려온 것일 텐데? 어째서 보이질 않는 거지?

어떻게 두고 다닐 수 있는 물건도 아니기에 없어진다는 건 절대 있을 수 없는 일이었다. 혹시나 하는 마음에 하데스가 있던 자리를 둘러봐도 마찬가지였다. 하데스의 껍데 기를 이루던 가루도 모두 사라지고 난 뒤였다.

그러다 페르세포네는 뒤늦게 한 가지 생각에 닿았다.

"설마?"

하데스에게 없다면. 이미 다른 누군가에게 준 것은 아닐까. 하데스를 구하고 도망치던 연우의 모습이 떠올랐다.

하지만 대체 어느새?

왕좌는 절대 그렇게 쉽게 넘길 수 있는 게 아니었다. 하물며 상대는 한낱 필멸자일 텐데. 시스템이 거부하고, 올포원이 승인하지 않았을 텐데, 대체 무슨 수로?

일이 이렇게 진행될 줄 알고 미리 준비를 해 뒀던 걸까? 그렇다면 언제부터?

갖가지 복잡한 의문이 머릿속에서 꼬리에 꼬리를 물고 나타났지만.

결국 쟁취해야 할 왕좌의 힘이 바로 눈앞에서 갈취당했다는 사실은 달라지지 않았다.

왕좌의 힘은 반드시 필요했다. 타르타로스를 완전히 자신의 권역으로 삼기 위해서도. 설정권이 그것에 들어 있기 때문이었다.

페르세포네는 천천히 자리에서 일어났다.

"……결국 끝까지 일을 복잡하게 만드는군요. 역시 난 당신이 미워요."

페르세포네는 그런 혼잣말과 함께 여태 마지막까지 억누르고 있던 격을 해방했다.

화아악—

그녀의 신체가 돌풍과 함께 사라졌다.

대신에 그림자가 먹물처럼 지면을 타고 성역을 따라 한 가득 퍼져 나갔다.

*　　*　　*

지면 위로 검은 어둠이 차오르기 시작한 것은 바로 그 무렵이었다.

마치 물이 범람해서 발목과 무릎을 적시는 것처럼. 검은 어둠도 그렇게 전장에 남아 있던 이들의 무릎을 차지하면서 그 위로 검은 아지랑이를 피워 올렸다.

가느다란 아지랑이는 꽈배기처럼 저마다 배배 꼬이더니 커다란 촉수가 되어 하늘로 치솟기 시작했다.

그런 촉수가 수백 수천 개.

마치 거대한 새장이 성역 위로 드리우는 것 같았다.

"뭐지, 저건?"

때마침 크리오스의 목을 치고 있던 아테나가 섬뜩한 느낌을 받고 고개를 위로 번쩍 들었다. 헤르메스의 시선도 똑같이 이동했다.

티폰을 상대하던 아레스를 비롯해 포세이돈 등도 마찬가지였다.

"저건……?"

"설마!"

"말도 안 돼!"

새장을 형성하던 촉수들이 한데 뭉치기 시작하면서 검은 구체를 이루었다.

그런데 거기서 풍기는 느낌이 심상치 않았다.

절대 이곳에서는 현신할 수 없는 힘이 물씬 풍겼으니까.

모든 신과 악마들의 공통된 적, 대지모신이 직접 강신을 시도하려 하고 있었다.

"대체 무슨 짓을 저지르려는 거냐, 티폰!"

포세이돈이 인상을 와락 일그러뜨리면서 티폰을 노려봤지만.

티폰은 되레 광소를 터뜨렸다.

"아하하! 우리의 여왕님께서 마음을 독하게 먹으신 모양이군. 절대 고상함을 잃지 않으려 하더니. 결국 뜻대로 되지 않았나?"

그의 웃음이 끝나기 무섭게.

콰앙—

검은 구체가 폭발하면서 이번에는 하늘을 따라 어둠을 넓게 퍼뜨렸다.

그리고 서서히 형체를 갖추기 시작했다.

거신의 형체를 지닌 티탄도 조막만 하게 보일 정도로 어마어마한 크기.

어둠이 만들어 낸 수평선 너머로 상반신만 드러냈는데도 불구하고, 타르타로스 전역에 그림자를 가득 드리울 정도로 큰 형체를 가진 그것은, 페르세포네의 모습을 하고 있었다.

등 뒤로 여기저기 찢긴 어둠의 날개를 한껏 드러내면서.

대지모신과 직접적인 강신을 시도하면서 대지를 굽어다 보는 존재가 된 페르세포네는 기다란 포효를 내질렀다.

크어어어—

태풍이 불어닥쳤다.

전장에서 한창 전투를 벌이던 이들은 신격이며 대신격 가릴 것 없이 죄다 쓸려 나갔다. 성역을 이루던 신전이 기둥 채로 뽑혀 날아갔고, 땅거죽이 통째로 뒤집히면서 저 뒤로 거대한 산맥이 만들어질 정도였다.

페르세포네는 너무 큰 크기를 가진 탓에 육성이나 어기 전성도 낼 수 없었다.

하지만 그녀가 발산하는 강렬한 의지는 따로 말로 표현하지 않아도, 이 자리에 있는 모든 존재들이 뜻을 짐작할 수 있었다.

찾. 아. 라.

녀. 석. 을.

잡. 아. 야. 한. 다.

페르세포네는 거대한 눈동자를 데구루루 굴리면서. 자신
의 의지를 다시 한번 더 타르타로스에 투여했다.

* * *

['비그리드—???'가 숨겨진 진명, '듀렌달'을 개
방합니다.]
[전승: 거인 살해]

콰콰콰—
불길이 거세게 휘몰아쳤다.

[티티오스를 처치하는 데 성공했습니다. 신살의
업적을 추가하였습니다.]
[누구도 쉽게 이루지 못할 위대한 업적을……]
……

[티티오스에게서 신성의 파편을 강탈하는 데 성공했습니다. 신성이 왕좌의 부족 부분에 추가됩니다.]

[초월성의 단서를 추가 획득하였습니다.]

크리오스와 티폰을 따돌렸다고 해도, 연우를 쫓는 티탄—기가스의 추격이 끝난 것은 아니었다.

아니, 도리어 거세졌다.

그들은 이 기회를 빌려 디스 플루토의 숨통을 완전히 끊어 놓겠다는 듯, 추후에 일말의 문제 거리가 될 수 있는 싹마저 전부 제거하겠다는 듯이 악착같이 달려들었다.

당연하지만, 그들을 막아서는 건 거의 연우의 몫이었다.

샤논과 한령, 레베카, 부를 풀어 저들의 발목을 붙잡는 한편, 불의 날개를 활짝 펼치면서 적들의 사이를 종횡무진 누비고 다녔다.

이제는 얼마나 많은 권속들을 베고, 신살을 이뤘는지도 헷갈릴 정도였다.

한꺼번에 너무 많은 격전을 치러서 그런지, 현자의 돌이 너무 많이 과열되어 있었다. 효율 좋은 영혼석의 보라색 마력을 사용하고, 4차 각성을 이룬 마룡신체가 있다지만. 그래도 정신적으로 받는 피로까지 덜어 줄 정도는 아니었다.

그나마 다행이라면. 신살을 이룰 때마다 저들이 가진 신성을 소량이나마 강탈할 수 있다는 점이었다.

여태껏 신성에 대해서 이론적으로만 알 뿐, 정확한 사용법을 몰랐던 연우였지만.

하데스로부터 왕좌를 물려받고 나니 어느 정도 감을 잡을 수 있었다.

신성이란, '격이 있을 수 있게' 하는 힘이었다.

격이 크다고 해서 무조건 좋은 건 아니다.

분명 체급이 달라지니 분쟁이 발생할 때에는 유리한 고지를 차지할 수 있다는 장점이 있지만.

너무 비대해졌을 경우에는 그만큼 무너질 가능성도 컸다.

유지하는 것만으로도 영혼에 상당한 부담이 가기 때문이었다. 그리고 충돌이 일어났을 때 공략할 곳이 많아지기도 했다.

하지만 많은 신성을 품고 있다면 이야기는 달라졌다.

신성은 격이 격으로서 유지될 수 있게 하는 힘. 쉽게 말해, 단단한 내구도를 다지게 해 주었다.

하지만 이 신성을 얻는 게 그리 쉬운 일이 아니었다.

많은 신앙을 모으거나, 그만큼 큰 깨달음을 얻어 아득한 초월성으로 대체하는 수가 전부였다.

하지만 이미 수많은 신도를 확보한 여러 신들과 다르게, 필멸자인 연우로서는 신성을 획득하는 데 한계가 있을 수밖에 없었다.

가뜩이나 격이 모자라 왕좌의 힘도 제대로 발휘하지 못하는 연우로서는 치명적인 약점인 것이다.

그러나 신살을 이루면서 그들이 지녔던 신성을 강탈한다면 이야기는 달라진다.

부족분을 채우면서 내구도를 다지고, 왕좌의 힘을 조금씩 깨울 수 있었으니.

쿠르르릉―

콰콰쾅! 쾅!

[신성의 추가 획득으로 임시 잠금 처리되었던 권능, '어둠 속의 눈'을 해제하는 데 성공했습니다.]
[권능, '어둠 속의 눈'을 사용, 명계의 법칙을 좇기 시작합니다.]

아주 약간이지만 권능도 조금씩 깨우면서 왕좌의 힘을 사용할 수 있었다.

여태껏 다른 신과 악마들로부터 부여받은 권능들은 뜻대로 제어하기가 쉽지 않아 날개로 묶어 낸 것이었지만, 왕좌의 힘은 전혀 그럴 필요가 없었다.

이미 그가 확보한 신위에서 비롯된 것이었으니. 자신의 것인데 사용하는 데 어려움을 느낄 리 없지 않은가.

쾅!

그렇게 얼마나 여의봉과 비그리드를 휘둘러 댔을까.

"헉, 헉, 헉."

연우는 어느새 자신들이 명왕의 신전을 완전히 벗어나 목적지인 명부전까지 거의 다다랐다는 것을 깨달을 수 있었다.

명왕의 신전과 명부전 사이를 가로지르는 거대한 산맥, 크로노스의 사체가 보였던 것이다.

뱅그르르. 크로노스의 사체에 가까워질수록 품속에 있는 회중시계가 잘게 떨렸다. 칠흑왕의 형틀 세트도 똑같이 반응을 하는 중이었다.

크로노스 역시 칠흑의 힘을 품고 있으니. 저절로 호응을 하는 것이겠지.

하지만 연우는 그런 걸 신경 쓸 겨를이 없었다.

"……또 온다."

저 너머로 새 추격대가 쫓아오는 중이었다.

「빌어먹을. 오늘 정말 원 없이 싸워 대는군. 올림포스 놈들은 대체 뭘 하는 거야? 저것들 안 막고.」

샤논은 질린다는 기색으로 투덜거렸다. 실컷 싸우면서 그만큼 성장할 수 있으니 즐겁기도 했지만, 그것도 어느 정도여야지. 이렇게 계속 반복하다 보면 지치기 마련이었다.

거기다.

『인간…… 이번에야말로 죽여 주마……!』

「저놈, 또 왔네? 질리지도 않나?」

선두에 아주 익숙한 면상이 있다는 점이었다.

이아페토스. 신격을 대거 방출하고 영락할 줄로만 알았던 녀석이, 대체 무슨 수를 쓴 건지 다시 거인의 형상을 하며 이쪽으로 달려오고 있었다.

물론, 이전에 싸웠을 때에 비하면 한없이 약해져 있었지만, 그래도 여태 상대했던 하급 신격들과는 차원이 달랐다.

녀석은 연우를 반드시 죽이겠다는 살의를 잔뜩 풍겨 대고 있었다. 이전에 받았던 수모를 되갚으려는 게 틀림없었다.

"왕이시여."

그때, 디스 플루토들이 걱정스러운 얼굴로 이쪽을 쳐다 봤지만.

"얼마 안 남았으니 먼저 올라가."

연우는 대답 따윈 듣지 않겠다는 듯, 날개를 활짝 펼치면서 이아페토스 쪽으로 몸을 날렸다.

쐐애액—

몸에 많은 무리가 따랐지만, 이번에는 죽음과 투쟁의 날개를 전부 뽑아 올렸다. 수많은 권능들이 톱니바퀴처럼 굴러가기 시작하면서 왕좌의 권능에 힘을 바짝 실었다.

연우는 이아페토스와 정면에서 충돌했다.

큭, 하는 소리와 함께 이아페토스가 뒤로 크게 튕겨 났다. 녀석의 눈이 부릅떠졌다. 설마하니 자신이 힘에서 밀릴 줄은 생각도 못 했기 때문이었다. 어떻게 못 본 몇 달 사이에 저렇게 강해질 수 있는 거지?

하지만 연우는 그의 의문 따윈 들어줄 생각도 없다는 듯, 다시 날개로 한껏 홰를 치면서 달려들었다.

이미 몇 번씩 사용한 까닭에 하늘 날개를 유지할 수 있는 시간이 얼마 남지 않았다. 그 안에 승부를 봐야만 했다.

콰아앙—

끝에 비그리드가 꽂힌 여의봉을 거칠게 휘둘렀다. 녀석의 가슴팍이 크게 벌어지면서 검은 연기가 피분수처럼 치솟았다. 크로노스의 시정. 검은 연기는 저절로 칠흑왕의 절망 속으로 빨려 들어갔다.

이아페토스의 두 눈이 시뻘겋게 변했다. 또 이전과 같은 현상이었다. 자신의 힘을 저렇게 빼앗아가는 걸 도무지 용납할 수가 없었다.

하지만 연우는 만만치 않았다. 충돌이 벌어질 때마다 이아페토스의 거체에는 커다란 상처가 늘어났다. 그럴수록 연우도 점점 육체적인 한계에 부딪혀 가면서 내상을 입었다. 이아페토스의 무력 때문에 팔다리가 몇 번씩 부러졌다가 재생되기를 반복했다.

콰르르─

그러다 큰 충돌과 함께 둘이 서로 크게 밀려나고.

다시 승부를 결착 짓기 위해 날개를 한껏 펼치고자 했을 때. 이변이 발생했다.

연우가 미처 눈치를 채기도 전에 검은 해일이 이쪽으로 다가왔다.

『**여왕! 이게 무⋯⋯!**』

이아페토스는 뭐라고 말을 하기도 전에 검은 해일에 '먹혔'다. 하지만 검은 해일은 그것으로도 모자라다는 듯, 연우도 집어삼키고자 했다.

페르세포네? 대지모신? 아니면 비에라 둔? 그게 정확하게 무엇인지는 알 수 없었다. 하지만 끈적끈적한 늪처럼 보이는 검은 해일은 그가 어떻게 할 수 있는 성질의 것이 아니었다.

『형!』

정우도 위기를 깨닫고 크게 소리를 질렀다.

연우는 이를 악물면서 다시 한번 더 날개로 홰를 치면서 재빨리 뒤로 물러나기 시작했다.

그 와중에 곳곳에 뿌려 뒀던 권속과 망령들도 전부 거둬들였다. 저 어둠 속에 먹힌다면 이들도 되찾기 힘들 게 분명했다.

'저게 디스 플루토 쪽으로 오게 해서는 안 돼.'

연우는 명부전 쪽을 재빨리 탐색하고 나서 이를 악물었다. 디스 플루토가 어느새 빛의 기둥에 도착해 있었다. 칸등은 연우의 지시에 따라 디스 플루토들이 빛의 기둥을 타고 위쪽 층계로 넘어갈 수 있게 돕는 중이었다.

시간을 벌어야만 했다.

그래서 방향을 다른 쪽으로 틀려는데.

"젠장……!"

검은 해일은 연우의 생각 따윈 알고 있다는 듯, 급격히 방향을 틀면서 빛의 기둥 쪽으로 움직였다.

연우는 다시 같은 방향으로 되돌아와 권능을 잇달아 뿌려 댔다. 어떻게든 해일의 접근을 지연시키고자 했지만, 스킬이 닿은 자리만 잠시 파일 뿐 전혀 멈출 기미가 없었다.

내. 놓. 아. 라.
왕. 좌. 를.

해일에서 풍기는 의념도 연우를 짜증 나게 만들었다. 페르세포네인지, 비에라 둔인지 알기 힘들 정도로 뒤섞인 대지모신의 목소리는 연우에 대한 집착으로 가득했다.

그러다 연우는 어느새 빛의 기둥이 있는 곳까지 다다를 수 있었다.

문제는 아직 절반도 안 되는 인원만 빛의 기둥을 타고 넘어갔다는 점이었다.

이대로는 정말 위급하다.

연우는 결국 물러서기를 멈추고, 여의봉을 꽉 쥐었다. 해일에 먹힐 위험이 있더라도 일단은 저것부터 막아야만 했다.

[시차 괴리]

그런 위급한 순간 속에서. 연우는 타개책을 마련하고자 했다.

하지만 어떻게?

대지모신과 페르세포네의 마수가 턱밑까지 쫓아왔다. 아무리 죽음과 투쟁의 날개가 있다고 해도 홀로 막기엔 요원했다. 도움이 있어야 하는데…… 아테나와 헤르메스 등이 저쪽에 발목이 묶인 이상 그러기도 힘들었다.

그렇다면…….

그 순간, 연우는 자신을 보고 있는 수많은 시선을 읽을 수 있었다.

[태산부군이 당신의 왕좌를 지켜봅니다.]
[쿄시티가르바가 당신의 왕좌를 지켜봅니다.]
[이자나미가 당신의 왕좌를 지켜봅니다.]
……

모든 죽음의 신과 악마들의 시선.

그들은 연우가 하데스로부터 왕좌를 선양받고 난 뒤부터 별다른 말이나 반응 없이 가만히 그를 지켜보고만 있는 중이었다.

처음에는 그 이유를 몰랐지만. 이제는 알 것 같았다.

저들은 전부 그를 도와주려 하고 있었다.

여태껏 그랬던 것처럼 지켜보고 시험해야 할 대상이 아

닌. 하데스의 후왕으로서, 그의 후계로서, 자신들과 '동등한' 위치에 놓고 보고 있었다. 당장은 그렇지 않더라도, 언젠가는 그렇게 될 것이라 생각하고서.

그리고 거기까지 생각이 미쳤을 때. 연우는 자신이 새로운 패를 가졌다는 것을 깨달을 수 있었다.

시간이 되돌아오고, 대지모신의 검은 해일이 바로 직전까지 치닫는 순간.

연우의 입술이 달싹거렸다.

"이곳으로 오라."

그 말이 끝나기 무섭게.

화아악—

연우의 몸을 따라 검고 붉은 빛무리가 폭발하듯이 팽창했다. 죽음의 날개가 다른 어느 때보다도 화려하게 불타올랐다.

강신(降神).

모든 죽음의 신과 악마들. 666명외 초월자들이 일제히 연우의 육체 위로 강림하는 순간이었다.

[네르갈이 강신하는 데 성공했습니다.]

[할파스가 강신하는 데 실패했습니다.]

[태산부군이 강신하는 데 실패했습니다.]

......

연우는 순간 정신이 아찔해지는 것을 느꼈다.

666명의 신과 악마들이 채널링을 통해, 죽음의 날개를 빌려 강신을 시도한다는 것은 사실 따지고 보면 도무지 말도 안 되는 짓이었다.

오래전에 벤티케의 몸을 빌려 포세이돈이 강제 강신을 시도했을 때도 여러 신들로부터 강신을 받긴 했었지만.

지금은 그때와 비교도 할 수 없을 정도로 많은 숫자였다. 당연히 감당하는 게 가능할까 싶기도 했다.

만약 연우도 명계의 왕좌를 갖지 않았더라면. 죽음의 날개로 그들을 하나의 카테고리로 묶은 게 아니었다면 절대 시도하지 않았을 일이었다.

여러 신과 악마들은 단순히 의지를 내비친 것만으로도, 연우에게 어마어마한 압박감을 가져다주었다.

영혼이 짜부라질 것 같은 기분.

성장한다고 했지만, 그는 여전히 여러 신격들 앞에서는 너무나 초라하기만 했다.

그래도 왕좌의 힘 덕분일까?

연우는 예전과 다르게 무너지지 않고 자신의 의지로 버틸 수 있었다.

그러다 육체가 임계점에 다다랐을 때.

콰드득—

용의 비늘이 크게 뒤집어졌다. 더 굵고 탄탄한 비늘이 잔뜩 올라와 찰갑처럼 몸을 한껏 뒤덮었다. 용의 날개와 용의 꼬리가 완전한 모습을 드러냈다.

화악—

연우를 따라, 용종들만이 발산한다는 프레셔가 강렬한 파도처럼 퍼져 나갔다.

이제는 정말 단순한 용인(龍人)이 아닌, 폴리모프(Polymorph)를 한 용종이 아닐까 싶을 정도로 선명한, '진짜' 용의 기운이 발산되고 있었다.

심장에 새겨진 변화 때문이었다.

쿠드득, 쿠득!

연우의 심장이 크게 격동하면서 부서졌다가 수복하기를 반복했다. 그렇게 회복된 자리는 더 단단해지면서 점차 구슬의 모양으로 변해 갔다.

심장은 수많은 혈관이 지나는 생명의 중심이기도 하지만, 모든 마력이 생성되고 유통되는 마력 기관이기도 하다.

그런 심장이 격변하고 있었다. 기존의 기능을 벗어던지

고, 몇 단계나 높은 기관으로 탈바꿈하는 중이었다.

그리고 여기에 따라. 심장에서부터 연결되는 마력회로도 크게 뒤틀렸다.

새로운 모양에 맞춰 형태가 변화하면서 크고 작은 회로들이 합쳐지거나 갈라지고, 거의 사용되지 않았던 회로는 부분 폐기되었다.

더 굵고, 더 많은 양의 회로가 개척되면서 심장을 중심으로 새로운 회로도가 만들어졌다.

두근!

두근!

그렇게 해서 구슬 모양으로 새롭게 만들어진 심장이 거칠게 펌프질을 했다. 혈류가 빠르게 돌고, 마력이 고출력을 발산했다.

드래곤 하트(Dragon Heart)!

용종의 상징이며, 그들이 지녔던 모든 권능의 원천이라 할 수 있는 중심이 드디어 탄생하게 된 것이다.

마력을 사용하는 기관 중 가장 고효율을 자랑한다는 유명세답게, 드래곤 하트에서 공급된 마력은 여태껏 연우가 누렸던 것과는 차원이 달랐다.

4차 각성 때 느낄 수 있었던 마나 스트림을 강제로 끌어와 육체에다 심은 듯한 기분이었다.

그만큼 웅혼하고, 강렬했다.

5차 각성이었다.

[5단계 권능을 개방합니다.]

[권능: 원소 구축]

[원소 구축]

설명: 고룡 칼라투스는 계약자가 용체에 빠르게 적응할 수 있도록 8단계에 걸쳐 권능을 세분화시켰다. 그중 다섯 번째 단계.

드래곤 하트에서 발생한 마력을 대기 중의 마나 스트림과 접촉시키고, 그 흐름을 유도해서 권역 내에 존재하는 원소를 임의대로 사용 및 구축할 수 있다.

＊ 하트

용의 중심, 심장에서부터 마력을 끌어와 외부로 방출할 수 있다. 이때 사용된 마력은 이데아에 간섭하여, 숙련도에 따라 의지만으로 마법을 구축하는 게 가능해진다.

＊ 브레스

마나 속의 원하는 원소만을 집약시키는 것이 가능

해진다. 이때 뭉친 원소는 사용하기에 따라서 마법을 더 효율적으로 구현하도록 할 수도 있고, 원초적인 공격을 가하는 데 쓰일 수도 있다.

드래곤 하트는 여태껏 하드웨어만 강했던 마룡신체를 탄탄하게 받쳐 주는 기둥 역할을 해 주기에 충분했다.

어디 그뿐이랴.

드래곤 하트가 펌프질하는 것에 맞춰서 현자의 돌도 공명(共鳴)을 일으키기 시작했다.

우우웅—

두 마력 기관에서 발생한 마력회로는 뫼비우스의 띠(∞) 모양을 하면서 몇 배로 증폭된 힘을 발산했다. 마룡신체에 새겨진 긴장감이 다시 한번 더 바짝 끌어 올려졌다.

연우는 순간 웃음을 터뜨리고 싶었다.

그래. 이거였다.

자신이 그토록 바라던 순간이!

현자의 돌을 처음 획득했을 때. 막연하게 현자의 돌을 완성시키고 그 옆에 드래곤 하트를 같이 둘 수 있다면. 대체 얼마나 대단한 힘을 발휘할 수 있을까 하고 막연하게 생각했었다.

드래곤 하트는 용이 되고자 하는 입장에서는 반드시 가

져야만 하는 필수 부품이었으니까. 드래곤 하트를 잃어버린 여름여왕이 어떻게 몰락했었는지 직접 목격하지 않았던가.

그리고 현자의 돌은 드래곤 하트에 버금간다고 알려진 마력 기관이니, 같이 공명을 하면 그만큼 대단하지 않을까 짐작하는 게 전부였었다.

그런데 이건 그런 예상을 훨씬 벗어나는 수준이었다.

두 배? 아니, 세 배?

아니, 정확하게 추산하기 어려울 정도였다. 사용하기에 따라서는 몇 배수를 능가할 것 같았다.

　　[할파스가 재강신을 시도하였습니다. 성공했습니다.]

　　[태산부군이 재강신을 시도하였습니다. 성공했습니다.]

　　……

그리고 강화된 육체에 따라 강신이 실패했던 신과 악마 늘도 속속들이 다시 새입장했나.

『……하. 제법 늘었군.』

어렴풋이 마성의 것으로 짐작되는 웃음소리도 들은 것 같았다.

그리고 그럴수록.

카테고리가 가진 힘도 점차 선명해지는 것을 느낄 수 있었다. 흐릿하게만 느껴졌던 왕좌의 힘도 또렷해지면서, 연우는 자신이 지닌 신능이 무엇인지 확연하게 깨달을 수 있었다.

죽음.

그래. 이게 죽음이로구나. 살아 있는 것과 살아 있지 않은 것, 그 모든 것들에게 공평한 잣대를 들이댈 수 있는 유일한 개념.

물론, 그 거대한 개념을 완전히 이해하기에 아직 연우라는 존재는 반딧불처럼 너무 작았지만.

그래도 어떤 형태인지 짐작이나마 할 수 있게 되었다는 점에서 큰 소득이라 할 수 있었다.

그래서 연우는 지금 자신에게 더해진 힘을 한껏 여의봉에다 실었다.

[권능 전면 개방]

세 쌍의 하늘 날개가 한껏 펼쳐지면서, 여의봉의 끝자락에 달았던 비그리드 위로 검은 화염이 지글지글 타올랐다.

고농도의 마력이 너무 과다하게 들어가자, 오히려 단단했던 오러의 모양이 뒤틀리면서 나타난 현상이었다.

연우는 창대를 강하게 움켜쥐면서 와류를 일으켰다. 〈볼텍스〉와 함께 여의봉을 거세게 옆으로 휘둘렀다.

5차 각성을 이루면서 터득한 용종의 권능이었다.

[브레스]

용종은 흔히 특정 원소를 입속에 잔뜩 응축시켰다가 터뜨리는 공격을 자주 써먹곤 한다. 흔히 말하는 드래곤 브레스로, 단일 원소만을 모아 뒀기 때문에 위력도 그만큼 거셀 수밖에 없었다.

다만, 연우가 전개한 브레스는 조금 달랐다. 용종이 입을 통해 브레스를 뿜어내는 이유는 원소를 다루는 매질(媒質)로써 사용하기에 육체가 편해서일 뿐, 연우는 들고 있는 무기가 훨씬 편했다.

콰아아!

여의봉의 끝자락에서 빌산된 오러는 브레스기 되어 세상을 가로질렀다.

이곳으로 닥쳐 오던 어둠의 해일이 정확하게 절반으로 갈라졌다.

비록 다시 메워졌지만, 연우는 해일의 속도가 잠시 늦춰진 것을 놓치지 않았다.

'된다!'

연우는 눈을 크게 빛내면서 여의봉을 더 세게 움켜쥐고 브레스를 연달아 터뜨렸다.

"커져라, 여의!"

콰콰콰—

볼텍스를 따라 시작된 브레스는 소낙비처럼 어둠의 해일 위로 잔뜩 쏟아졌다.

[오시리스가 강신하는 데 성공했습니다.]

[이자나미가 강신하는 데 성공했습니다.]

……

그사이에도 강신은 계속 이어지고 있었다. 브레스의 위력도 덩달아 강해졌다.

여의봉이 내려앉은 자리 위로 불길이 어마어마한 높이로 치솟았다. 어둠과 이리저리 뒤엉키면서 세상을 뒤집을 듯이 풍랑을 일으키는 광경은 보기에 섬뜩할 정도였다.

그럴수록 연우는 이를 악물었다. 순간적인 각성과 강신으로 육체적 한계를 잊었다고 하지만. 이렇게 지속하는 데도 한계가 있기 마련이었다.

사실 이렇게 강신을 유지하고 있는 것만 해도 대단한 일이었다. 수많은 신과 악마들이 합세를 하는데, 한낱 필멸자가 여기까지 버티고 있었으니. 왕좌의 힘을 넘어, 그만큼 정신력이 단단하지 않으면 불가능했을 터였다.

콰콰콰―

콰르릉, 콰릉!

다행히 연우가 홀로 대지모신의 마수를 막아 내고 있는 사이, 디스 플루토는 상당수가 빛의 기둥 너머로 사라지고 있었다.

그렇게 순서가 막바지였던 12군단에 이르고.

『카인!』

마지막까지 남아 디스 플루토의 후방을 지키던 칸이 이쪽을 보며 다급하게 어기전성을 보냈다. 어서 서둘러서 오란 뜻이었다.

연우는 크게 고개를 끄덕였다. 가뜩이나 육체가 과열될 대로 과열되어서 이미 한계에 다다른 상태였다. 이대로 있다가는 드래곤 하트와 현자의 돌도 너무 뜨거워져서 자칫 폭발할 우려가 있었다. 당장도 비늘이 붉게 달아올라 김을 내뿜을 정도였다.

연우는 다시 한번 더 이를 악물면서 여의봉을 아래에서

위로 올려쳤다.

땅거죽이 뒤집어지면서 수십 미터나 높게 치솟았다. 그 사이로 튄 불똥들이 스파크를 튀기면서 커다란 빛의 파도를 만들어 내고, 하늘에서부터는 그보다 훨씬 많은 불벼락을 잔뜩 쏟아 냈다.

쿠르릉, 쿠릉—

콰콰콰쾅!

불벼락이 떨어진 자리에는 비마질다라의 검은 구비타라가 화려한 혈화를 피워 대면서 어둠을 좀먹어 나갔다.

[비마질다라가 당신의 활약상을 보면서 크게 기뻐합니다.]
[케르눈노스가 고요한 눈으로 당신의 활약상을 지켜봅니다.]

어둠의 해일이 불길의 산란에 계속 부딪히면서 멈췄다. 그사이 연우는 날개로 크게 홰를 치면서 재빨리 빛의 기둥이 있는 쪽으로 물러났다.

우우우—

어둠의 해일에서부터 깊은 귀곡성이 잔뜩 뻗쳐 왔다.

내. 놓. 아. 라.

그. 것. 은.

내. 것. 이. 다.

그리고 연우를 놓치지 않겠다는 듯, 불길의 그물망 사이를 어둠이 촉수처럼 비집고 튀어나와 연우 쪽으로 다다랐다.

콰르르릉—

연우는 다시 한번 더 브레스를 뿌리면서 촉수들을 거세게 밀어냈다. 칸이 들어가자마자, 그 역시 빛의 기둥 속으로 들어갔다.

순간, 세상이 반전되었다.

[히든 스테이지, '타르타로스'를 벗어났습니다.]

[지정된 장소, 35층 '천동(天動)의 관'에 입장했습니다.]

우르르—

"무, 뭐야, 이거?"

"저렇게 많은 사람들이 대체 어디서 나오는 건데?"

"독식자? 저거 독식자 아냐?"

"요즘 통 안 보이더니 대체 또 무슨 짓을……!"

스테이지는 벌써부터 여러 소란으로 많은 사람들이 모여 있었다. 갑자기 거대 포탈이 열리고, 정체를 알 수 없는 군단이 대거 쏟아지니 놀란 모양이었다.

35층으로의 이동은 연우가 브라함에게 부탁한 것이었다.

연우는 명계의 왕좌를 물려받으면서 타르타로스에 대한 권한 설정이 가능했고, 이를 바탕으로 브라함에게 권한을 넘겨 좌표를 지정할 수 있도록 했다.

연우가 클리어한 층계는 총 34층. 35층으로 넘어갈 예정이었기 때문에 충분히 활용이 가능했다.

원래대로라면 도착지는 연우가 타르타로스로 넘어왔던 탑 외 지역이 되어야 하겠지만.

스테이지로 잡은 이유는 이곳이 '관리자들의 권한 영역'이기 때문이었다.

이곳은 인과율이라는 이름 아래, 시스템의 감시와 보호가 이뤄지는 곳. 천계의 개입에 한계가 있을 수밖에 없는 장소였다. 당연히 신적인 존재인 대지모신의 위력도 그만큼 약화될 수밖에 없었다.

'겸사겸사 35층도 수월하게 클리어할 수 있을 테고.'

연우가 빠져나온 자리로, 어둠이 높게 솟구쳤다. 스테이지가 요란하게 울리면서 녀석의 의념도 강하게 풍겼다.

내. 놓. 아. 라.

하지만 연우는 가볍게 코웃음을 치면서 다시 한번 더 브레스를 뿌렸다. 비그리드의 칼날이 어둠을 그대로 잘라 버렸다.

크아아—

녀석이 좁은 구멍 사이로 모습을 드러내려는 듯 요란하게 울어 댔지만.

[신적인 존재가 스테이지에 개입하려는 것이 감지되었습니다.]

[관리자가 출현합니다.]

"이, 이건 뭐야? 무, 무서워!"

"대지모신? 미친……!"

"대체 무슨 일을 벌인 거야?"

"오효효! 우리 말썽꾸러기 ### 님께서 아무래도 이번엔 더 거창하게 사고를 치신 모양이네요. 아주 멋져요. 오효효효!"

하늘을 따라, 최고 관리자들이 속속 나타났다. 그들은 대지모신의 출연에 황당하다는 표정이 되었다.

타르타로스는 관리자들이 감시할 수 없는 신적인 영역. 그러니 그곳에서 무슨 사달이 벌어졌는지 여태껏 모르고 있었던 것이다.

하지만 이블케는 저 멀리에서 거칠게 숨을 몰아쉬는 연우를 보고, 외눈 안경을 고쳐 쓰면서 일이 대충 어떻게 된 건지 알겠다는 듯이 웃음을 터뜨렸다.

동시에 그들이 움직이기 시작했다.

[억제력이 발동됩니다.]
[존재의 개입이 차단됩니다.]
[존재의 개입이 차단됩니다.]

최고 관리자들이 빛무리로 변하면서 대지에 작렬하고, 스테이지를 구성하던 법칙이 굴러가기 시작했다. 타르타로스와 35층 스테이지를 잇는 거대 포탈이 닫히기 시작했다.

안. 된. 다.
안. 된. 다.

대지모신의 어둠이 이걸 놓으라는 듯, 발버둥 쳤지만.

"돼."

연우는 싸늘한 목소리로 여의봉을 역수로 쥐면서 그대로 마지막 남은 포탈에다 쑤셔 넣었다.

콰직!

크아아—

대지모신이 흘리는 요란한 비명 소리를 끝으로. 그대로 타르타로스와의 연결이 완전히 차단되었다.

소란스러웠던 35층이 다시 침묵에 잠겼다.

그리고.

띠링—

[모든 시련이 종료되었습니다.]
[36층으로 이동하시겠습니까?]

Stage 50.
천동(天動)

[쿄시티가르바가 강신을 종료하였습니다.]

[태산부군이 강신을 종료하였습니다.]

[아이쉬마—다이바가 강신을 종료하였습니다.]

······

털썩—

연우는 강한 탈력감을 느끼면서 바닥에 주지앉있다. 육
체를 꽉 채워 주던 영력이 다시 안쪽으로 말려 들어가고,
맹렬하게 돌아가던 드래곤 하트와 현자의 돌도 서서히 가
동이 정지되었다.

666명에 달하는 초월자들의 강신.

비록 강신이 이뤄진 건 5분 남짓에 불과한 아주 짧은 시간이었다지만. 그것이 남긴 여파는 만만치 않았다.

하늘 날개는 당분간 발동하는 게 불가능하지 않을까 싶을 정도로 쿨타임이 길어졌다.

시야가 빙글빙글 돌았다.

만약 드래곤 하트라는 만능 보구가 만들어지지 않았더라면 어떻게 되었을까.

생각만 해도 끔찍했다.

"하아, 하아, 하아."

연우는 숨을 크게 내쉴 힘도 남아 있지 않았다. 이대로 까딱했다가는 체력 방전으로 죽을 수도 있을 것 같다는 생각이 들 정도였다.

하지만 그런데도 깊이가 보이지 않을 만큼 무한한 마력을 지닌 현자의 돌은 보라색 기운을 공급하면서 어떻게든 조금씩 피로를 덜어 내는 중이었다.

그러다 어느 정도 정신이 들었을 때, 연우는 겨우 고개를 돌려 주변을 살필 수 있었다.

곳곳이 망가져 있었다.

스테이지가 맞나 싶을 정도로 대지 곳곳이 뒤집혀 형체를 알아보기 힘들었다. 하늘을 비롯한 공간 군데군데엔 신력이 짙게 배어 크고 작은 흔적들이 많이 남아 있었다.

'거칠게도 날뛰었군.'

거대 포탈을 잠그느라 정신이 없어서 미처 몰랐는데. 대지모신이 남긴 흔적은 너무 컸다.

단순히 의지를 내비친 것만으로도 스테이지가 이렇게 흔들릴 정도인데.

그렇다면 대체 대지모신의 본체가 등장한다면 어떻게 되는 걸까? 도무지 짐작이 가지 않을 정도였다.

"카인!"

그때, 일행들이 달려왔다. 칸은 연우의 이곳저곳을 살피더니 자가 회복력을 끌어 올리는 선술을 써서 도왔다. 브라함도 곧바로 신성력으로 치유 마법을 전개했다.

외상이 빠르게 아무는 것을 보면서. 연우는 칸에게 물었다.

"도일과 헤노바는?"

"도일은 여전히 자고 있어. 헤노바 님은 다행히 빅토리아가 탑 외 지역으로 미리 피신시켜서 아무 문제 없으시고."

연우는 다행이라는 듯이 고개를 끄덕였다.

"디스 플루토도 모두 무사히 탈출했다."

연우는 디스 플루토 쪽으로 시선을 돌렸다.

눈이 마주친 병사들이 새로운 주인을 맞기 위해 엉거주

춤 자리에서 일어나려 했다.

하지만 연우는 그럴 필요 없다는 듯 고개를 가로저었다. 자신이 지친 만큼, 아니, 그보다 더 지친 사람들이었다.

하루아침에 평생을 모시던 주인과 터전을 잃었으니. 마음이 많이 심란할 게 분명했다. 그들에게는 복잡한 마음을 정리할 수 있는 휴식 시간이 필요했다.

디스 플루토의 병사들은 감사하다며 목례를 취하는 것으로 인사를 대신했다.

최전성기 때에 비하면 절반의 절반도 남지 않은 초라한 전력이었지만.

그들의 두 눈은 다른 어느 때보다 활활 불타오르고 있었다.

혹시 좌절감에 허덕이면 어떡하나 걱정했었는데. 다행히 그럴 필요가 없을 것 같았다.

'그보다.'

연우는 자신의 망막에 떠오른 메시지 창으로 시선을 돌렸다.

[서든 퀘스트(엑소더스)의 첫 번째 달성 조건을 완수하였습니다.]

'왜 아직 이것밖에 인정되지 않는 거지?'

엑소더스 퀘스트의 첫 번째 달성 조건은 '디스 플루토의 신임을 살 것'.

이것이야 원래 여러 전투를 전전하면서 이미 쌓아 뒀었고, 대지모신의 마수로부터 탈출을 하면서 후왕으로서 인정도 받았기 때문에 무리가 없었다.

하지만 두 번째 달성 조건이었던 '타르타로스를 탈출할 것'이 성공했다는 메시지가 아직 떠오르질 않아 이상했다.

'뭐지? 아직 엑소더스가 끝나지 않았다는 건가?'

혹시 타르타로스에 빠뜨린 병사라도 있는 걸까? 너무나 큰 혼란 중이었으니 낙오자가 한두 명 있다고 해도 무리는 아니었다. 하지만 시스템이 그 정도를 판별하지 못할 리 없었다.

아니면. 대지모신이 어떤 다른 위협을 한다는 걸까?

'하지만 어떻게?'

연우는 관리자들이 있는 쪽으로 시선을 돌렸다.

최고 관리자들은 바쁘게 뛰어다니고 있었다. 우선 자신들의 권한으로 스테이지 미션을 일시 중단하고, 백업 데이터를 이용해서 망가진 곳들을 빠르게 수복하고 있는 중이었다.

때마침 이블케가 외눈 안경을 고쳐 쓰며 이쪽으로 다가

오고 있었다.

"오효효효! ### 님, 23층에 이어서 벌써 두 번째시군요. 그러고 보니 11층에서도 오래 계시면서 꽤 큰 활약상을 보이셨었지요? 아무래도 10층 단위로 스테이지를 격파하는 게 취미이신가 봅니다."

외눈 안경 너머로, 옆으로 쭉 찢어진 눈이 호선을 그렸다.

"다음에 이렇게 부술 때는 미리 언질이라도 주시지요. 그래야 저희도 미리 마음을 먹고 있지 않겠습니까, 오효오효!"

자신이 그러고 싶어서 그랬겠냐마는. 연우는 쓰게 웃으면서 고개를 끄덕였다.

"……다음부터는 그러도록 하지."

"오효효. 좋습니다, 그런 마인드. 역시 ### 님은 이런 쪽으로 말씀이 아주 잘 통해서 좋단 말이지요. 그리고."

이블케의 눈이 좁아졌다.

"이번 일에 대해 참고인 조사가 필요할 듯해서 말이죠. 저흴 따라가 주실 수 있겠습니까?"

관리자들은 모든 층계를 면밀히 감시하면서 관리를 한다. 하지만 그들의 시선이 닿지 않는 영역도 많았다.

초월자들과 관리자들 사이에는 플레이어들이 모르는, 여러 가지 규약이 있는 것으로 보였다.

최소한 내가 여러 번 관찰했을 때에는, 초월자들은 관리자들에게, 관리자들은 초월자들에게 서로 관심을 두기 싫어하는 분위기였다.

98층의 천계나, 끝자리 0번대 층계에 숨겨진 히든 스테이지들이 보통 그런 경우였다.

타르타로스도 마찬가지. 하데스의 설정에 의해, 관리자들은 타르타로스에서 무슨 일이 벌어졌는지를 확인할 수가 없었다.

그러다 이번 사태가 터지고 말았다. 당연히 그들로서도 어떻게 된 일인지 정확한 진상 조사를 필요로 할 수밖에.

그리고 이번엔 연우도 초월자라고 하면 경기를 일으킬 정도로 꺼려 하는 관리자들을 이용한 것이었기 때문에, 그 정도는 협조할 생각이었다.

돕지 않으면 추후에 어떤 불이익이 따를지도 모르는 일이고.

결론을 내린 듯한 연우의 모습을 가만히 지켜보던 이블케는 어느새 자신을 둘러싼 날카로운 시선들을 느낄 수 있었다.

어느새 디스 플루토가 전부 일어서서 이블케의 주변을 에워싸고 있었던 것이다. 여전히 피가 마르지 않은 창날이 그에게로 향했다. 살벌한 기세가 흘렀다.

하지만 이블케는 그런 살벌한 기세를 맞고도 아무렇지 않은지, 가볍게 외눈 안경을 고쳐 쓰면서 병사들을 둘러봤다.

"으음? 이건 또 무슨 시추에이션인가요? 제가 명계의 분들께 밉보일 짓이라도 하였나요? 이래 봬도 공손함을 빼면 시체라고 생각하면서 살아온 몸입니다만. 흐음!"

"허락 없이, 우리의 왕을 함부로 데려가지 못한다."

"우리의 왕?"

이블케는 고개를 갸웃거리다가, 뭔가를 깨닫고 곧 피식 웃음을 터뜨렸다.

"그렇지 않아도 명계의 왕이 바뀌었다고 갑자기 시스템 공지가 떠서 저희도 뭔가 싶었었는데…… 그 대상이, 아차. 말을 해서는 안 되는 비밀이었군요. 흠! 하여간 흥미로워요!"

이블케도 이번 디스 플루토의 엑소더스 이벤트가 명계의 왕좌와 어떤 관련이 있을 거라고 예상은 했지만, 설마 연우가 그 주인공이라고는 생각하기 힘들었던지 가볍게 웃음을 터뜨렸다.

플레이어가 명계의 왕좌를 물려받을 거라고는 상상도 할 수 없었으니까. 아무리 연우라고 해도, 이블케의 상식선에서는 도저히 있을 수 없었던 파격적인 사건이었다.

그제야 디스 플루토들도 자신들이 무슨 실수를 저지른 건가 싶어 슬쩍 연우를 쳐다봤다.

연우는 가면 속에서 쓰게 웃었지만, 겉으로는 태연한 척 굴면서 이블케에게 말했다.

"조사는 돕도록 하지. 대신에."

"이렇게 해 달라는 것이지요?"

이블케는 입에 지퍼를 잠그는 시늉을 했다.

연우가 고개를 끄덕이자, 이블케는 익살맞게 웃었다.

"오효효! 그 정도야 걱정하지 않으셔도 됩니다. 다른 관리자들께도 똑같이 해 드리지요."

이런 재미난 것을 다른 사람에게 굳이 알려 줄 필요는 없잖습니까. 이블케는 굳이 뒷말을 덧붙이지 않았다. 그에게 연우는 언제나 따분하고 지루하던 일상에 내리는 단비 같은 존재였다.

"다만, 친애하는 ### 님의 벗이자, 최고 관리자로서 한 가지 조언을 드리자면."

순간, 외눈 안경 속 이블케의 눈이 번들거렸다.

"저토록 많은 명계의 병사들이 이곳, 플레이어들의 영역인 스테이지에 들어온 것은 영역 침범이라고도 할 수 있는 행위랍니다. 대지모신에게 그랬던 것처럼, 저쪽에도 똑같이 억제력이 발생할 수 있으니, 미리 주의하시는 게 좋으실 듯합니다만."

디스 플루토에는 비록 하급이기는 해도 신격에 달하는 존재들이 더러 있었다.

기간토마키아에서 약자로 분류되어서 그렇지, 면면을 따진다면 일반 플레이어들은 어떻게 범접할 수 없는 힘을 가진 자들.

그런 이들이 수백이나 뭉쳐 있으니, 스테이지의 밸런스를 깨기 충분한 전력이라 할 수 있었다.

그러니 스테이지를 최우선시하는 시스템으로서, 디스 플루토를 이레귤러로 처리할 수도 있었다.

그리고 실제로 그런 기미도 조금씩 보이기 시작했다.

타르타로스의 환경에 익숙한 디스 플루토는 새롭게 바뀐 스테이지의 공기가 맞지 않는 듯, 안색이 하나같이 창백했다. 그들이 가진 힘이 조금씩 제어되고 있다는 뜻이었다.

지금 당장은 작은 제지로 끝날지 모르지만, 여차하면 억제력이 발동할 수도 있는 것이다.

하지만 연우는 크게 걱정하지 않았다.

퀘스트의 세 번째 달성 조건이었던 '새로운 거류지와 베이스캠프 설치'는 이미 생각해 둔 바가 따로 있었다.

'부의 던전이라면, 충분할 테지.'

레드 드래곤의 인트레니안을 여러 개 이어 붙여 만든 던전은 이제 거의 완공을 바라보고 있었다.

디스 플루토를 충분히 수용할 수 있는 크기였다. 환경 설정을 타르타로스 쪽으로 맞춘다면 새로운 거류지로서는 최적의 장소인 셈이었다.

여기라면 시스템도 크게 손을 대지 않을 것이다.

디스 플루토를 꺼내 스테이지 공략을 시도한다면 이레귤러로 간주, 억제력이 작동할 테지만, 단순히 수용만 한다면 이야기는 다르다.

그러다 나중에 탈각을 이루고, 왕좌에 제대로 앉았을 때 그들을 꺼내면 될 일이었다.

하지만.

이블케는 연우의 그런 생각을 이미 짐작하고 있다는 듯, 검지를 좌우로 까닥거렸다.

"제 말은 그 뜻이 아니랍니다. 시스템의 맹점이야 ### 님이 어련히 알아서 하실까요. 하지만 이 탑에서는 억제력이란 것이 단순히 시스템에만 국한된 게 아니라서 문제이지요."

"……?"

연우는 이블케의 말뜻을 이해하지 못해 눈을 가늘게 좁혔다. 시스템 외에 다른 억제력이 존재한다고? 그런 말은 들어 본 적도 없었다.

정우에게 의념을 보내 의견을 물었지만.

『몰라, 나도. 그런 게 있다는 말은 들어 본 적이 없는데.』

역시나 모른다는 대답만 돌아왔다.

그래서 그게 무슨 뜻이냐며 물으려는데.

쿠르릉, 쿠릉—

갑자기 고요했던 하늘이 크게 용틀임하기 시작했다.

복원을 진행하던 최고 관리자들이 하나같이 작업을 중단하고, 인상을 찡그리면서 고개를 위로 들었다.

디스 플루토를 비롯한 일행들도 뭔가 심상치 않은 분위기를 느끼고 창과 방패를 세게 움켜쥐면서 위쪽을 올려다봤다.

하늘이…… 뒤틀리고 있었다.

공간이 이리저리 구겨지는 현상은 어떻게 말로 형용하기 힘들 정도로 기이한 느낌을 주었다. 두렵기도 하고, 경이롭기도 했다. 어디가 왼쪽이고 어디가 오른쪽인지 방향 구분도 가지 않을 정도였다.

그러다 찌거걱 하고 하늘이 갈라지면서, 거대한 균열 사이로 여러 색채를 자랑하는 오로라가 새어 나와 허공을 가득 물들이고, 그 사이로 짙은 안개가 잔뜩 뭉쳤다.

"……!"

좌르륵, 좌륵—

그 모습을 보면서. 연우는 소름이 돋고 말았다. 용체 각성을 시도하지 않았는데도 불구하고, 피부가 저절로 뒤집히면서 용의 비늘이 올라왔다. 비늘은 다른 어느 때보다 빳빳하게 일어나 있었다. 그만큼 바짝 긴장했다는 뜻이었다.

저 끝을 모르는 존재에 의해.

대지모신이 직접 현신을 시도한다면 저러할까.

아니, 어쩌면 그보다 더할지도 몰랐다.

어마어마한 존재감이 부서진 하늘을 따라 내려오고 있었다. 최고 관리자들이 설정한 억제력을 억지로 밀어내면서 모습을 드러낸 그것은 스테이지를 능가하는 압박감을 내포하고 있었다.

"저게, 대체……?"

디스 플루토도 바짝 긴장할 정도였다. 여태 여러 차례 티폰도 상대했던 그들이었지만, 저건 그딴 것과 비교할 만한 게 아니었다.

하늘이 움직인다는 표현이 어울릴 것 같았다.

그리고 그것은.

연우가 난생처음 보는 것이면서도, 낯이 익은 현상이었다.

정우가 어느새 연우 옆에 영체를 드러내며 착잡한 목소리로 중얼거렸다.

『……올포원.』

지난 수천 년 동안 수많은 플레이어들의 장벽이 되었고, 초월자들에게는 증오의 대상이, 관리자들에게는 예외의 대상이었던 존재가.

이곳에 강림하려 하고 있었다.

올포원.

수많은 존재들에게 있어 장벽이자 거대한 산으로 군림하던 자.

탑이 탄생한 이래 최강에 손꼽힐 만하다고 평가받으며, 외뿔부족에서도 최고 왕이라 불리는 무왕마저도 결국 넘지 못했던 자.

그가 발산하고 있는 압박감은…… 실로 어마어마했다.

어떻게 저런 존재가 '신'이 아닐까 의문이 들 정도로.

[쿄시티가르바가 포효를 내지릅니다.]

[헬이 날개를 쭈뼛 세우면서 단단히 경계를 합니다.]

[할파스가 고요한 시선으로 상대를 노려봅니다.]

......

[비마질다라가 입을 꽉 다뭅니다.]

[케르눈노스가 격한 발걸음으로 자리에서 일어납니다.]

[다수의 신들이 노여움에 찬 시선으로 당신이 보고 있는 광경을 지켜봅니다.]

[다수의 악마들이 경계 어린 모습으로 사태를 관망합니다.]

연우와 채널링으로 연결된 신과 악마들의 반응도 실시간으로 변화하고 있었다.

하지만 그들의 다양한 반응들은 하나같이 공동된 감정을 담고 있었다.

분노.

올포원에 대한 강한 적개심이었다.

그동안 올포원이 얼마나 많은 신과 악마들에게 좌절을 주었는지를 알 수 있는 대목이기도 했다.

올포원의 진짜 목적은 아무도 알지 못한다. 그저 알려진 거라고는 아주 오랜 시간 동안 77층에 틀어박혀 하늘과 땅을 가르고 있다는 것뿐.

플레이어들은 위로 올라가지 못하게 막고, 신과 악마들은 아래로 손길을 뻗지 못하게 막았다.

절지천통.

언젠가 하데스는 지나가는 식으로 그렇게 말했었다. 올포원이 있어서 천계와 하계가 구분되었고, 신과 악마들은 그것을 두고 그렇게 부른다고.

올포원은 초월자와 필멸자 간에 영역을 확실하게 구분해 두기를 갈망한다는 말도 했었다.

만약 올포원의 감시를 피해서 초월자가 스테이지에 개입을 하면 곧바로 제재를 가하고, 반대로 필멸자가 초월자의 영역에 들어서면 바로 내쫓는다고.

타르타로스는 조금 애매한 위치라서 관망하고만 있을 뿐, 그래도 만약 디스 플루토가 스테이지에 개입을 하려 한다면 즉각 나설 것이라는 말도 했었다.

그런 올포원의 행동은, 신과 악마들이 봤을 때 플레이어라기보다는 관리자에 가깝기도 했다.

아니, 정확하게는 '시스템의 의지'에 가깝다고 해야 할까.

마치 시스템이 의지를 갖고 살아 움직인다면, 딱 올포원이 하는 행동에 가깝지 않을까 하는 의견을 내비쳤었다.

그래서 신과 악마들은 영원한 증오의 대상을 두고, 이렇게 평가를 했다.

'탑의 사도.'

그런 존재가, 입을 열었다.

『난데없이 천기가 흐트러지려는 기색이 있어 대체 무슨 일인가 하였더니. 새로운 명계의 왕이라. 이걸 두고 축하를 해야 할지, 경계를 해야 할지, 어떻게 해야 할지 감도 잡히질 않는군. 이런 경우는 처음이라 나로서도 난감해, 아주.』

연우가 올포원에게 받은 인상은 '강렬하다'거나, '위압적이다'는 것과는 달랐다.

'울려, 너무. 여러 사람이 있는 것처럼……'

수만 명에 달하는 군중이 한데 뭉쳐서 동시에 같은 목소리를 내면 저렇지 않을까.

너무 많은 목소리들이 섞여 있었다. 그리고 실제로 안개 너머에 미약하게 감지되는 기운도 한두 개가 아니었다. 서로 다른 기질을 가진 수많은 기운들이 한데 뒤섞여 하나의 형태로 발현되고 있었다.

올포원은 정말 한 명인 걸까? 그런 의문이 들 정도였다.

하지만 스테이지를 가득 채운 저 거대한 존재는 하나된 의지만을 발산하면서 말을 이어 나가고 있었다.

『거기다 명계의 병사들까지. 스테이지를 넘어오다 못해 이렇게 난리까지 쳐 두었으니. 이리되면 명백한 맹약의 위반인데. 그것을 몰랐던가?』

올포원으로 '추정'되는 거대한 안개는 가만히 하늘에 맺혀 있는데도 불구하고.

디스 플루토는 일제히 허리를 쭈뼛 세우면서 경계 태세를 갖추었다. 거대한 시선이 자신들을 가만히 지켜보고 있는 듯한 느낌을 받았다. 맹수가 겁 없이 자신의 영역을 침범한 하룻강아지들을 어떻게 처리할까 고민하는 듯한 인상이었다.

하룻강아지라니!

그래도 그들은 타르타로스를 지키던 정예병이었다. 군단장 급 인사들은 하급이긴 해도 신격을 지니고 있기도 했다.

하지만 올포원의 거대한 시선 앞에서는 그런 것들이 아무렇지 않게 여겨질 정도였다.

그들은 마른침을 삼켰다.

맹약. 그게 무엇인지 모를 리가 없었다.

자세한 내용은 모르지만, 언젠가 하데스에게 듣기로 천계와 올포원 간에 맺어진 규약이라고 했다. 절대 서로의 영역에 필요 이상으로 개입하지 말 것이며, 그랬을 시에는 무력적인 제재가 가해져도 절대 반발하지 않겠다는 내용이 담긴.

올포원이 이것을 두고 따진다면 불리해지는 건, 디스 플루토였다.

가뜩이나 스테이지로 올라온 뒤로, 이질적인 공기 때문에 육체가 좀처럼 뜻대로 따르지 않는 느낌을 강하게 받고 있는 판국에.

올포원이 따로 제재를 가하려 한다면, 절대 전멸을 피할 수 없었다.

그리고 그런 전반적인 사정은 연우도 파악하고 있었다.

왕좌를 받고 난 뒤로, 하데스의 지식 중 상당수가 그에게도 전달된 상태였으니까. 그 안에는 맹약에 대한 내용도 담겨 있었다.

'제길.'

대지모신과 티탄―기가스의 추격을 뿌리치고 겨우 한숨을 돌릴 수 있나 싶었더니.

산 넘어 산이라고, 너무 큰 화산을 만난 셈이었다.

'어떻게든 설득을 해야 해.'

그래도 다행인 건, 자기 욕심만 남은 대지모신과 다르게 올포원은 얼마든지 설득과 협상이 가능한 존재란 점이었다. 맹약에 대한 내용도 어떻게든 협조를 구해야만 했다.

싸울 상대가, 절대 아니었다.

그럼 대체 어떻게 말해야 디스 플루토를 남길 수 있을까.

평소에는 그렇게 잘 굴러가던 머리가 오늘따라 유독 돌아가지 않았다. 계속된 전투와 긴장으로 너무 피로해서 정신이 의지를 따라가지 못하고 있었다.

그때.

『올포원, 저를 기억하십니까?』

정우가 하늘에 시선을 고정하며 천천히 앞으로 나섰다. 연우가 놀라서 그를 제지하려 했지만, 정우는 되레 손을 뻗어 괜찮다며 그를 만류했다.

곧 올포원에게서 기분 좋은 웃음소리가 나왔다.

『어긋났던 운과 짧았던 명이라 해도, 결국 주천(周天)을 따라 계속 돌고 돌더니. 결국 하나의 상(像)을 그려 내고 말았구나.』

"……."

연우는 어쩐지 올포원의 목소리가 정우가 아닌 자신에게 향한 것 같다는 인상을 받았다.

그려 낸 상.

그는 뭔가를 보고 만 걸까?

『그래. 오랜만에 보는구나. 그때의 그 아이야.』

하지만 올포원 더 이상 거기에 대해 이야기를 나눌 생각이 없는 듯, 정우를 보면서 말했다.

정우는 무겁게 고개를 끄덕였다.

『그때 해 주셨던 말씀 덕분에, 감사하게도 이렇게 있을 수 있게 되었습니다.』

『내가 한 게 무엇이 있을까. 너의 소망이 그만큼 간절하였기에 숙운이 모양을 잡은 것일 뿐일진대.』

연우는 정우와 올포원의 대화에서 한 가지 사실을 깨달을 수 있었다.

오만의 돌에 일기장을 설치할 생각을 하게 된 건, 아무래도 올포원과의 대화에서 아이디어를 얻은 것 같았다.

『그래도 감사하다는 말씀은 꼭 전해 드리고 싶었습니다.』

『그렇게 말을 해 주니 고맙구나. 이러니저러니 해도 건강해 보여, 아주 다행이다.』

옛이야기를 시작으로, 분위기는 의외로 좋게 돌아가는 듯했다.

정우도 조금 밝아진 안색으로 말을 이었다.

『그럼……!』

하지만.

『불가.』

돌아온 대답은 싸늘했다.

『너를 도와준 사람들이다, 그렇게 말하고 싶은 거겠지. 상황이 어쩔 수 없었노라고 덧붙일 테고. 그들이 하계를 어지럽히지 않도록 조용히 지내게 하겠다고도 말하려 했겠지.』

『……!』

정우는 자신이 하려던 말이 모두 끊기자 입을 꾹 다물고 말았다. 올포원의 말투는 여전히 다정했지만, 내용은 칼처럼 날카로웠다.

『하지만 예외는 없으니.』

연우와 정우는 심장이 꽉 조이는 듯한 느낌을 받았다.

『한번 눈을 감아 주기 시작하면 그 뒤에도 계속 눈을 감아 달라 말할 경우가 많아지기 때문이다.』

그 말이 시작이었다.

채채챙!

디스 플루토는 일제히 자리에서 일어나 병장기를 들었다. 방패를 앞에 세우고, 창을 높이 들었다. 올포원의 압박을 밀어내려는 듯, 짙은 투기가 전장을 가득 채우기 시작했다.

「어째, 쉽게 쉽게 가는 게 하나도 없는 건지. 이것도 다 우리 인성왕 주인님이 만들어 낸 업보려나.」

샤논은 혀를 차면서 소드 브레이커를 뽑아 땅을 강하게 박찼다.

쾅!

쐐애액─

샤논은 빛살이 되어 하늘로 날아오르면서 곧장 자신의 시그니처 스킬이 된 볼케이노를 터뜨렸다. 붉은 불길이 사방팔방으로 퍼져 나가는 가운데, 그를 엄호하기 위해서 한령과 레베카도 지원 사격을 시작했다.

허공을 따라, 거대한 눈이 활짝 열렸다. 부의 의지에 따라 수많은 마방진이 설치되면서 마법 포격이 일제히 올포원을 때리고, 뒤따라 칸과 갈리어드도 일제히 공세를 가했다.

콰르르릉, 콰르릉─

콰콰콰─

올포원이 흩뿌린 안개를 따라 크고 작은 폭발들이 반점처럼 무수히 번져 나갔다.

이미 하이 랭커 급에 다다른 샤논이었고, 그를 돕는 이들도 전부 실력자였다.

올포원을 막을 수는 없어도, 최소한 다치게는 할 수 있으리라고 생각했다.

하지만.

콰르르—

잿빛 안개를 따라 짙게 깔렸던 오로라가 크게 들썩거린다 싶더니, 무언가가 힘없이 추락하기 시작했다.

「샤논!」

한령은 추락하는 것의 정체를 깨닫고 다급하게 그쪽으로 달려가기 시작했다.

대체 무슨 일이 있었던 건지, 방금 전까지만 해도 생생하던 샤논은 크게 다쳐서 형체가 깨지려 하고 있었다. 그의 모습이 점점 옅어졌다. 존재가 사멸 직전까지 다다랐단 뜻이었다.

디스 플루토들의 인상이 딱딱하게 굳었다. 그들은 연우의 권속이 얼마나 강한지 여태껏 옆에서 지켜보면서 너무 잘 알고 있었다. 그런데 어떻게 손을 쓰지도 못하고 저렇게 쉽게 당했다고? 위험해도 너무 위험했다.

심지어 샤논이 올포원에게 남긴 흔적은 별달리 보이지도 않았다.

칸을 비롯한 이들도 같은 생각이었다. 이대로 있다가는 자칫 올포원에게 당할지도 모른다는 생각에 전력을 다해 시그니처 스킬을 전개하기 시작했다.

"참(斬)!"

"전면 가동……!"

칸이 휘두른 블러드 소드를 따라 공간이 쩌거걱 갈라지면서 수많은 붉은 궤적이 하늘로 쏘아졌다. 선술을 최고조로 끌어 올린 기예였다.

갈리어드는 브라함의 도움을 받아 활대를 쉴 새 없이 움직여 댔고, 크로이츠는 성검 줄피카르의 성력을 최고조로 끌어 올려 일행들에게 막대한 버프 효과를 실어 넣었다.

디스 플루토도 일제히 격을 해방시켰다. 투기가 소용돌이가 되면서 스테이지를 한껏 위협했다.

가뜩이나 대지모신의 개입으로 엉망이 되었다가 겨우 복구되기 시작하던 스테이지는 많은 신격들의 난동으로 인해, 다시 난장판이 되고 말았다.

"아아악! 이걸 또 언제 다 정리하라고!"

최고 관리자들은 또 할 일이 엄청 늘었다는 생각에 머리를 쥐어 싸매면서 비명을 질러 댔다.

루피 같은 관리자들은 플레이어들이 휘말리지 않도록 재빨리 관리 권한으로 그들을 아래 층계로 이동시키려 했지만, 무슨 일인지 시스템은 똑같은 메시지를 계속 띠우면서 먹통이 되고 있었다.

[Error]

[Error]

"대체 이게 무슨……!"

"오효효! 꼭 무왕이 난리를 칠 때를 보고 있는 것 같군요. 참 개판이에요. 오효! 오효!"

"지금 웃을 때냐고, 이 망할 고블린아! 좀 어떻게 해 봐!"

이블케의 웃음소리와 다른 관리자들의 경악이 퍼져 가는 가운데.

번— 쩍!

다시 한번 더 오로라가 출렁거렸다. 아주 잠깐 눈이 멀 정도로 거대한 빛무리가 스테이지를 한가득 물들였다.

그리고 다시 눈을 떴을 때.

올포원에게 도전하던 모든 존재들이 피를 토하면서 바닥에 주저앉아 있었다. 방금 전까지 살벌하던 투기는 어디에도 없었다.

"젠…… 장. 이게 대체 무슨……!"

칸은 심장을 부여잡으면서 올포원을 노려봤다. 대체 무슨 일이 벌어진 건지, 그도 도저히 짐작할 수가 없었다.

느낀 거라고는 빛이 번쩍인다 싶을 때, 갑자기 마력이 거짓말처럼 정지해서 스킬이 불발되었고, 그 반발력으로 육체가 크게 망가졌다는 것뿐.

대기를 타고 흘러야 할 마나 스트림도 거짓말처럼 멈춰 있었다. 시스템 메시지도 정지. 상식적으로 도저히 있을 수 없는 일들의 연속이었다.

마치…… 올포원이 지정한 대로, 시스템이 거기에 맞춰서 움직이는 것처럼 보였다.

하지만 올포원은 당연하다는 듯, 여전히 하늘에 맺힌 그대로였다. 모습도 제대로 내비치지 않은 채, 77층에서 의지만 이쪽으로 투영 중이었다.

『그리고 사실 깊게 따지자면, 명계의 왕좌도 이곳에서는 절대 있어서는 안 되는 것. 칠흑의 파편까지는…… 그런대로 묵고할 수 있으나, 그 이상은 용납지 아니한다.』

올포원의 시선이 자연스레 연우에게로 향했다.

연우는 이를 악물었다. 자신도 같이 싸울 수 있다면 좋을 텐데. 도저히 몸이 따라 주질 않았다. 대지모신과의 싸움에서 기력을 전부 소진한 까닭이었다.

그래서 억지로 권능에 기대어 볼까 했지만.

　　[권능, '5차 용체 각성'이 불발되었습니다.]
　　[권능, '5차 용체 각성'이 불발되었습니다.]
　　……

계속 실패하고 말았다.

그뿐만이 아니었다.

　　[네르갈과의 연결 상태가 불안정합니다. 권능, '호구별성'이 중단됩니다.]

　　[이랑진군과의 연결 상태가 불안정합니다. 권능, '교룡살'이 중단됩니다.]

　　[아가레스와의 연결 상태가 불안정합니다. 권능, '흉신악살'이 중단됩니다.]

　　[아가레스에게서 메시지가 도착했습니다.]

　　[메시지: 올포원, 이 새끼 또 무슨……!]

　　[원인을 알 수 없는 오류로 메시지 수신이 실패하였습니다.]

　　[아가레스에게서 메시지가 도착했습니다.]

　　[메시지: 내 말 끊지 말……!]

　　[원인을 알 수 없는 오류로 메시지 수신이 실패하였습니다.]

언제나 자신을 둘러싸던 채널링이 열어지거나 끊어져 있었다.

하늘 날개는 여러 신과 악마들의 권능을 묶어 둔 것. 당연히 채널링이 끊어졌다면 전개하는 것도 불가능했다.

『그러니 본래대로 바로잡아야겠다.』

그런 상황에서, 올포원이 다시 나섰다. 연우가 물려받은 명계의 왕좌가 스테이지의 생태계에 위협적이라고 판단, 강탈하기 위해서 움직인 것이다.

다시 한번 더 빛이 번쩍였다.

그 순간, 연우는 거대한 손길이 자신을 덮어 오는 듯한 느낌을 받았다. 어떻게 저항을 할 새도 없었다. 한껏 느려진 세상 속에서 의식만 또렷할 뿐이었다. 어떻게든 저항하려 해도, 몸이 따라 주질 못했다.

이렇게 힘없이 뺏겨야 하는 걸까? 그런 생각이 든 순간.

『하여간 내가 없으면 뭘 아무것도 못 해요.』

연우 앞으로 정우가 불쑥 나타났다. 은색으로 빛나는 갑주와 새하얗게 빛나는 하늘 날개를 활짝 펼치고서. 연우를 슬쩍 돌아보며 웃고 있었다.

연우는 눈을 크게 뜨며 그러지 말라고 소리치고 싶었다. 위험하다고. 아직 불안정한 상태로 나서면 안 된다고 말하고 싶었지만, 의식과 다르게 좀처럼 육성이 나오질 않았다.

『가자, 미리내.』

『네메시스라는 이름보다, 지금은 그 이름이 훨씬 나은 듯하군.』

정우는 지면을 거세게 박차며 올포원에게로 날아들었다. 그 뒤로 네메시스가 흉포한 이를 훤히 드러내면서 뒤따랐다.

오래전.

탑을 들썩이게 만들었던 헤븐윙의 재림이었다.

＊　　　＊　　　＊

'내가 할 수 있는 게 없을까?'

회중시계에 있는 내내. 정우는 계속 스스로에게 똑같은 질문을 던졌다.

타르타로스에 변란이 발생하고. 하데스가 눈을 감고. 대지모신이 쫓아오고. 스테이지로 탈출을 하는 동안.

그는 형에게 이렇다 할 도움이 되지 못했단 사실이 계속 마음에 걸리기만 했다.

무엇이라도 하고 싶은데. 영혼밖에 없는 몸으로는 한계가 있기 마련이었다.

그리고 올포원까지 등장한 지금. 그는 다른 어느 때보다도 강하게 무력감을 느끼고 있었다.

오래전에, 눈을 감기 전에 느꼈던 그 기분. 수없이 반복했던 특전에서 몇 번씩이고 느꼈던 그 감정이었다.

다시는 겪고 싶지 않았던, 그런 느낌이건만.

어째서 다시 이런 더러운 기분을 느껴야 하는 건지.

결국 난 끝까지 형에게 도움이 되지 못하는 건가, 그렇게 자책을 하고 있을 때.

　—어긋났던 운과 짧았던 명이라 해도. 결국 주천
　(周天)을 따라 계속 돌고 돌더니. 결국 하나의 상(像)
　을 그려 내고 말았구나.

올포원이 툭 하고 내뱉은 말이 귓가를 파고들었다.

그 순간, 정우는 자신도 모르게 눈을 크게 뜨고 말았다.

그건 스스로도 모르던 자신의 상태를 정확하게 꿰뚫어 본 말이었다. 여태 '혹시나' 했던 것이 '진짜'가 되어 버린 순간이라 충격이 크긴 했지만.

그보다 이 위기를 뒤집을 수 있는 타개책의 힌트를 얻었다는 사실이 기뻤다.

'해 보자.'

그래서 정우는 빠르게 머릿속으로 계획을 정리하기 시작했다.

그리고.

'미리내.'

오랜 친구에게 도움을 요청했다.

다행히 친구는 흔쾌히 고개를 끄덕였다.

『전 주인, 네가 가려는 곳이라면 어디든지.』

'고마워.'

『그런 말 하지 마라.』

네메시스는 가볍게 코웃음을 치면서 말을 이었다.

『친구 사이에는 고맙다는 말을 하는 게 아니니.』

그 말이 너무 고마워서, 정우는 씩 웃고 말았다.

'예나 지금이나 손발이 오그라들 것 같은 그 중2 감성은 여전하구나?'

『……서두르도록 하지.』

그렇게 멀어지는 네메시스를 보면서.

정우는 다시 검을 쥘 수 있었다.

*　　　　*　　　　*

"차정우—!!"

저 뒤에서 형의 목소리가 들렸지만. 그 목소리는 어느새 저만치 멀리 사라지고 없었다.

피식—

정우는 자기도 모르게 웃고 말았다. 하여간 예나 지금이나 걱정 하나는 너무 많단 말이야. 누가 죽으러 가는 것도 아니고.

"이미 죽었는데 또 어떻게 죽겠어? 안 그래, 미리내?"

정우의 뒤를 따르던 네메시스는 어느새 검은색 비늘을 벗고 황금색으로 빛나는 환룡으로 변해 있었다.

네메시스는 꿈과 공허 속에서 살아가는 존재. 외양은 쉽게 변경할 수 있었다. 그래서 지금은 옛 모습을 유지하고자 했다. 전생인 미리내일 때로. 일종의 의식이었다.

그리고. 실제로 정우와 네메시스는 과거로 돌아온 듯한 느낌을 받고 있었다.

5년 전. 탑의 세계라는 거대한 적을 맞닥뜨렸을 때.

그들은 세상에 유일하게 남은 아군이었다. 서로를 이해할 수 있는 마지막 남은 존재이기도 했다. 그러니 별다른 대화를 나누지 않아도, 그들은 서로 눈빛만 봐도 속내를 알 수 있었다.

물론, 둘의 대화 패턴도 예전과 다를 게 없었다.

『전 주인.』

"왜?"

『유치하다.』

"……."

『좀 더 분발하도록.』

정우는 어이가 없다는 표정으로 네메시스를 보다가 고개를 절레절레 흔들었다. 네메시스가 가볍게 웃음을 흘리는 소리가 들렸다.

그리고.

"미안해. 이런 위험한 일에 같이 말려들게 해서."

정우는 이미 '죽음'을 한번 겪어 보고도, 또 죽을지도 모르는 길로 걸어가는 네메시스에게 진심으로 미안했다. 두 번의 경험 모두 자신으로 인해 벌어진 일이었으니까.

하지만.

『허튼소리 마라. 이건 내가 하고 싶어서 하는 거니까. 아무리 너희 형제들에게 내가 '주인'이라고 말하고 있어도, 난 나의 자유의사를 가장 중요시한다. 그리고 이건 내 선택이다.』

네메시스는 정색을 하면서 정우의 사과를 묵살했다.

『오랫동안 전 주인, 널 기다렸다. 그리고 다시 만났고, 이렇게 함께할 수 있었지. 그 뒤도 내가 선택한 것이니, 그런 말을 하는 것은 나에 대한 모욕이나 다름없다.』

정우는 빤히 네메시스를 바라봤다.

"미리내."

『흥. 감동 같은 건 받을 필요 없…….』

"그 중2 중2 한 감성 좀 어떻게 안 되냐?"

『…….』

"풉."

『전 주인.』

"왜?"

『그 머리통 좀 물어뜯어도 되나?』

"기각. 아직 할 게 좀 많아서."

정우는 피식 웃으면서 몸을 반대로 돌렸다.

"알았어. 하여간 이제."

『시작하지.』

네메시스는 커다란 머리를 크게 주억거리면서 서서히 허공 속으로 녹아들었다. 공간이 갈라지고 검은 먹물 같은 것이 번지며, 공허가 내려앉기 시작했다.

[꿈꾸는 미몽]

정우를 둘러싼 세계가 조금씩 변질되면서 몽상 세계와 현실 세계 간에 중첩이 이뤄졌다.

이것으로 현실에 어느 정도 간섭을 하는 게 가능해졌다. 브라함이 심상 세계를 연구하면서 그들에게 가르쳐 준 결계를 바탕으로 구축한 힘이었다.

그리고 그 순간, 한껏 느려졌던 세상이 다시 제자리로 돌아왔다.

정우는 거대한 손 같은 것이 덮쳐 온다는 느낌을 받았다. 원래대로라면 연우를 덮쳐 명계의 왕좌를 강탈했을 올포원의 손길이었지만.

정우는 그 앞을 가로막으면서 드래곤 슬레이어를 뽑아 횡으로 크게 휘둘렀다.

새하얀 칼날이 시린 빛을 터뜨렸다. 검 끝에서 시작된 빛의 기둥은 단번에 공간을 자르면서 올포원의 손길도 날려 버렸다.

콰아앙—

〈빛의 파도〉. 한때 헤븐윙을 상징하던 시그니처 스킬이 잔뜩 번져 나가면서 하늘을 가득 물들이고, 올포원이 뿌리던 오로라까지 밀어냈다.

잔뜩 뻗어 나간 뇌전은 거기서 그치지 않고, 계속 그물망처럼 번져 가면서 올포원을 이루던 안개를 몇 번이고 흔들어 놓았다.

콰콰쾅, 콰르릉, 콰르르—

쿠쿠쿠쿵!

세상이 이대로 무너지는 게 아닐까 싶을 정도로 거세게 이어지는 잔여 파장.

여태껏 아무도 올포원을 감당하지 못했던 것을 감안하면, 실로 대단한 일격이었다. 처음으로 그의 공세를 막아내고 반격까지 가하는 데 성공한 것이다.

랭킹 6위의 하이 랭커, 헤븐윙.

그가 옛날의 모습으로 돌아오는 데 성공한 것이다.

삐그덕—

하지만 아직 회복이 덜 된 탓일까.

정우는 몸 안쪽에서 들린 소리에 머리를 옆으로 젖히면서 팔을 크게 돌렸다. 아주 잠깐이지만, 그의 형체를 이루고 있던 영력이 살짝 흐트러졌다가 원상 복구되었다.

"간만에 칼 좀 쓰려니까, 왜 이렇게 힘 조절이 잘 안 되니."

『너무 무리하는 건 아닌가?』

"괜찮아. 괜찮아. 여태껏 푹 자고, 쉬고 했다고. 그리고 사람이 양심이 있으면 오늘은 밥값 좀 해야지. 언제까지 동네 백수처럼 형한테 기생해서 살 수는 없잖아?"

정우는 익살맞게 웃는 얼굴로 말하면서도 두 눈만은 예리하게 올포원에게 단단히 고정시켜 두고 있었다.

쿠르르릉—

빛의 파도는 계속 올포원을 둘러싸던 오로라를 밀어내고 있었다. 비록 밀려난 자리를 다시 잿빛 안개가 채웠지만.

아주 잠깐. 정우는 그 너머에 있는 흐릿한 뭔가를 볼 수 있었다.

그건 분명히 핵이었다.

올포원의 본체가 있을 게 분명한.

위치를 특정했다면, 더 이상 지체할 필요가 없었다.

정우는 하늘 날개를 어느 때보다 크게 활짝 펼치면서 회중시계 속에서 수없이 메모라이즈해 뒀던 마법들을 일제히 개방했다.

〈무차별 난사〉. 그를 중심으로 수많은 마방진이 하늘을 빼곡하게 물들이고. 올포원에게로 마법 포격이 일제히 시작되었다.

퍼퍼퍼펑—

마법 포격은 올포원의 안개를 수도 없이 찢어 놓았다. 그럴 때마다 안개는 빈자리를 도로 되찾으면서 빛 망울을 터뜨렸다. 그리고 그에 따라 스테이지를 구성하던 법칙이 움직였다. 법칙에 새겨진 명령어는 '차정우를 배제하라'였다.

그런 명령어는 샤논이나 칸을 비롯한 이들에게는 속절없이 따를 수밖에 없는 강력한 제약으로 다가왔지만.

이미 살아생전에 탈각을 눈앞까지 두고 있었던 정우에게는 조금 부담만 될 뿐, 손발을 묶는 사슬까지는 되지 못했다.

특히 정우는 고룡 칼라투스의 총애를 받던 후계.

당연히 법칙에 간섭할 권한은 그에게도 어느 정도 주어져 있었다. 올포원을 감당할 정도는 아니어도, 최소한 자신에게 해가 될 것들을 밀어내는 정도는 가능했다.

콰콰쾅!

덕분에 정우는 하늘을 빠르게 가로지를 수 있었다.

참격을 휘두를 때마다 안개가 갈라지고, 오로라가 무너졌다. 촉수처럼 뻗쳐 나오는 것들은 무차별 난사에 벌집처럼 헤집어지다가 사라졌다.

그 과정에서.

정우는 자기도 모르게 기시감을 느꼈다.

'이거 꼭…… 그때 같잖아.'

77층으로 올라가기 위해서 레드 드래곤의 포위망을 뚫었을 당시. 처절하게 싸우던 때의 모습이 떠올랐다.

'그렇게 생각하니 기분 더럽네.'

정우는 차갑게 눈을 빛내면서 다시 한번 더 드래곤 슬레이어를 내리그었다.

쿠와앙—

잿빛 안개가 크게 갈라지고.

어느새 정우는 중심부까지 다다를 수 있었다.

『제법이구나.』

한데 이상하게도, 분명히 사람이 있어야 할 중심부는 텅 비어 있었다.

마치 원래 그래야 하는 것처럼. 아무것도 없는 허공을 따라 둥근 결계 같은 것만 구축되어 있는 게 전부였다.

흐릿하게 공간이 굴절되면서 언뜻 사람 같은 모양이 보이는 것 같았지만. 용마안을 뜬 정우의 눈에는 아무것도 잡히질 않았다.

심상 세계.

이곳은 사실 77층에 있는 올포원이 의념만으로 구성한 공간이었다.

올포원은 〈천리안〉을 통해 어느 층계든 편하게 관찰할 수 있었고, 너무 강한 존재이기 때문에 단순히 의념을 투영하는 것만으로도 스테이지를 흔들고, 물리적 법칙을 구현할 수 있는 심상 세계를 구축하는 게 가능했다.

브라함이 갖가지 마법진과 연금술을 이용해서 심상 세계를 겨우 구축했던 것을 감안한다면, 도무지 말도 안 되는 능력인 것이다.

목소리는 바로 그 속에서 빚어지고 있었다.

『여기까지 올 줄도 알고. 하긴 넌 예전에도 그러했지. 아무리 시련과 난관이 닥쳐도 스스로 헤쳐 나갈 줄 아는. 그런 모습이 숙명에 억류된 나와 너무나 달라, 그래서 마음에 들었었지.』

기분 좋게 웃는 목소리.

하지만 정우는 표정이 딱딱했다. 그러다 고개를 외로 꼬면서 투덜거렸다.

『거, 꼰대 같은 말투는 이제 좀 안 쓰면 안 됩니까?』

『꼰대라. 그 말도 일리는 있군. 틀린 말은 아니야.』

올포원이 기분 좋게 웃음을 터뜨리는 소리가 났다. 투명한 결계가 잘게 떨렸다.

그러다 다시 말을 이었다.

『그래. 여기까지 온 게, 날 설득하려 온 건 아닌 것 같고. 어떻게 막을 방법이 있다는 생각으로 온 건가?』

『확실하지는 않지만. 있는 것 같습니다.』

순간, 정우는 보이지 않는 시선이 자신을 위아래로 살피는 듯한 느낌을 받았다.

『그 힘으로?』

의문이 가득 담긴 목소리.

그것은 정우를 깔보거나 하는 게 아니었다.

정말 순수한 질문이었다.

올포원은 한때 용종을 멸살시키기도 했던 존재. 무왕과 여름여왕이 끝내 넘지 못한 장벽이기도 했다.

아무리 정우가 헤븐윙으로서의 힘을 발현한다고 해도, 절대 꺾을 수가 없었다.

하지만.

『당신이 했던 말이 힌트가 되었습니다.』

『내가 했던 말?』

『네. 지금의 제가, 세상에 맺힌 상(像)이라고 하셨던 말씀 말입니다.』

순간, 올포원이 침음을 삼켰다. 쓴웃음이 번졌다.

『……그게 무슨 뜻인지 아나?』

『알다마다요.』

촤르륵, 촤륵—

그때, 정우의 영체를 구성하고 있던 입자들이 흐트러지기 시작했다. 입자는 하나하나가 활자가 되었다. 그리고 활자는 다시 서로 이어지면서 '문장'이 되어 실타래처럼 한 올 한 올 풀려 나왔다.

'일기장'을 구성하던 활자들. 문장은 다시 '문단'이 되어 올포원이 구성하고 있던 심상 세계를 침범하기 시작했다.

일기장은 수많은 특전을 통해, 무수히 많은 사념을 겹겹이 쌓았고, 단단하기가 올포원의 심상 세계도 위협할 정도였다. 또한, 그 자체만으로도 이미 단단한 의지를 품고 있었다.

'정우'라는 의지를.

『여기 있는 제가, 사념체(思念體)라는 말씀이라면 모를 리가 없잖습니까?』

＊　　　＊　　　＊

"제기랄……!"

연우는 욕지거리를 내뱉으면서 이를 악물었다.

우르르—

하늘이 잘게 떨렸다.

정우가 잿빛 안개로 들어간 뒤로도, 격전은 계속되고 있는지 스테이지는 여전히 요란하기만 했다.

갖가지 생각이 머릿속을 복잡하게 헝클여 놓았다.

올포원을 상대한다고? 저런 몸으로? 회중시계에서 아무리 영력을 많이 비축했다고 해도, 힘을 소비할수록 방전은 빠를 수밖에 없다. 더구나 현재 정우는 최대한 안정을 해야 하는 시기였다.

아니, 그보다. 방전 직전까지 간다면 비밀을 숨길 수가 없게 된다.

만약 '비밀'을 알게 된다면? 정우는 어떤 표정을 지을까. 얼마나 충격이 클지, 도무지 짐작도 가질 않았다.

그러니 막아야만 했다.

하지만 여전히 채널링은 막혀 버린 채, 도무지 꿈쩍도 하지 않았다. 현자의 돌의 도움을 받아 재생 스킬이 발현되고 있지만, 아직 움직이기엔 역부족이었다.

다른 방법이, 어디 없을까?

나를 대신해서 정우를 도와주고 구해 줄 만한 손길이 없을까?

하지만 좀처럼 생각이 떠오르질 않았다. 이대로 올포원에게 무너져야만 하는 걸까.

간절한 마음이, 조바심으로 얼룩진 마음이, 그를 애타게 만들고 있었다.

그때.

지이이이잉—

손발과 목에 착용하고 있던 칠흑왕의 형틀이 일제히 크게 진동했다. 마치 연우의 멍청함을 비웃듯이.

『멍청한 놈.』

그리고 머릿속으로 어떤 목소리가 울려 퍼졌다.

마성.

그놈이었다.

『이제 좀 쓸 만해진다 싶더니. 어째 이것밖에 되질 않는 건지. 아직도 모자라, 아주. 그릇을 갖추고도 왜 그것밖에 못 하는 거냐?』

가볍게 섞인 비웃음.

『어쩔 수 없군. 힘이란 걸 어떻게 쓰는 건지, 보여 주마.』

그 순간.
거대한 칠흑 같은 어둠이 턱밑까지 차오르는 듯한 착각과 함께.
연우의 정신이 푹 하고 꺼졌다.
키키킥.
아스라이 그런 웃음소리가 들리는 듯했다.

그곳에.
나는 없었다.
우리가 있을 뿐.

연우는 마성의 웃음소리를 들으면서 의식이 한순간 사라지는 것을 느낄 수 있었다.

하지만.

그건 정확하게 말하자면 의식이 사라지는 게 아니었다.

거대한 무언가에 '녹아드는' 기분이었다.

칠흑같이 어두워서 두렵기만 한 바닷물이 범람해 목 밑까지 차오른 기분.

거기에 가라앉으면 익사할 것 같아 자기도 모르게 본능적으로 발버둥 쳤지만. 막상 들어오고 나니 안방처럼 너무 편안해서 쉽게 유영할 수 있었다.

그리고 어느새 정신을 차려 보니 그렇게 넓던 바닷물이 전부 자신의 의식이 되어 있었다.

아늑함.

무한함.

어떻게 말로 표현하기가 너무 힘든 기분이었다.

무한한 힘이 샘솟고 있었다.

드래곤 하트와 공명하기 시작한 현자의 돌이 뿜어 대는 보라색 기운이 간만에 제대로 휘몰아치고 있었다.

화아아—

검은 기운이 파문을 그려 냈다. 보라색 잔상이 그의 몸을 타고 흘렀다.

콰콰콰—

드넓은 스테이지를 따라 강풍이 휘몰아쳤다. 마력을 사용하지 않으면 곧바로 휩쓸릴 것 같은 어마어마한 강풍. 지면이 깎여 나갔다. 스테이지를 가득 채우던 올포원의 중압감이 언제부턴가 사라지고 없었다.

대신에 어마어마한 패기를 발산하는 연우가 서 있었다.

하늘 날개는 하늘에 다다를 것처럼 높게 일어서서 보라색으로 빛나는 중이었다.

방금 전까지 피로로 축 가라앉았던 몸이건만.

그게 전부 거짓말이라고 말하는 듯했다.

죽음의 신과 악마들을 강신시키면서 깨웠던 왕좌의 힘과는 또 다른 기분이었다.

왕좌의 힘이 오로지 '죽음'만을 다룬다고 한다면, 지금은 그보다 더 높은 무언가를 다루는 것 같았다.

깊이를 모르는, 심연처럼 너무 깊은 무언가가 있었다.

그래서 날뛰고 싶었다.

이 넘쳐흐르는 힘을, 도저히 주체할 수 없는 힘을 마구 휘둘러서 모든 걸 망가뜨리고 싶었다!

그래서.

"키키킥."

연우는 기분이 너무 좋은 나머지 자신도 모르게 새된 웃음을 터뜨렸다.

그러다 눈을 동그랗게 떴다. 내 웃음소리가 이랬었나?

"키키킥. 바깥 공기는, 음, 그래. 좋아. 아주."

연우는 자기도 모르게 그렇게 중얼대고 있었다. 흐뭇하게 웃으면서. 바깥 공기를 한껏 들이마셨다.

상쾌했다.

오랫동안 잠만 자다가 일어나니 몸이 찌뿌둥하긴 했지만. 그렇다고 한들 어떤가. 이렇게 기지개를 펴는 지금 순간이 즐겁고 유쾌한 것을. 올포원의 공기로 가득 찬 스테이지긴 하지만, 그에게는 더할 나위 없이 기분 좋은 공간이었다.

아무래도 '그릇'은 자신이 생각했던 것보다 더 잘 빚어지고 있었던 모양이었다.

키키키킥—

그런 웃음소리가 다시 흘러나오면서.

연우는 깨닫고 말았다.

지금의 자신은 차연우라는 존재이되, 차연우가 아니었다.

분명 의식은 차연우를 유지하고 있지만, 행동이나 버릇, 본능, 무의식 따위는 마성과 똑같았다. 아니, 의식마저도 마성에 물들면서 딱 잘라서 차연우라고 하기 힘들 것 같았다.

이 상쾌함!

파괴하고 싶은 충동!

이런 것들은 자신이 느끼는 감정은 아닐 테니까.

하지만.

"······뭐, 아무럼 어때."

연우이되, 연우가 아닌 존재는 피식 웃으면서 고개를 외로 꼬았다.

그의 두 눈은 불길하기만 한 보라색으로 빛나고 있었다. 악마를 연상케 하는 가면이, 오늘따라 유달리 더 괴기하게 느껴졌다.

"저 빌어먹을 놈을 치워 버릴 수 있으면 그만이지."

연우는 그렇게 중얼거리면서 손가락을 갈퀴처럼 가볍게 구부렸다. 그리고 옆으로 크게 휘둘렀다.

쩌거걱!

그 순간, 손가락이 스친 자리로 공간이 짓눌리면서 깨진 유리처럼 으깨진다 싶더니.

콰르릉, 콰콰콰—

공간이 그대로 부서지면서 다섯 개에 달하는 어마어마한 파장이 하늘로 치달았다.

콰아아앙!

엄청난 폭발 소리와 함께 하늘을 가득 뒤덮고 있던 잿빛 안개와 오로라가 그대로 강제로 찢겨 나가면서.

그 안쪽에 있던 정우와 올포원의 심상 결계를 훤히 드러냈다.

"찾았다, 빌어먹을 놈."

연우는 정우가 아닌 올포원의 심상 결계를 보면서 차갑게 웃더니.

쾅!

보라색 날개를 한껏 크게 펼치면서 단번에 하늘로 쇄도했다. 그가 있었던 자리로 엄청난 소닉붐이 일어나면서 지면을 위아래로 크게 뒤흔들었다.

스테이지가 격동했다.

*   *   *

사념체.

정우가 여기에 있는 자신이 '진짜가 아니'라는 것을 알게 된 건, 사실 그리 오래되지 않았다.

이따금 영체가 흐트러질 때가 있었지만, 너무 오랫동안 영혼석에 있으면서 특전을 반복해 영혼이 많이 쇠락해서 생긴 일이라고 여겼을 뿐이었다.

—쉬다 보면 괜찮아질 거다.

—누가 뭐래? 누가 들으면 내가 되게 걱정한 줄 알겠네. 말 안 해도 알거든요?

연우는 겉으로는 태연한 척해도, 속으로는 금방이라도 사라지는 게 아닐까 불안해하는 그를 언제나 달래려 애썼고.

그는 입술을 삐죽 내밀며 투덜거리면서도, 형의 위로에서 적잖은 위안을 느꼈다.

그리고 실제로 형의 말마따나 휴식을 취하다 보면 영체가 다시 돌아왔기 때문에 머지않아 제 모습을 되찾을 수 있으리라 여기기도 했다.

그러다 안정화가 끝나면 브라함처럼 호문클루스 같은 임시 육체를 만들어 들어갈 수도 있을 거라 생각했고.

그 후에는.

'형과 같이 스테이지를 오를 수 있었겠지. 어쩌면 77층을 넘어서 그 위를 노려 볼 만했을지도.'

복수는 걱정하지도 않았다.

언제나 그렇듯, 형은 늘 마음먹은 일을 언제나 해내었고. 그도 다시 새로운 기회가 주어진다면 지난 실수를 반복하지 않을 자신이 있었다.

그래서 자신을 옭아매는 그 많은 것들을 다 잘라 내고, 형과 함께, 새로운 연인과 함께, 몰랐던 딸과 함께, 층계를 오르고, 올포원을 넘어서, 저 시끄럽기만 한 천계까지 다다라 볼 생각이었다.

그러다 천계까지 넘어서, 99층도 뛰어넘고, 어느 누구도 닿지 못했다던 꼭대기 층, 100층에 다다를 수도 있을 거라고 여겼다.

그리고 그때 가서 빌 소원도 생각해 두었었다.

'모두가 행복하게 해 주세요.'

아주 사소한 것 같지만, 그에게는 더없이 중요한 소원이었다.

하지만.

'이제는 그런 것들도 전부 부질없게 되어 버렸네.'

자신은 정우가 아니었으니까.

정확하게는, 올포원의 말마따나 세상에 새겨진 상에 불과했다.

특전이 수없이 반복되면서 겹겹이 쌓인 사념, 즉, 활자와 데이터들의 군집체(群集體).

데이터의 양이 너무 방대한 나머지 영성을 띠게 되었고,

형체를 갖추기 위해 가장 가까운 정우의 형태를 띠게 된 것이다.

즉 자신은 일기장, 그 자체라 할 수 있는 것이었다.

정우는 이런 사실을 아이테르와 격전을 치른 후부터 알아채고 있었다. 흐트러진 영체 사이로 언뜻 보이던 활자들은 분명히 일기장에서나 보던 것이었으니까.

영혼석에 갇혀 있던 자신을 속박하고, 수도 없이 괴롭혀 대던 그 활자가, 사실은 체내에 있었던 것이다.

마치 살과 피처럼. 자신을 이루는 구성 요소였다.

아마도 형은 이 사실을 진즉에 알고 있었던 것 같았다.

지금 생각해 보면, 이따금 던지는 시선하며 말투가 전부 그랬었다. 동생을 걱정하면서도 혹시나 진실을 알게 될까, 그래서 충격을 받고 실의에 잠길까, 노심초사하는 마음이 묻어났다. 그리고 그런 마음을 최대한 드러내지 않으려 노력하기도 했다.

'거기서도 이상하긴 했지만. 하여간 거짓말 참 더럽게도 못해요.'

정우는 형을 생각하면서 피식 웃음을 흘렸다. 어찌 티가 나도 그렇게 잘 나는지. 듣자 하니 그 연기력에 속은 놈들이 한둘이 아니라던데, 도저히 이해가 가지 않을 정도였다.

다만, 한 가지 모호한 사실은 '진짜' 정우가 어디에 있는지 도저히 알 수 없다는 점이었다.

수많은 특전 속에서도 유일하게 끊겼던 부분.

영혼석에 일기장을 만들어 낸 뒤부터 기억이 없는 것을 보면. 그리고 고룡 칼라투스가 아직 살아 있는 것으로 추정된다는 점에서, 그것과 어떤 관련이 있는 게 아닐까 하고 막연하게 추측하는 게 전부였다.

'불쌍한 우리 형, 결국엔 모든 게 제자리네.'

처음 잃어버린 동생을 되찾았다고 기뻐하던 모습이 선명한데. 아니란 사실을 알았을 때 얼마나 마음이 아팠을까.

그러면서도 여기 있는 동생의 분신이, 상처를 입지 않도록 남몰래 애써서 마음을 다스리려 했다고 생각하면. 참 불쌍해도 그렇게 불쌍한 인간이 없었다.

그래서.

정우는 그런 불쌍한 형을 어떻게든 도와주고 싶었다.

다시 질질 짤 게 훤히 보이지만. 그래도 마지막만큼은 도와주고 싶었다. 저 인성 못돼 먹었으면서도 착한 형을.

나이도 먹을 대로 먹은 남정네가 우는 모습을 보지 못하는 게 참 다행이구나 싶다는 생각을 하면서.

촤라락—

정우는 자신을 구성하고 있던 모든 활자들을 풀어헤쳤

다. 문장과 문단을 이룬 활자는 쇠사슬이 되어 올포원을 구속하기 위해 심상 세계 전체로 퍼져 나갔다.

『이런다 한들, 크게 달라지지는 않을 거라는 것, 잘 알지 않은가?』

심상 세계의 중심에 있던 올포원의 시선이 계속 출력되는 활자들을 보면서 말했다.

정우는 심상 세계를 일기장의 데이터로 감염시키려 하고 있었다.

심상 세계는 시전자의 의념으로 구성된 별세계(別世界). 그런 곳이 다른 데이터로 덧씌워진다면 당연히 폐기 처분할 수밖에 없게 된다.

평범한 존재라면— 심상 세계를 구현할 때부터 '평범'의 단계는 넘어선 것이지만— 심상 세계를 빼앗기는 것만으로도 큰 타격을 입게 될 테지만.

〈천리안〉을 자유자재로 구사할 수 있는 올포원에게 심상 세계는 얼마든지 버렸다가 새로 취할 수 있는 것에 지나지 않았다.

그러니 정우가 자신을 희생해 이번 심상 세계를 막는 데 성공하더라도, 올포원은 얼마든지 다시 심상 세계를 구현해서 연우에게 제재를 가할 수 있다는 뜻이었다.

하지만.

『네. 알고 있습니다.』

정우도 모르는 게 아니었다.

그 역시 한때 무왕이나 여름여왕, 그리고 다른 아홉 왕들처럼 올포원을 넘어설 길을 도모하고자 했던 존재. 당연히 그에 대해서 알아낼 건 다 알아냈었다.

그리고 그 후에 내린 결과는 아주 간단했다.

접근 불가.

올포원은 바로 그런 존재였다.

『하지만 최소한 시간은 벌 수 있지 않겠습니까?』

『시간을, 벌어?』

『아무리 당신이라 해도 폐기된 심상 세계를 다시 금방 만들어 내지는 못할 테니까요.』

올포원은 어이가 없다는 투로 바람 빠지는 소리를 냈다.

『단순히 그런 생각인가? 내가 축지를 쓴다면? 직접 강림하면 그만일 텐데.』

하지만 정우의 두 눈은 여전히 고요했다.

『당신이 지금 그럴 수 없는 상태라는 것, 잘 알고 있습니다.』

『……!』

『태초 신들과 창조신들의 반발이 최근 들어 거세다는

것, 알 만한 사람들은 다 알고 있습니다. 당신이 처음으로 발목이 묶였다는 것도.』

『……..』

올포원은 여전히 침묵을 지키고 있었다.

『그러니 최소한 형이 도망칠 시간은 벌 수 있겠죠.』

『……그 뒤에 내가 찾아간다면?』

『물론, 당신이 쫓아오기는 할 테지만. 그래도 그 사이에 형은 방법을 찾을 수 있으리라 생각합니다. 당신도, 시스템 도 피할 수 있는 방법을요. 지금은 좀 지쳐서 시간이 필요 할 뿐이거든요.』

정우의 미소가 짙어졌다.

『워낙에 잔꾀가 많은 양반이라. 인성질이 괜히 나온 게 아니라니까요?』

『으음!』

올포원은 침음을 흘렸다. 이렇게까지 나선다면 골치가 아파진다. 희생을 두려워하지 않고 덤비는 사람만큼 골치 아픈 것도 없으니까.

아무리 사념체라고 해도 자아가 있는 이상, 죽는 게 두려 울 텐데도 녀석은 자신의 형을 위해서 거리낌 없이 스스로 를 내던지려 하고 있었다.

게다가 정우의 말마따나 그는 당장 35층에 직접 나타날 여건이 되지 않았다.

그렇다고 해서 가만히 내버려 둘 수도 없는 일.

익히 말했던 대로, 예외란 있을 수 없었다.

『어쩔 수 없군. 개인적으로 자네는 마음에 들고, 또한 존경하고 있지만⋯⋯ 그렇다고 그냥 내버려 둘 수는 없겠어.』

쿠우우—

정우는 바짝 긴장했다. 지금부터가 진짜였으니까. 아무리 의념뿐이라고 해도, 올포원이 전력을 다한다면 힘들지도 몰랐다.

하지만 그런다고 해도 최소한 '타격'은 입혔으면 하는 바람은 있었다. 그래야 연우가 도망칠 시간을 벌 수 있을 테니까.

'그러니까 그사이에 튀어. 제발.'

정우는 드래곤 슬레이어를 꽉 세게 움켜쥐었다. 하늘 날개를 활짝 펼치면서 심상 세계로 달려들었다. 출력되는 활자의 양도 그만큼 많아졌다.

그리고 충돌하려는 순간.

콰아아앙—

『뭐지?』

갑자기 그들을 둘러싸고 있던 잿빛 안개와 오로라가 큰

충격파와 함께 들썩이면서 그대로 '찢겨' 나갔다.

이곳은 올포원이 구축한 세계. 웬만한 충격에는 꿈쩍도 않는 곳이었다.

올포원도 놀랐는지, 시선이 그쪽으로 돌아갔다. 정우도 날아가다 말고 혹시나 하는 생각에 고개를 돌렸다가 인상이 잔뜩 굳었다.

연우가, 아니, 연우를 닮은 무언가가 살벌한 기세를 흘리면서 그곳에 서 있었다.

음산하고 불길하기 짝이 없는 보라색 기운을 흘려 대면서.

『형, 여긴 어떻게 왔……!』

정우가 되돌아가라며 소리치려 했지만, 연우를 닮은 무언가가 으르렁거리면서 말허리를 끊었다.

"누가 너더러 가짜라는 거냐, 멍청한 놈아!"

『뭔……!』

"넌 내 동생이다. 누가 뭐라고 하더라도, 무슨 지랄을 하건 간에, 내 동생이다. 그 사실은 달라지지 않아."

『……!』

정우의 동공이 흔들렸다.

그럴수록.

연우의 두 눈이 보라색 광망으로 번들거렸다.

"그러니 헛지랄 그만하고 돌아와. 어서!"

연우는 정우의 뒷말 따윈 듣지 않겠다는 듯, 오른손을 활짝 펼치면서 안쪽으로 잡아당겼다. 그러자 와류가 형성되면서 정우의 몸뚱이가 그대로 빨려 들어갔다. 너무 순식간에 벌어진 일이라 정우가 어떻게 피할 새도 없었다.

동시에. 연우는 심상 세계 너머에 있을 올포원의 시선을 정확하게 노려보고, 정우를 데리고 곧바로 날개를 활짝 펼치며 잿빛 안개를 빠져나왔다.

올포원은 재빨리 연우와 정우를 잡기 위해 의념을 투사했다. 잿빛 안개가 뭉치면서 연우를 뒤쫓았다. 이렇게 가까워진 지금이, 빠르게 이레귤러들을 처치할 기회였다.

하지만.

"파우스트. 막아라."

「분부를. 따릅. 니다.」

연우의 명령에 따라, 연우와 올포원 사이로 공간이 갈라지면서. 어느 때보다 크게 활활 타오르는 두 개의 인페르노 사이트가 나타났다.

마성과 하나가 된 연우로부터 칠흑을 건네받아, 일시적으로 전생의 기억과 힘을 되찾은 부—파우스트가 세상에 다시 나타나며 옛 숙적에게로 손길을 뻗었다.

콰아아앙—

커다란 폭발이 일어나면서 올포원의 안개가 부서져 튕겨 났다.

하지만 올포원을 잡기 위한 연우의 공세는 거기서 그치지 않았다.

지이잉—

칠흑왕의 형틀이 일제히 몸을 떨었다.

권능의 발동이었다.

[‘사자 소환’이 발동되었습니다.]

[누구를 소환하시겠습니까?]

“여름여왕.”

크롸롸롸—

그 순간, 하늘이 갈라졌다.

『형, 이게 대체……?』

드높은 창공에서 지상으로 떨어지면서.

정우는 형에게 안겨 있는 내내 도저히 정신을 차릴 수가 없었다. 대체 상황이 어떻게 돌아가는지 이해를 할 수 없었던 것이다.

힘이 쭉 빠져서 비루먹은 강아지처럼 꾀죄죄한 몰골로 있던 양반이 어떻게 우악스럽게 심상 세계를 뚫고 들어올 수 있었는지.

아주 오랜 옛날에 올포원과 대적했다던 전설적인 대마도사, 파우스트의 이름은 왜 거론되는 건지.

분명히 쓸쓸하게 죽었다고 했던 여름여왕의 몸이, 왜 저기에 있는 건지……!

크롸롸롸—

방금 전까지만 해도 자신이 있었던 창공에는 장장 수십 미터에 달하는 용의 거체가 우뚝 서 있었다.

정확하게는 마기에 잔뜩 물든 본 드래곤이었지만.

그것은 정말 살아 있는 생명체처럼 드래곤 피어를 피워대고 있었다. 마치 오직 자신만이 이 세상에 있다는 것처럼.

피막이 없는 날개를 활짝 펼치면서 포효를 내질렀다. 대기가 우르르 떨릴 정도였다.

정우도 이미 연우의 아공간을 몇 번씩이나 살피면서 본 드래곤을 본 적은 있었다지만.

그래도 지금 저기 있는 본 드래곤은 평상시와는 많이 달랐다.

더 강렬하고, 살벌했다.

더군다나.

드래곤 피어에서 느껴지는 기운이 어딘지 모르게 낯이 익었다.

'설마……'

정우의 눈이 커졌다.

"이스메니오스?"

그 순간, 본 드래곤에게서 연우와 정우에게로 의념이 전달되었다.

「도와주는 건 어디까지나 이번에 한해서다. 저놈은 언젠가 내가 도모해야 했을 존재였으니까.」

푹 꺼진 본 드래곤의 두 눈두덩 사이에서는 보라색 광망이 불길처럼 이글거렸다.

올포원에 대한 짙은 분노가 드러나고 있었다.

과거 자신의 동족들을 앗아 가고, 수천 년을 사는 동안 뛰어넘어 보고자 발버둥 쳐 봤지만 결국 그럴 수가 없었던 존재를 향한 짙은 분노.

스테이지를 권역으로 삼고자 한 그녀의 권능에 따라, 법칙이 유동하면서 갖가지 마법 포격이 올포원에게로 쏟아졌다.

마법은 하나하나가 뛰어난 위력을 내포하고 있었다.

하나같이 강렬한 열기와 화력을 품은 폭발들. 전성기 시절의 그녀에 못지않은 힘이었다. 목젖 근처에서는 영혼석의 기운을 담은 것 같은 보라색 광채가 드래곤 하트를 대신해 빛나는 중이었다.

정말 맞구나. 정우는 도무지 믿기지 않는다는 눈빛으로 그런 본 드래곤을 바라봤다.

한평생 탑의 정점에서 군림해 오며 그렇게나 고고하던 존재가, 저런 몰골로 나타날 것이라고는 생각도 할 수 없었으니까.

심지어 자신의 사체로 만든 본 드래곤이다. 그런 곳에 강림을 한 것으로도 모자라, 자신을 죽인 원수의 부름에 응답할 줄이야.

정우가 아는 선에서, 그녀는 영광스러운 죽음을 추구하면 추구했지, 절대 저런 불명예를 겪을 사람이 아니었다.

하물며 죽기 직전, 자신을 그토록 증오하던 여름여왕이 아니었던가.

한때 그녀와 깊은 친교를 나눈 적이 있었고, 그녀가 마음속에 쌓아 둔 응어리를 풀어 주려고 노력하기도 했다지만.

그래도 당시를 생각해 본다면 왜 자신을 도와주는 것인지 이해도 가질 않았다.

그런 정우의 의문 어린 시선을 읽은 걸까.

본 드래곤의 시선이 순간 이쪽으로 향했다.

「넌, 그때 왜 나에게…….」

의념이 잠깐 이어지다가 도중에 끊어졌다. 본 드래곤은 한참 동안 정우를 빤히 쳐다봤다. 그녀의 시선에서는 갖가지 감정의 편린이 스치고 있었다.

그러다 그녀는 끝까지 별다른 말을 하지 않고, 다시 커다란 머리를 올포원 쪽으로 향하더니 크게 날갯짓을 하며 창공으로 날아올랐다.

크아앙!

본 드래곤은 크게 홰를 치면서 단숨에 올포원에게로 향했다. 짙은 마력이 아가리 쪽으로 몰려들면서 브레스가 쏟아졌다.

콰콰쾅!

쿠르릉, 쿠르르—

올포원의 잿빛 안개를 따라 수많은 폭발이 이어지는 가운데. 파우스트로 짐작되는 인페르노 사이트는 어둠을 이끌면서 올포원을 한껏 유린하는 중이었다.

탁!

정우는 한참 그 모습을 멍하게 바라보다가, 바닥에 착지하는 소리에 화들짝 깨면서 연우를 돌아봤다.

그는 연우의 모습을 하고 있었지만, 연우가 아닌 존재였다.

하지만 정우의 눈에는 그가 여전히 연우로 보였다.

다른 커다란 무언가와 뒤섞인 것은 알고 있었지만, 자신을 향한 마음은 형의 모습 그대로였다.

그래서…… 너무나 미안했다.

이토록 동생에 대한 마음이 간절한 형인데.

정작 오랜 기다림 끝에 찾은 사람이 진짜 동생이 아니었으니까.

그래서 무슨 말을 하려는데.

빠악!

갑자기 다짜고짜 연우가 세게 그의 뒤통수를 후려쳤다. 골이 울렸다. 정우는 자기도 모르게 버럭 소리를 높였다.

『아 씨! 이게 무슨 짓이야!』

"한 번만 더 쓸데없는 짓 하면 그때는 정말 패 버린다."

『하지만 내가 가……!』

빠아악!

『젠장! 아프다고!』

"아프라고 때리는 거다."

『에이……!』

빠아악!

『좀 그만 때려!』

정우는 머리를 쥐어 쌌다. 아파도 정말 더럽게 아팠다. 대체 뭘 먹고 저렇게 된 건지 이대로 머리가 떨어지는 게 아닐까 싶을 정도였다.

그래도 정우를 보는 연우의 눈빛은 무뚝뚝했다.

"아프냐?"

『아프지, 그럼!』

"그런데 네가 왜 가짜라는 거냐?"

『뭐?』

전혀 생각지도 못했던 말.

정우의 눈이 커졌다.

연우가 착 가라앉은 목소리로 말했다.

"여기 있는 넌 똑같이 말하고, 생각하고, 아프지. 나와 추억을 함께하고 있고, 지난날을 후회하기도 하고 그리워하기도 해. 그러니 묻겠어."

보라색으로 빛나는 연우의 눈동자가, 정우는 오늘따라 유독 슬프게 보인다는 생각이 들었다.

"여기에 있는 넌 가짜냐, 진짜냐?"

『……뭐, 고딩 때 배웠던 철학이라도 다시 공부하자는 거야? 실존주의, 뭐 그런 거?』

"뭐라고 붙여도 좋다. 하지만 한 가지만은 명심해."

연우는 정우의 정수리 쪽으로 손을 뻗었다. 정우는 자기도 모르게 자라목이 되어 움츠러들었지만…… 형은 가만히 동생의 머리를 쓰다듬었다.

"넌 내 동생이다. 누가 뭐라고 해도. 나를 애타게 찾았고, 나를 기다렸던, 어머니를 구하기 위해서 누구보다 열심히 뛰어다녔던 착하지만 호구 같았던 동생."

『…….』

"그러니까 어디든 갈 생각 마라."

연우는 그 말만 남기고 훌쩍 정우의 옆을 지나쳤다. 부
―파우스트와 여름여왕이 한껏 날뛰고 있는 자리에 자신
도 같이 낄 참인 것이다.

정우는 연우를 돌아보지 못한 채, 한참 동안 멀거니 서
있었다.

『뭐래. 누가 호구라는 거야.』

그러다 작게 투덜거리는 그의 눈가에서는 눈물이 뚝뚝
떨어지고 있었다.

『혼자서 잘난 척은.』

축 가라앉은 어깨는 조용히 고개와 함께 아래로 떨궈졌
다.

『……씨발.』

정우는 영체가 흐트러지며 점차 활자가 쏟아지려 하는
자신의 몸을 감싸 안으면서.

작게 욕지거리를 내뱉었다.

파직, 파지직―

영체가 부서지고 있었다.

＊　　　＊　　　＊

저벅, 저벅—

연우를 닮은 무언가는 천천히 걸음을 옮겼다. 그의 시선은 저 하늘 위 부—파우스트와 여름여왕, 그리고 올포원에게 단단히 고정되어 있었다.

우르르, 콰쾅—

퍼버버벙—

이대로 있다간 스테이지가 무너지는 게 아닐까 싶을 정도로 어마어마한 격전이 이어지는 중이었다.

본 드래곤이 붉은 브레스를 내뿜을 때마다 하늘은 몇 번씩이나 붉게 물들었다. 뜨거운 열풍이 사방팔방 퍼지면서 대기가 뜨겁게 달궈지고, 지면은 삽시간에 황무지로 변해 더 이상 생명이 살 수 없는 땅이 되고 말았다.

부—파우스트는 여기서 번져 나오는 불길들을 모아, 오른손을 사용해 제 입맛대로 갖고 노는 중이었다.

파우스트가 생전에 자주 애용했던 〈헬 파이어〉가 전개되면서 땅에서는 불기둥이 수십 미터도 넘게 치솟고, 하늘에서는 〈미티어 스트라이커〉로 인해 거대한 불덩이가 소나비처럼 쏟아지는 중이었다.

거기다 왼손으로는 지면을 가리키며 죽음을 다스리고자

하였으니.

여태 연우의 컬렉션에 붙들렸던 수십만 마리의 망령이 일제히 풀려 나오면서 올포원의 안개를 좀먹어 나갔다.

그러다 칠흑을 너무 많이 삼킨 망령은 자폭하거나, 다른 망령들과 뒤섞이면서 덩치를 무럭무럭 키워 나갔다.

지면을 따라 불길이 춤을 추고, 망령이 돌아다니며, 하늘에서는 칠흑이 내린다.

신화 속 지옥을 고스란히 여기다 옮겨 둔 게 아닐까 싶을 정도로 끔찍한 광경.

스테이지의 법칙을 강제 조정하던 올포원의 권능이 이를 누르려 했지만, 그럴수록 반발은 더 거세졌다.

최고 관리자들은 행여 두 거대 존재의 충돌에 피해를 입을까 멀리 떨어지면서도, 깊은 한숨을 내쉬고 말았다.

23층 때에도 이 때문에 그토록 많은 고생을 했었는데. 당시의 데자뷰가 다시 반복되는 기분이었다. 게다가 스테이지가 입고 있는 막대한 피해만큼이나 많은 플레이어들도 충돌에 휘말리고 말았으니. 골칫거리가 이만저만이 아니었다.

하지만 그런 골치를 던져 주면서도.

연우를 닮은 무언가는 그게 뭐가 중요하냐는 듯한 태도였다.

그리고. 한 걸음 한 걸음을 내디딜 때마다 여의봉의 조각들이 천천히 흘러나오면서 뱅글뱅글 춤을 췄다.

파직, 파지직!

여의봉의 조각과 연우 사이로 스파크가 튀었다. 흘러나오는 조각의 수가 많을수록, 조각이 더 크게 춤을 출수록 스파크는 더 커졌다.

여의봉의 조각이 연우를 거부하고 있다는 증거였다. 연우에게 깃든 '무언가'가 여의봉의 재질인 신진철과 상성상 맞지 않기 때문에 빚어지는 현상이었다.

하지만 연우를 닮은 무언가는 자칫 스스로가 여의봉에 봉인될 위험이 있으면서도, 전혀 아랑곳하지 않고 칠흑으로 조각을 강제로 잡아당기고 있었다.

그럴 때마다 피부가 따끔거리는 게 영 귀찮기만 했지만. 그의 시선은 여전히 올포원에게서 떨어지질 않았다.

귀찮기만 한 '잔여 자아'의 바람은 이걸로 충분히 들어줬다. 녀석의 소망은 구출. 구원이나 부활 따위의 기적이 아니라면 눈 딱 감고 해 줄 수 있는 일이었다.

그렇다면.

이제는 '주 자아'의 소망을 이룰 차례였다.

그리고 그 소망은 한 가지 대상으로만 가득했다.

올포원.

연우에게 깃든 그에게도 증오 가득한 이름.

저 이름값은 여전히 그때와 같은지 알아보고 싶어졌다.

"이런 몸뚱이로는 한계가 있겠지만."

연우의 한쪽 입꼬리가 말려 올라갔다.

"그래도 왕좌가 있으니 재미있게 놀 수 있겠어. 키키킥!"

기괴한 웃음소리를 내면서. 연우를 닮은 무언가가 올포원의 방향으로 손을 길게 내뻗었다.

그 순간.

철컹—

여태껏 오랫동안 칠흑왕의 절망과 함께 연우의 오른팔을 휘감고 있었던 쇠사슬의 이음쇠가 처음으로 풀리는 소리가 나더니.

촤르륵, 촤륵!

쇠사슬이 붕대처럼 한 꺼풀 한 꺼풀 빠르게 벗겨지기 시작했다. 신진철의 첫 개방이었다.

그리고 여의봉의 조각들도 쇠사슬과 똑같이 공명을 일으켰다.

"늘어나라, 여의."

연우를 닮은 무언가의 시동어에 따라, 여의봉의 조각들이 빛무리에 잠기더니 길게 풀려나온 쇠사슬과 차례로 이어지기 시작했다.

철컹, 철컹, 맞물리는 소리가 들릴 때마다 쇠사슬이 크게 쭉쭉 늘어났다. 그러다 컨베이어 벨트처럼 끄트머리가 빠르게 움직이면서 공간을 비집고 이면 세계 어딘가로 빨려들어갔다.

그리고.

우웅, 웅―

우우웅―

본 드래곤과 부―파우스트가 날뛰고 있던 잿빛 안개 사이사이로 공허가 활짝 열리더니 쇠사슬이 튀어나왔다.

촤르르륵―

그런 공허가 여섯 개. 쇠사슬들이 빠르게 움직이면서 잿빛 안개 속으로 비집고 들어갔다.

가뜩이나 정우가 풀어놓은 활자로 인해 무뎌진 심상 세계였건만. 여기에 본 드래곤과 부―파우스트의 거센 공세가 몇 번씩이고 가해지니 깨지기 일보 직전까지 약화되어 있었다.

그러다 모든 법칙을 '무효화' 시키는 특성을 지닌 신진철이 가세하면서 심상 세계가 완전히 부서지고 말았다.

와장창!

하지만 쇠사슬은 거기서 그치지 않겠다는 듯, 더 안쪽으로 비집고 들어가면서 중심부까지 다다랐다. 아무것도 없던 텅 빈 공간 속으로, 쇠사슬이 부딪치면서 빠르게 감기기 시작했다.

"……잡았다. 쥐새끼 같은 놈."

연우를 닮은 무언가는 마치 월척을 낚은 낚시꾼처럼 차갑게 한쪽 입술 끝을 말아 올리더니, 쇠사슬을 단단히 붙잡으면서 오른손을 세게 잡아당겼다.

순간, 허공에 맺힌 쇠사슬이 끊어질 듯이 팽팽해졌다.

그리고 공허 속으로 빠르게 빨려 들어가면서, 올포원의 의념을 강제로 붙들어 잡아당겼다.

올포원의 의념은 어떻게든 버텨 보려 했지만, 공간이 통째로 뜯기는 소리와 함께 그대로 부서진 심상 세계에서 튕겨 나고 말았다.

중심부를 잃은 잿빛 안개와 오로라가 그대로 찢기면서 하늘을 따라 한가득 퍼져 나갔다. 강렬한 충격파가 파문을 그리며 퍼져 나가는 가운데.

나가떨어진 올포원의 의념은 서서히 사람의 형체를 갖춰 나가면서 바닥에 착지했다.

엉덩이까지 길게 늘어뜨린 머리로 인해 얼굴 생김새나 성별을 정확하게 판별할 수 없었지만.

그건 분명히 여태 정체를 아는 사람이 극히 적다던 올포원의 진체를 닮아 있었다. 다시 짙은 안개 같은 것이 발밑에서 올라와 몸을 가렸지만, 그걸로 충분했다.

크롸롸롸—

본 드래곤이 녀석을 날려 버리겠다는 듯, 다른 때와 비교할 수 없을 정도로 잔뜩 응축시켜 뒀던 브레스를 크게 내뱉었다.

불로 만들어진 해일이 고스란히 올포원의 의념을 뒤덮었다.

콰아앙!

세상이 녹는다는 표현은 바로 이럴 때 어울릴지도 몰랐다. 땅거죽이 끝을 모를 정도로 푹 내려앉았다. 단단한 암반이 나타났어도 녹는 건 예외가 없었다.

장장 수 킬로미터에 달하는 깔때기 모양의 크레이터 끝부분에 남은 불길이 튀어 올랐다.

바위마저 녹인 용암이 철철 넘쳐흐르면서 강을 연상케 하고, 거북이 등껍질처럼 갈라진 지표면 사이사이로 새하얀 김이 풀풀 휘날렸다.

콰콰쾅, 콰쾅—

쿠르르르!

그런데도 충격은 여전히 가시질 않았다.

브레스의 강한 자극 때문에 지맥이 크게 뒤틀리면서, 몇 번씩이나 강도 높은 지진이 와 땅 전체가 위아래로 출렁댔던 것이다.

올포원의 의념도 저만치 밀려나 있었다. 브레스로부터 탈출을 시도하려 해도 쇠사슬이 안개 사이로 파고들어 한쪽 팔을 묶고 있는 터라 빠져나갈 수도 없는 상황.

결국 정면에서 브레스를 감당해야만 했다.

반쯤 날아간 잿빛 안개 사이로 녀석의 몰골이 언뜻 드러났다. 이대로 있다가는 안개도 모두 날려 버릴 수 있겠다 싶었을 때.

「죽음. 을.」

갑자기 올포원의 뒤쪽으로 공간이 열리면서 부—파우스트의 두 눈동자가 나타났다.

부—파우스트는 공허 사이로 손을 쭉 내밀었다. 뼈로 이뤄진 앙상한 손끝이 올포원의 등에 살짝 닿았다.

하지만 결과는 결코 '살짝'이 아니었다.

쿵!

쿵!

마치 거대한 범종을 치듯이. 보이지 않는 거력(巨力)이 올포원의 의념을 무참하게 두들겼다.

〈망령의 은총〉. 흔하디흔한 망령을 강제로 모아서 쏘아내는 공격으로, 강한 물리적 충격에 이어서 망령의 저주를 상대에게 강제로 덧씌워 디버프를 거는 데 목적이 있었다.

당연한 말이지만, 소비되는 망령의 숫자가 많으면 많을

수록 상대에게 전가되는 저주도 그만큼 강렬해지는 구조였다.

은총이 더해질 때마다, 녀석이 크게 들썩였다.

안개가 금방이라도 부서질 듯이 흐트러졌다. 저주가 올포원의 의념에게 서서히 스며들면서 그를 계속 위태롭게 만들어 나갔다.

촤르륵, 촤륵—

그사이에도 쇠사슬은 더 팽팽하게 잡아당겨지며 올포원의 의념이 함부로 움직이지 못하도록 속박을 이어 나갔다.

쇠사슬은 단순히 사지만 묶는 게 아니었다.

쇠사슬의 재질은 신진철. 물리적인 제약을 넘어 영적인 구속까지 같이 이어진다.

신과 악마들이 그토록 두려워하던 쇠였으니, 올포원에게도 같은 영향을 끼치는 게 당연했다. 하물며 여기 있는 것이 진짜 올포원이 아닌, 올포원의 의념임에야.

그래서 마력을 유동해서 쇠사슬을 뿌리려 해도, 도리어 쇠사슬은 더 깊게 파고들면서 마력을 게걸스럽게 먹어 치웠다.

덕분에.

올포원은 앞뒤에서 계속 이어지는 공세를 탈출하기 위해 〈축지〉를 연거푸 전개했지만, 불발로 이어지고 말았다.

『마력을 못 쓴다는 게 이렇게 불편한 거였나?』

올포원의 의념이 쓰게 웃는 소리가 났다.

자신이 시스템에 관여해서 플레이어들의 스킬을 불발시켰던 것처럼.

이번엔 자신의 마력이 묶여 평소 자랑하던 스킬이며 권능이 계속 실패로 돌아가니 갑갑하게 느껴졌다.

그러다 안개의 대부분이 사라지고.

지금이 기회라 여긴 부—파우스트가 손을 앞으로 더 거세게 밀어 넣었다.

끼아아—

망령 수천 마리가 한꺼번에 갈려 나가면서, 거대한 칼날이 생성되어 공간에다 단층을 만들어 냈다. 그 위에는 올포원의 의념이 있었다. 단번에 잘라 버릴 심산이었다.

올포원을 향한 부—파우스트의 감정은 하나.

격노였다.

『이런. 안 되겠군.』

올포원의 의념은 이대로면 정말 당하겠다는 생각에 가볍게 한숨을 내쉬었다.

그저 하계에서 불필요한 왕좌를 회수하고, 이레귤러만 정리한 뒤 돌아가려 했었는데. 아무래도 자신이 생각했던 것보다 일이 훨씬 복잡하게 돌아가는 듯했다.

칠흑의 개화.

그리고 그로 인한 죽은 자들의 소생이라.

여름여왕과 파우스트, 둘 모두 한때 자신을 괴롭히던 자들이었던 것은 사실이었기에.

칠흑을 등에 업고 이렇게 덤빈다면, 조금 손이 많이 갈 수밖에 없었다.

『조금은…… 놀아 줘야 하나.』

77층의 방비가 그만큼 약해지겠지만. 그래도 칠흑이 하계를 흔들어 놓는 것보다는 낫겠다는 생각에 그는 인상을 딱딱하게 굳혔다.

순간, 흐릿해지던 잿빛 안개 사이로 두 개의 안광이 번들거렸다.

격의 해방이었다.

콰아아앙─

맹렬한 돌풍이 일었다.

올포원의 의념을 따라 생성된 강풍이 갑자기 파문을 그리면서 사방팔방으로 뻗쳐 나갔다.

얼마나 강력한지, 스테이지를 망가뜨릴 정도로 이어지던 브레스가 그대로 밀려나고, 주변에 있던 공간까지 모두 망가뜨려 버릴 정도였다.

결국 이면 공간 속에 숨어 있던 부─파우스트의 육체도

같이 그대로 날아갔다.

다행히 부—파우스트는 라이프 베슬만 있다면 언제든지 소생이 가능한 몸인지라, 다시 저 드높은 창공 위에서 육체를 빠르게 재생성할 수 있었지만.

그가 의식을 되찾고 재차 내려다본 지상은 그나마 형체가 어느 정도 남아 있었던 스테이지마저 모두 날아간 모습이었다.

그곳에는 올포원의 의념이 귀찮다는 듯, 살짝 인상을 찡그리며 서 있었다. 잿빛 안개는 조금 더 하얗게 변해서 불꽃처럼 맹렬하게 타오르고 있었다.

그러다 하얀 안개가 안쪽으로 스며들면서 점차 사람과 비슷한 형상을 갖췄다.

비록 여전히 생김새가 다 드러난 건 아니었지만.

여태껏 계속 안개로 모습을 감췄던 것에 비하면 큰 변화였다. 특히 이상하게 녀석의 '시선'은 읽을 수 있었다. 그것이 아마도 무엇이든 훔쳐볼 수 있다는 〈천리안〉일 테지.

잿빛 안개는 점차 색이 또렷해지면서 어느덧 강렬한 빛으로 변해 있었다.

온통 빨갛고 어둡기만 한 세상에서 유일하게 빛나는 별처럼. 서기(瑞氣)를 곳곳에 뿌려 대는 중이었다.

아니, 어둠으로만 가득한 우주에서 홀로 빛을 발산하는 태양을 보는 것 같았다.

「분신. 인가.」

부—파우스트는 가볍게 혀를 찼다. 여태껏 상대했던 의념에 비해 새롭게 각성한 분신은 확실한 존재감을 방출하는 중이었다.

다른 사람들이 들었다면 미쳤다고 할지도 모르는 일이었다.

의념만 해도 존재감으로 스테이지를 짓눌렀을 정도인데. 그보다 상위 단계인 분신에 '그나마' 존재감이 확실하다고 평가를 하다니.

하지만 여름여왕과 부—파우스트는 정말 그렇게 느끼고 있는 중이었다.

그들은 수천 년에 달하는 기나긴 탑의 역사 동안, 올포원에게 도전했던 몇 안 되는 존재들이었으니까.

그와 충돌했던 기억 속에서 올포원이 보였던 신위는 고작 이따위로 그칠 것이 아니었다.

부—파우스트도 그런 사실을 아주 잘 알기 때문에. 올포원이 제대로 힘을 보일 수 있도록 여태 몰아붙인 것이었다.

덕분에 원하는 대로 되기는 했다지만.

이렇게 다시 직접 느끼게 되니 살벌하긴 무척 살벌했다. 무의식에 묻혀 있던 옛 기억들이 다시 새록새록 떠오르는 기분이었다.

'분신' 따위가 기운을 발산하는 것만 해도 저 정도일진대.

만약 본체가 나타난다면 어떻게 되는지.

부—파우스트는 눈을 가느다랗게 좁혔다. 사실 그들은 분신으로만 끝낼 생각이 전혀 없었다.

목적은 77층의 본체를 아예 이쪽으로 끄집어내리는 것.

비록 '그릇'이 완성되질 않아 칠흑이 제대로 개화되지는 못했지만. 그래도 여름여왕과 파우스트가 깨어나고 처음으로 힘을 합친 이상, 죽기 전에 못다 이룬 숙원을 반드시 이뤄 보고 싶다는 게 그들의 속내였다.

특히 부—파우스트에게 '첫 죽음'은 도저히 생각하기도 싫은 기억이었다.

그토록 바라던 비원이었던 칠흑에 다다랐다고 생각했을 즈음 별안간 벌어진 올포원의 개입.

자신의 연구를 망가뜨린 죗값은 수백 년이 지난 지금에라도 어떻게든 톡톡히 되갚아 줘야만 했다.

그런데.

「멍청한 것. 단순히 그 정도로 그칠 것 같으냐.」

갑자기 본 드래곤이 피식 비웃음을 던졌다.

떨그럭. 떨그럭. 부—파우스트의 고개가 그쪽으로 홱 하고 돌아갔다.

영 탐탁지 않아 하는 눈빛.

비록 올포원이라는 공통된 적이 있어서 손을 잡긴 했다지만.

사실 두 사람도 생전에 그리 원만한 관계는 절대 아니었다.

오히려 원수에 가까웠다.

칠흑을 탐구하기 위해서 타계의 신과도 거리낌 없이 계약을 맺는 광기를 보였던 파우스트와.

수천 년 동안 탑을 지배했던 레드 드래곤의 총수, 여름여왕.

둘은 사사건건 충돌했고, 그럴 때마다 주변에는 도저히 남아나는 게 없었다.

당시 플레이어들은 둘만 나타났다 하면 도망치는 데 급급할 정도였다. 오만하기 짝이 없는 레드 드래곤도 파우스트만큼은 피하려 했을 정도였다.

그러다 보니 둘 사이에 좋은 기억이란 전혀 없었고.

이렇게 한자리에 뭉쳐 있는 것만 해도 사실상 기적에 가까운 일이었다. 칠흑이라는 거대한 지붕이 없었더라면 불가능했으리라.

더구나 여름여왕으로서는 칠흑의 편에 서는 이유가 있었다. 올포원에 대한 증오심도 그렇지만, 헤븐윙 차정우에게 묻고 싶은 것도 아주 많았기 때문이었다.

「무슨.」

「저길 보아라. 되살아나면서도 눈깔은 돌아오지 못한 머저리야.」

부—파우스트는 본 드래곤의 말투가 영 탐탁지 않았지만, 그녀가 허튼소리를 하는 성격이 아니란 것을 잘 알기 때문에 대체 무슨 일인가 싶어 그쪽으로 고개를 돌렸다.

그러다 눈을 크게 뜨고 말았다.

고오오—

올포원에게서 발산되는 기세가 멈추지 않고 계속 강렬해지고 있었다. 스테이지가 위아래로 크게 격동했다. 문제는 격의 해방이 거기서 그칠 것 같지 않다는 느낌이었다.

「설마?」

「그래. 멍청한 것아. 저것은 분신 따위가 아니다.」

본 드래곤이 크게 으르렁거렸다.

「본체지.」

크아앙—

본 드래곤은 다시 한번 더 올포원에게로 브레스를 내뿜

었다. 여전히 대기를 지글지글 끓게 할 정도로 강렬한 불길이었지만.

푸확―

올포원은 가볍게 손을 흔드는 것만으로 브레스를 가볍게 지워 버렸다.

그리고.

팟!

한 발을 앞으로 내디딘다 싶더니 갑자기 신체가 아래로 푹 꺼졌다. 그리고 갑자기 본 드래곤의 앞으로 나타났다.

『이스메니오스, 오랜만이구나.』

올포원은 본 드래곤을 보면서 주먹을 강하게 말아 쥐고 크게 휘둘렀다.

『하지만 순리를 추구한다는 용이 도리어 순리를 뒤집고 돌아오는 모습이, 지금은 영 좋게 느껴지질 않아.』

쿵―

대기가 그대로 떠밀려 나는 듯한 충격파가 터졌다. 본 드래곤이 재빨리 날개를 활짝 펼치면서 블링크를 사용해 자리를 벗어났지만, 충격파는 그런 공간마저 뛰어넘으며 그대로 본 드래곤을 거세게 후려쳤다.

단 한 번의 일격인데도 불구하고, 본 드래곤을 이루던 몸뚱이 중 절반 이상이 그대로 반파(半破)되고 말았다.

다시 칠흑이 그 위를 덮으면서 재빨리 수복되긴 했지만, 정작 본 드래곤은 마음에 들지 않는 듯 눈초리가 가늘어졌다.

「빌어먹을, 것!」

콰아아—

다시 한번 더 브레스가 쏟아졌다. 하지만 올포원은 이번에도 손을 가볍게 흔들면서 브레스를 밀어내고, 다시 한번 더 축지를 전개하면서 이번에는 부—파우스트의 뒤쪽으로 나타났다.

부—파우스트는 그런 올포원의 움직임을 이미 짐작하고 있었다는 듯, 육체를 그대로 산화시켰다.

대신에 그 자리에 갖가지 마방진이 남으면서 〈헬 파이어〉를 비롯한 망령의 저주가 한가득 덧씌워졌다.

하지만 그마저도 올포원에게서 발산되는 광채에 눈 녹듯이 사라졌다. 그리고 반발력과 함께 빛의 저주가 도리어 역으로 부—파우스트에게로 고스란히 전달되고 말았다.

죽음을 안고 사는 그로서는 올포원의 성력(聖力)이 치명타일 수밖에 없었다.

퍼퍼퍼펑—

부—파우스트의 행동이 잔뜩 경직되었다. 칠흑으로 감쌌던 손끝이 바스러지는 중이었다. 그를 보호하듯이 둘러싸던 망령들이 일제히 정화되어 소멸하고 말았다. 헬 파이어와 같은 마법들도 전개되는 족족 파훼되었다.

이대로는 위험하겠다는 생각에, 부—파우스트는 영혼을 좀먹어 가려는 성력부터 정리할 생각으로 전장을 이탈하려 했다. 블링크를 잇달아 전개하면서 던전 속으로 숨어들고자 했다.

하지만 올포원은 놓치지 않겠다는 듯이 축지를 연달아 밟으며 쫓아왔다.

마치 무심한 눈으로 소를 도축하듯이. 그의 눈에는 순리를 거스르고 재탄생한 파우스트와 여름여왕이 전부 제거해야 할 대상으로밖에 비치지 않았다.

쩌걱, 쩌거걱—

부—파우스트와 이를 뒤쫓는 올포원의 추격이 이어질 때마다, 스테이지를 구성하던 공간 곳곳이 으깨진 유리창처럼 깨졌다. 크고 작은 균열들이 거미줄처럼 잔뜩 퍼져 나가 순회하는 법칙도 망가뜨리고 말았다.

본 드래곤이 부—파우스트를 돕기 위해서 법칙을 구성하고, 브레스를 뿌려 대기도 했지만.

그럴 때마다 법칙은 다시 복구되고, 브레스는 아무것도 없는 허공만 가로지르고 말았다.

그들이 바라던 대로 올포원의 본체를 끌어오긴 했다지만.

정작 올포원의 힘 앞에서는 속수무책으로 당하고 있었다.

퍼어엉!

그러다 올포원이 세차게 휘두른 주먹에 따라, 부―파우스트가 부서진 공간과 함께 튕겨 나오고 말았다.

올포원도 곧바로 뒤따라 나타나면서 부―파우스트를 완전히 제거하기 위해 손날을 거세게 아래로 내리쳤다.

빛살이 부―파우스트를 가로지르려는 찰나.

촤르륵―

갑자기 올포원을 휘감고 있던 쇠사슬이 잡아당겨졌다.

『이런.』

올포원은 그대로 공허 속으로 빨려 들어갔다. 그리고 다시 정신을 차렸을 때.

"시건방진 것. 감히 누구의 것에 손을 대려는 것이냐."

연우를 닮은 무언가가 올포원의 멱살을 움켜쥐면서 으르렁거렸다.

탁!

올포원은 자신의 멱살을 잡은 연우의 손길을 거칠게 뿌리쳤다. 얼마나 거센지 연우의 오른팔이 그대로 잘려 나갈 정도였다.

동시에 올포원은 몸으로 반원을 그리면서 다른 손길을

뿌렸다. 손끝에서 화려한 빛이 터졌다. 마치 태양이 어둠을 사르는 듯한 빛이었다.

번— 쩍!

올포원의 빛은 그 자체로 강한 성력을 품고 있기 때문에 벽사(闢邪)와 축귀(逐鬼)에 뛰어난 효과가 있었다.

연우를 닮은 무언가를 이루고 있는 칠흑은 온통 죽음과 혼돈을 담고 있기 때문에, 올포원의 빛과 상성상 맞지 않을 수밖에 없었다.

거기다 빛은 눈 깜짝할 사이에 세상을 환하게 비춘다. 때문에 연우를 닮은 무언가를 순식간에 녹일 수도 있었다.

그래서 연우는 정면에서 부딪치지 않았다.

쾅!

거세게 발을 구르면서 칠흑을 지면에다 투사했다. 그러자 그의 의지에 따라 두 사람 사이로 땅거죽이 높게 치솟으면서 거대한 장벽을 만들어 냈다. 멀리서 보면 산이 저절로 융기하는 것처럼 보일 정도였다.

올포원의 빛이 장벽에 가로막혀 역류하는 해일을 만들어 낼 때 즈음.

연우는 뒤로 멀찍이 물러서면서 몸을 빠르게 회복시키는 중이었다. 장벽을 일으켜 빛을 막아 냈다지만, 완전히 막지는 못했는지 몸의 절반이 날아간 상태였다.

하지만 칠흑왕의 형틀에서 스멀스멀 흘러나온 칠흑이 부서진 부위를 빠르게 복구시켰다.

그러던 그때.

『어딜 가려 하시는가.』

물러나던 연우의 뒤편으로 공간이 열리면서 올포원이 나타났다.

〈축지〉. 지맥을 접으며 원하는 곳 어디에서나 나타날 수 있는 시그니처 스킬을 발동하면서 녀석이 손길을 뻗쳤다. 다시 한번 더 빛이 터졌다.

연우는 활짝 펼친 날개로 홰를 치면서 급제동하는 동시에 반원을 크게 그리면서 왼손을 펼쳤다. 이쪽에서는 칠흑이 칼날처럼 치솟아 빛을 갈랐다.

콰콰쾅—

우르르, 콰르르—

빛과 칠흑이 부딪치면서 충격파가 연거푸 퍼져 나갔다. 칠흑을 어떻게든 집어삼키려는 빛과 빛을 불사르려는 칠흑이 거칠게 맞붙었다.

그 사이로.

연우를 닮은 무언가는 자신의 몸이 파괴되는 것에 전혀 아랑곳하지 않고 몸을 불쑥 안쪽으로 집어넣었다.

[재생]

올포원을 쫓기 위해 터득한 재생 스킬은 칠흑과 뒤섞이면서 불사에 못지않은 재생력을 갖게 해 준바.

몸 여기저기가 빛에 뜯겨 나가도, 그 속에 있는 칠흑이 다시 봇물 터지듯 치솟아 수복을 완료했다.

그리고 연우는 어느덧 올포원 가까이에 다다라 손을 앞으로 쭉 내밀었다. 아공간이 열리면서 비그리드가 튀어나와 손에 잡혔다. 팔극검에 따라 그대로 거세게 휘둘렀다.

콰르릉—

건(乾)의 단천부터 곤(坤)의 철토로 이어지는 8대 비기가 순차적으로 풀려나왔다. 거기다 그 속에 담긴 제천류는 위력을 몇 배로 증폭시키기까지 했다.

올포원의 팔다리가 빠르게 잘려 나갔다. 빛의 장막이 몇 번씩이나 둘러쳐졌지만, 그럴 때마다 비그리드는 장막을 찢으면서 더 깊숙하게 파고들었다.

하지만 올포원이라고 해서 가만히 있는 건 아니었다.

그의 주특기는 〈불사〉와 〈천리안〉.

아무리 죽을 수밖에 없는 치명상을 입어도 얼마든지 원활한 수복이 가능하고.

사위를 살피는 뛰어난 눈 덕분에 연우의 행동을 빠르게

파악할 수 있었다.

올포원에게 있어 육체는 얼마든지 쓰다 내버릴 수 있는 일회용품에 불과했다.

푸화악—

올포원의 머리가 왼팔과 함께 통째로 잘려 나갔다. 하지만 몸뚱이는 이미 계산된 대로 연우에게 깊숙하게 파고들면서 손을 빠르게 휘둘렀다.

콰콰쾅!

회전하는 손날은 집요하게 연우의 약점을 공략해 나갔다. 팔극검과 비교해도 절대 뒤지지 않는 빠른 무술 실력. 무공에 대해서 알지 못해도, 수천 년 동안 홀로 단련한 수행자라면 당연히 가질 수밖에 없는 실력이었다.

그러다 연우가 거머리처럼 달라붙는 몸뚱이를 다 잘라 냈다 싶으면.

팟!

그중 일부 남은 몸뚱이가 축지를 전개, 완전히 원상 복구된 상태로 연우의 뒤편에서 나타나 손날을 거세게 내려치고 있었다.

촤악—

"흡!"

연우의 목덜미 중 절반 가까이가 날아갔다. 칠흑이 그대로 갈라지면서 빛이 독처럼 스며들어 재생 스킬의 작동을 막고자 했다.

연우를 닮은 무언가는 이를 악물면서 몸을 측면으로 틀어, 비그리드를 녀석이 있는 쪽으로 뿌렸다.

하지만 올포원은 왼팔 하나를 내어 주고 다시 축지를 전개, 다시 연우의 사각지대를 교묘하게 파고들면서 나타났다.

손이 활짝 펼쳐지면서 연우의 가슴팍에 닿으려는 순간.

촤르륵—

갑자기 올포원의 팔을 여태 감고 있던 쇠사슬이 팽팽해지면서 녀석을 그대로 잡아당겼다. 팔다리를 몇 번씩이나 잘라 내어도, 쇠사슬은 영혼에 결박되는 것이기 때문에 쉽게 풀 수가 없었다. 쇠사슬은 언제나 그 자리에 있었다.

공허가 열린다 싶더니, 올포원이 다시 정신을 차렸을 때에는 어느새 눈앞에 연우가 있었다.

포악하게 얼굴을 일그러뜨리면서.

"쥐새끼 같은 것!"

비그리드가 올포원의 목덜미에 틀어박혔다. 하지만 올포원은 이번에도 축지를 밟으면서 연우의 뒤편에 나타나 손날로 허리를 노렸고, 연우는 몸을 반대로 돌리면서 다시 왼팔로 쇠사슬을 강하게 잡아당겨 녀석을 끌어왔다.

콰콰콰콰—

공간을 이리저리 열고, 닫고. 비집고, 부수면서.

연우를 닮은 무언가와 올포원은 집요한 꼬리잡기 게임을 연거푸 반복해야만 했다.

칠흑과 빛이 서로 맞물리면서 스테이지를 몇 번씩이나 사르고, 또 살랐다.

그리고.

크롸롸롸—

본 드래곤이 자신도 여기에 있다는 것을 보여 주겠다는 듯, 대가리를 뒤로 크게 젖히면서 브레스를 뿌려 댔다.

「죽음이. 없는 자. 에게. 죽. 음을.」

부—파우스트는 드넓은 하늘을 따라 수백 개의 마방진을 일제히 열어젖히면서 마법 포격을 개시했다. 헬파이어를 가득 머금은 운석이 유성처럼 수없이 추락했다.

콰콰콰쾅!

*   *   *

신격, 그것도 최상위 신격과 비교해도 절대 부족하지 않을 두 존재의 충돌에 이어, 플레이어로서 '전설' 급의 업을 쌓은 이들까지 가세한 전장은.

"미친."

"저게 말이 돼?"

상황을 지켜보고 있던 사람들을 멍하게 만들 수밖에 없었다.

"하늘의 은총이 저들에 닿기를……."

크로이츠는 여태껏 자신이 알고 있던 세계관이 산산조각 나는 충격에 한쪽 무릎을 꿇고 경건한 기도를 올리고 있었다.

성검 줄피카르를 지면에다 꽂은 채, 성역 결계를 넓게 두르면서 연우에게 행운이 깃들기를 빌고 또 빌었다.

그리고.

『…….』

정우는 입을 꾹 다문 채 멍하니 상황을 지켜보고 있었다.

그의 시선은 전장에서 떨어지질 않았다. 아니, 정확하게는 연우를 닮은 무언가에게서.

처음 그가 자신을 구해 줬을 때.

정우는 '지금의' 연우가 자신이 아는 형과 조금 다르다는 것을 알고 있었다.

분명 더 큰 무언가에 씐 듯한 모습이었다.

정우는 그런 모습을 너무 잘 알고 있었다.

흔히 사도들이 잘 겪는 신병(神病)이 보통 그랬다. 거대한 존재와의 잦은 접촉으로 인해 영혼이 틀을 유지하지 못하고 점점 흐트러지다가, 종국에는 모시는 신에게 존재마저 잡아먹히는 현상.

과거 비에라 듄도 몇 번씩 그럴 위험에 사로잡혀 편집증에 가까운 두려움에 젖어 살기도 했었다.

그녀는 그 두려움을 극복하기 위해 되레 대지모신을 잡아먹어 버렸지만.

대부분 사도들은 쉽게 힘을 얻는 대가로 그런 위험을 안고 살아야만 했다.

그런데 지금 연우가 그랬다.

정우가 알기로, 형은 분명 따로 모시는 존재가 없는데도 불구하고. 그런 존재에게 단단히 씌어 있는 중이었다.

그것도 그저 그런 자잘한 신격 따위가 아닌.

대지모신과 비교해도 절대 뒤지지 않는 엄청 큰 무언가와…….

문제는 그게 어떤 존재인지, 수많은 특전을 겪은 그로서도 도저히 짐작 가는 바가 없단 점이었다.

이미 죽은 지 오래인 두 플레이어를 소생시키고, 웬만한 신격들도 맞서지 못할 올포원과도 대등하게 전투를 벌일 정도라면 엄청나게 큰 존재일 텐데도.

그렇기에 그것만 따진다면 연우는 위험한 상황인 게 분명했지만.

또 그런 상태이면서도 연우는 끝까지 정우를 걱정하는 모습을 보이고 있었다.

그런 사실이, 더더욱 정우의 가슴을 찢어지게 만들었다.

어차피 여기에 있는 나는 가짜인데도 불구하고.

저렇게까지 자신을 지켜 주려 하는 형이 안타까웠던 것이다.

거기다.

파스스—

자신의 몸은 이미 형체를 유지하는 것조차 힘든 상태였다. 영체가 흐트러지면서 활자가 계속 새어 나오고 있었다.

조금만 아차 싶어도 부서질 가녀린 몸. 이렇게 겨우 버티고 있는 것도, 형을 지켜보고 싶다는 갈망과 아직 더 여기에 있고 싶다는 소망 때문이었다.

"차정우 군?"

그때, 정우는 자신을 부르는 소리에 상념에서 벗어나 고개를 그쪽으로 돌렸다. 그리고 작게 침음을 삼켰다.

『……이블케.』

"오효오효. 오효효! 이렇게 만나게 되니 참 색다른 경험이로군요. 정말이지 반가워요. 너무 오랜만이에요. 아, 차

정우 군에게는 얼마 되지 않았으려나요?"

이블케는 외눈 안경을 고쳐 쓰면서 가볍게 웃음을 터뜨렸다. 그는 외부에 전혀 알려지지 않았던 특전 내용을 정확하게 꿰뚫어 보고 있었다.

『시스템 총책임자인 당신이 여긴 어떻게…….』

"쉿!"

정우의 말이 끝나기 무섭게 이블케가 검지를 입술에 갖다 댔다. 흉측하게 생긴 고블린의 두 눈이 곡선을 그렸다.

"그건 우리들만 알기로 했던 비밀이 아니었던가요?"

『…….』

"오효효. 역시 당신은 예나 지금이나 말이 잘 통해서 아주 좋아요. 그런 뜻에서, 선물을 한 가지 드리겠어요."

『……?』

정우가 눈을 가늘게 좁혔다. 그가 아는 이블케는 결코 '호의'로 뭔가를 주는 사람이 절대 아니었다.

이블케는 그런 정우의 생각을 알고 있다는 듯, 빙긋 웃으면서 가볍게 박수를 쳤다.

짜악!

그 순간, 정우의 몸 위로 희뿌연 서기가 올라왔다. 그러자 새어 나오던 활자들이 금세 눈에 띄게 느려지고, 흐트러지던 영체도 조금씩 또렷해졌다.

『이건……?』

"저기 계신 분께서 어떻게든 차정우 씨를 고쳐 달라고 하시더군요. 자신이 가진 것으로 얼마의 대가를 치르더라도 말이지요."

『뭐……?』

정우는 눈을 크게 떴다. 처음에는 무슨 말인지 몰랐지만, 곧 이블케가 하는 말뜻을 쉽게 알 수 있었다.

연우가 여태껏 스테이지 랭킹을 차례로 갱신하면서 쌓았던 엄청난 수치의 공적치. 그것을 전부 털어서 자신에게 투자한 것이다.

정우는 이를 악물었다.

공적치는 플레이어가 탑을 공략하는 데 있어서 반드시 필요한 필수품이다. 많이 모으면 모을수록 큰 보상을 얻어낼 수 있으며, 때에 따라서는 실력을 대폭 증가시킬 수 있는 수단이 되기도 한다.

아무리 연우가 층계에 비해 높은 실력을 지녔다고 하더라도, 공적치는 반드시 필요했다.

아니, 오히려 높은 실력을 지녔기에 더 많은 공적치를 필요로 했다.

더 높은 경지에 오르기 위해서는 그만큼 더 큰 대가가 필요할 테니까. 투자해야 할 곳이 한두 곳이 아닐 터였다.

하지만 연우는 자신에게 유용하게 쓰일 수 있는 기회를 전부 포기하고, 정우에게 주고자 했다. 그가 더 오래 살기를 바라면서.

　　—넌 내 동생이다. 누가 뭐라고 하더라도, 무슨 지랄을 하건 간에, 내 동생이다. 그 사실은 달라지지 않아.

정우는 주먹을 꽉 쥐고 말했다.

못난 형 같으니.

사실 이렇게 치료를 한다고 해도, 영체가 부서지는 속도를 늦추기만 할 수 있을 뿐 완전한 복구는 불가능했다.

그저 시간을 최대한 버는 것에 불과할 텐데.

정우는 울컥하는 마음을 억누르고, 이블케를 홱 하고 돌아봤다.

『이블케, 물어볼 게 있어.』

"관리자는 플레이어들의 일에 관여도, 간섭도 않는 게 원칙이긴 하지만…… 그래도 차정우 군과 저 간의 관계가 있으니 웬만한 질문에는 답변을 드리도록 하지요. 사실 공적치도 꽤 많이 남았고요."

순전히 '재미' 때문에 이블케가 답변을 주려 한다는 건 알고 있었지만, 정우는 모른 척했다.

"오효효! 그래. 궁금한 게 무엇인가요?"

정우는 외눈 안경 너머로 비치는 이블케의 시선을 마주 치면서 물었다.

『'진짜' 차정우는 그럼…… 대체 어디에 있는 거지?』

"그는."

이블케의 눈꼬리가 살짝 말려 올라갔다.

"없답니다. 어디에도."

〈다음 권에 계속〉

ETAN 이탄

ORIGINAL FANTASY STORY & ADVENTURE

쥬논 판타지 장편소설

〈흡혈왕 바하문트〉, 〈샤피로〉, 〈하라간〉을 잇는
쥬논의 사대신수 시리즈, 그 마지막 이야기!

혹독한 훈련을 받고 가문을 위한 희생양으로서
다른 차원으로 보내진 이탄.
듀라한으로 다시 태어난 그는 신관이 되어
본래 세계로 돌아갈 방법을 찾기 시작한다.

dream
books
드림북스

『제왕록』, 『무림에 가다』 시리즈의 작가 박정수
그가 거침없는 현대 판타지로 돌아왔다!

『신화의 전장』

주먹을 믿지 마라.
우리가 살아가는 이 땅에 인간을 벗어난 자들이 존재한다.

★
dream
books
드림북스

『마법군주』 발렌 작가의 신작!

『정령의 펜던트』

"정령사는 말이지, 되고 싶다고 해서 되는 게 아니야.
그냥 그렇게 태어나는 거지.
날 때부터 정해진 운명 같은 거라고."

dream
books
드림북스